舒婷随笔

SHUTING SUIBI
ZHENCANG
BAN

舒婷 著

长江文艺出版社

图书在版编目（ＣＩＰ）数据

舒婷随笔 / 舒婷著. -- 武汉：长江文艺出版社，2021.7
（舒婷文集：珍藏版）
ISBN 978-7-5354-9536-5

Ⅰ. ①舒⋯ Ⅱ. ①舒⋯ Ⅲ. ①随笔－作品集－中国－当代 Ⅳ. ①I267.1

中国版本图书馆 CIP 数据核字(2017)第 053172 号

责任编辑：胡金媛	责任校对：毛　娟
装帧设计：壹　诺	责任印制：邱　莉　杨　帆

出版： 长江出版传媒　长江文艺出版社
地址：武汉市雄楚大街 268 号　　邮编：430070
发行：长江文艺出版社
http://www.cjlap.com
印刷：湖北新华印务有限公司

开本：880 毫米×1230 毫米　　1/32　印张：9.75　　插页：4 页
版次：2021 年 7 月第 1 版　　2021 年 7 月第 1 次印刷
字数：229 千字

定价：45.00 元

版权所有，盗版必究（举报电话：027—87679308　87679310）
（图书出现印装问题，本社负责调换）

满载爱情的婚姻之舟

　　正因为爱情常新,只要烛光燃起,你无法警告飞蛾,说危险说灼伤说前车之鉴,它是一定要扑上去的,正如现在我们的孩子,正如我们自己当年。并非一切爱情都象征着毁灭,因为浪漫的我们和现实的我们都是普通人,我们从生活中学习、选择、矫正,承认失败继续前行,直至爱情成熟收获,驶进婚姻的港湾。

　　于是有了孩子。

舒婷

目 录

荒园笔记

随笔三则 …………………………………………… 003
无题 ………………………………………………… 007
蝙蝠 ………………………………………………… 009
回答 ………………………………………………… 011
你不回头 …………………………………………… 012
秋天的情绪 ………………………………………… 014
星光不灭
　　——悼邹荻帆老师 ………………………… 015
故人如斯明月不再
　　——悼范方 ………………………………… 016
悲夏 ………………………………………………… 018
荒园笔记 …………………………………………… 019
山里的日子 ………………………………………… 022
樱花照 ……………………………………………… 025

大红袍记 …………………………………………… 027

多情诸君 …………………………………………… 029

鞋趣 ………………………………………………… 033

伸过你的杯子来 …………………………………… 035

你丢失了什么 ……………………………………… 037

春深梦浅 …………………………………………… 039

南方之邮 …………………………………………… 041

黑翼 ………………………………………………… 043

月之纤手 …………………………………………… 048

恁一个"静"字怎生了得 …………………………… 050

大台风来临 ………………………………………… 052

迷路的故事 ………………………………………… 057

两栖女性

我的常用名 ………………………………………… 067

笑靥千秋 …………………………………………… 070

给她一个足够的空间 ……………………………… 072

多情还数中年 ……………………………………… 076

无计可潇洒 ………………………………………… 078

两栖女性 …………………………………………… 081

你摇晃不摇晃 ……………………………………… 084

"怎么你们都不离婚？" …………………………… 088

凸凹手记 …………………………………………… 091

女祠的阴影 ………………………………………… 102

"寒窑"古今 ………………………………………… 105

婚姻美咖啡 ················· 108
好男人都去了哪里？ ············· 110
但愿人长久 ·················· 113
满载爱情的婚姻之舟 ············· 116
小气的男人与撒谎的女人 ··········· 119
女有三丑 ··················· 123

不忘露珠的寂静之味

姜是老的辣吗？ ··············· 131
回老街走走 ·················· 134
信物 ····················· 137
火柴诗人 ··················· 140
去壳蜗牛 ··················· 143
地平线上的"天堂" ·············· 146
笑声的魅力 ·················· 149
期刊变脸术 ·················· 152
橡皮人 ···················· 155
源源本本 ··················· 158
为野鸭子而哭 ················· 161
不忘露珠的寂静之味 ············· 164
酒香不怕湘西远 ················ 166
斗酒不过三杯 ················· 168
我也是有经济头脑的 ············· 171
鱼缸里的幸福生活 ··············· 174

民食天地

- 今天吃什么好呢？ …………………………… 179
- 在别人的盘子上挑挑拣拣 ……………………… 182
- 天上掉下一个"阿不婆" ……………………… 185
- 好汤送苦夏 …………………………………… 189
- 炒栗情缘 ……………………………………… 191
- 春卷的传家之累 ……………………………… 195
- 民食天地 ……………………………………… 198

书斋打食

- 书斋打食 ……………………………………… 207
- 春天为何如此寂静 …………………………… 210
- 真正的时间在别处 …………………………… 214
- 将语言洗净 …………………………………… 217
- 神秘的眺望 …………………………………… 220
- 审己度人
  - ——读张爱玲 …………………………… 224

语言为舵

- 亲密电脑 ……………………………………… 235
- 神启 …………………………………………… 238
- 不要玩熟我们手中的鸟
  - ——上海国际笔会的发言稿 …………… 240

| 散文之小器 | 243 |

棉布时代的散文书写
——在华语传媒大奖上的答谢词 …… 246

"洋食"	249
笔下囚投诉	253
寸草心	259
青春诗会	263
退役诗人说三道四	266
露珠里的"诗想"	270
诗的成人礼	273
语言为舵	275
安安静静孵我的蛋	278
书籍与诗	281
以忧伤的明亮透彻沉默	289

谁家玉笛暗飞声
——为编选《影响我一生的 200 首古典诗词》序 …… 297

一
荒园笔记

随笔三则

一

要是孤独使我渴求友伴时,我的目光就转向窗前那一棵桂树。它伴随着我,就像伴随着普希金度过囚禁日子的那头兀鹰。

狭小的天井是它的摇篮,它生长在污泥、积水和野草之中。蟋蟀对它吹嘘过自然的强力,纺织娘则哼着忧郁的催眠曲,而蚊子可厌的长篇大论一直刺进它梦里。但它倔强地把手臂伸向天空,不断地挣扎着向上生长。蜘蛛徒然编织了许多罗网,却没能把它禁锢在屋檐下。终于,它像顽皮的孩子把头伸出了窗口,好奇地凝望世界。现在它为自己争到了阳光、清风和广阔的天空。它骄傲地挺直了年轻的身子。假使它能够挣脱生根的枷锁,一定早就随着飘过的白云,飞到青青的山冈去了。

我怀着忧思默默地走到门口去。

太阳已经落山了,群山像剪影似的贴在橘红色的天空。黄昏像走失了的小女孩,在村子里徘徊,抬起迷惘的眼睛问我:"哪儿是我的家呢?"她的母亲——黑夜随着就匆匆赶来,把她搂在黑袍里带走了。

我曾经在黎明时分走上山冈,看太阳怎样揭去大地羞怯的面纱——雾,用热吻拭去她的泪点。而大地怎样在火热的注视下苏醒,然后睁开妩媚的眼睛微笑;我爱在炎热的日午坐在葡萄棚下,听南风和绿叶互诉衷情。偶尔一声婉转的鸟啼,闯进这困倦的低语的世界,像是夏晨含着朝露的空气一样清新;我也时常踏着斑斑驳驳的月影,走在林荫道上。这条林荫道似乎一直伸展到神秘的远方。但是,几乎马上就在眼前,展开了一片平坦的、银白的沙滩,那里还有一行行鲜明的足迹。海伸着乳白的舌头,竭力要把这些痕迹舔去。在海的远处,那没有边际的淡蓝的海水化成了轻烟,融进了月光里……

　　我爱自然的每一足迹,但我更爱黄昏。

　　当喧嚣的白日终于像唠叨的老太婆被时间赶下山峦背后,而寂寞的夜还没来得及穿着黑袍时,黄昏,这个新婚的姑娘,偷偷地溜了出来,暗暗怀着恐惧、欣喜,不断地顾盼自己。黑夜就要把她携进帷幕后面去了,她还在河边打扮着,把灯火当作珠花插在鬓旁……

　　朋友,生活是多么美好啊!

　　当我袖手旁观生活,我为我失去的权利苦恼。血是鲜红的,汗水是光亮的,而我的歌则是苍白无色的。

二

　　今天是沉寂的一天。

　　我不能继续"工作"了(假使这也能叫工作的话),文学激起的柔情扩张了我的心,它随时准备容纳最伟大、最狂热的感情。然而我的小屋子是冰冷阴暗的,狭窄的窗口只肯吝啬地放进些许的光线。我的眼睛疲劳了,于是我离开书本,走到阳光的世界里去。

不知不觉我走到了荒芜的菜地,幼弱的菜苗像面黄肌瘦的乞儿瘫伏在黄土上。我们已经很久没有浇水了。我想马上就到小溪里汲些清水来,淋浇它们,不知是否会茁壮起来呢?要知道季节已经过去了。

一群毛茸茸的小鸡争吵着,母鸡温和地教导活泼的孩子觅食,它们扬起的尘土在阳光下腾起一阵轻烟。多么欢乐呀,这些无忧无虑的小生命。

"丁零零……"一只雪白的小狗摇着颈上的小铃铛跑来,骤然在我面前停住,它聪明的小黑眼珠儿朝我一转,当我是盗贼似的充满了怀疑。我刚一举手,它吓了一跳,"丁零零"地闯进茅舍里去了。这小东西,我只是想把它搂在胸前呀。

是的,这里只有我一个,它们都不欢迎我,因为我是人。

"人啊,为自己崇高的使命而自豪吧!"我想起了这句名言,不禁想笑,但又被这种凄凉的笑而惊愕了。不,我要回到人群里去。

> 从此我不再仰眼看青天,
> 不再低头看白水,
> 只谨慎着双双的脚步:
> 我要一步步踏在泥土上,
> 打上深深的脚印!

三

清晨,我站在栏杆边远眺。

雾还守护着大地的梦,而鸡鸣却在不耐烦地催促天明。一个盲女孩儿在石级上摸索,她低着头,似乎在留神自己的脚步。事实上黑暗从未在她面前裂开过一条隙缝。

怜悯,起自我的心胸,我走到她身旁,温和地叫她。

她答应了一声,迅速地把脸偏向我。那吊出眼眶的青白混杂的眼球儿神经质地跳动着。薄薄的透明的耳朵由于紧张倾听几乎竖了起来。接着她就举起手臂慢慢向我走来。

她的纠结的发辫、灰白的两颊,以及肮脏的花格子长衫叫我感到害羞,仿佛我的健康,我的整洁的衣衫在她面前竟然成了罪过似的。也因为她不断地絮聒,泥污的小手不断在我身上摸摸索索,使我难以忍受,我悄悄地又回到了栏杆边。

她在我方才伫立的地方,默默地站了许久,似乎聆听什么,然后就沿着石级继续走上去。

她一定摔过不少次跤了。看她现在的脚步这样平稳,而且竟然不会碰在包着铁皮的沉重的大门上,那实在是因为经过了许多次瞎撞呀。自然在她面前让步了,宽待了这个幼弱的小生命。

太阳出来了,是否这小女孩也感觉到了阳光的抚爱呢?

1972.10

无 题

一

　　一只小鸟,落在窗前的柴扉上。它乜斜着眼睛,偏过脑袋,时时扑拉双翅,向我唱了又唱。

　　是告诉我飓风过后覆巢的忧伤?告诉我道路逐渐干燥,而且已走过一位捉蜻蜓的小姑娘?还是告诉我遥远的雾水、遥远的村庄?

　　我听不懂另一个国度的语言。

　　于是,我拿出我的小本子,握紧拳头,涨红了脸,朗读起我的诗行:灯笼花;礁石上的月光;映在宝蓝色天幕上那尖顶与圆顶的楼房……

　　我寻觅那小鸟,它已不知去向。

　　我这才明白:在那最好的时刻,我们只该默默相望。

二

还是那只鸟。

它不是已经飞走了吗?

可是,晨间在林荫道上,它颤悠悠的啼声洒下,如含着露水的清亮的阳光;傍晚它在我头上做花样飞行,像热恋中的少女经过心上人面前那么轻盈、自信。

夜里,不知在什么地方(也许就躲在玉兰树上),它芬芳的歌声像无数小蒲公英,轻轻降落在我的梦中。

我醒来时想:我们把它叫做飞鸟的东西,更像一种无所不在的欢乐。

三

我摆好纸和笔,做出诗人的模样。

我的心是捕鸟机,就要放在柴扉上。

早晨像无猜疑的孩子蹦蹦跳跳过去了;日午喘着气,不情愿地挨过了;傍晚时分,我哭了。因为那柴扉上,除了枯萎的白玫瑰,什么也没有。

突然,在我心灵深处,响起了那熟悉的歌声。(人人的心,都可能成为一只神奇的八音鸟吗?)我们把它叫做欢乐的东西,也像飞鸟一样有自己的性格。

1972.11

蝙　蝠

上苍还没来得及吞没最后一抹晚霞,蝙蝠就飞出了矮矮的屋檐,它们在薄明的半空中无声地飞掠着,不停地打圈子,是不是在大地上丢失了什么?

设若是惋惜光阴即将逝去,在最后的夕照中摄取可贵的余晖,那么这光阴的虔诚追求者,何以在太阳下销声匿迹呢?

设若为黑暗即将统治大地,在夜幕低垂之前狂欢,那么何以这个黑暗的痴情崇拜者,在万籁俱寂的深夜里不知去向?

这神秘的幽灵,这扰人的尤物,在冥冥中飞行,永远以超音频的震颤带来历史幽深处的密码和哪个世界的神谕。

我每每于黄昏里,谛听这群黑色的声音。

在屋檐与屋檐之间,在树梢与树梢之间,在天线与天线之间乱麻样的线谱上,滑转成一弧弯弯的凄厉;纷纷扬扬,十朵百朵跳动的火焰,集结成一阵恐怖的嘹亮;奔腾,滑升,俯降,冲刺,在最高潮处,留下一串串长长的磷光闪烁的幽怨。

心灵的蜂房开始感应出嘤嘤之音。

一组黑管,一排小号,一列长笛,相互交织着,穿梭着,和鸣着,从盲目骚动的气流中梳理出淡淡的温馨,急切飞转的旋涡,在三角帆的拂翼下,熨出了极为和平的微笑。

蜂房畅然洞开,血液中有股蓦然的大潮。但这黑色的旋律很快便戛然而止——不知被哪一种神奇的手轻轻抹掉。

鱼骨翅的天线网一片空旷。

对面花园那一排小叶桉,千万片银亮的叶子竟于这无声的静寂里轻轻啜泣起来,我分明听见一种低抑的虫鸣,连同墙角那边一丛丛挺拔的夹竹桃,簌簌落下几枚嫩蕾。

没有风,没有声,依然一片死寂。

我努力相信这群黑色的幽灵,是从帕格尼尼的 G 弦上钻了出来,从德彪西的 ♭F 小调中飘逸出来,穿过穹远的时空,偶然到这里来聚会。

你想挽留它,它却倏然而逝。

你想占有它,它竟不辞而别。

你只能于冥想中,体验那一刹那的感动。

人的灵魂能够与大自然的使者聚合,并不多见。我庆幸有那么几次。

1975　夏

回 答

　　我相信我们在另一个世界见过面。

　　是一对同在屋檐下躲避风雨的小鸟？是两朵在车辙中幸存的蒲公英？我记起我是古老的大地，簪着黎明的珠花；你是年轻的天空俯身就我，垂下意义无限的眼睛。

　　一戴上假面，我们不敢相认。

　　我相信我们还有其他未泄露的姓名。

　　你是梦，我是睡眠；你是巍峨的冰峰，我是苍莽的草原；你是受辱土地上不屈的弗拉基米尔路，我是路旁覆着绿苔的一汪清泉。

　　在我们以颜色划分的时候，我们彼此不信任。

　　我相信我们都通晓一种语言。

　　花钟喑哑的铃声，陨星没有写完的诗，日光和水波交换的眼色，以及录音带所无法窃听的——霞光嫣红的远方给予你我的暗示。

　　如果一定要说话，我无言以答。

　　　　　　　　　　　　　　　　　　　　　　1977．1．27

你不回头

你的旅行车驶进太阳里,太阳五年不再回来。

风依然吹着小步舞曲。

将落日的光环挽在肩上,越来越庞然沉重的影子领我慢慢回家。

经过你家的小巷口,石条路还是那么湿漉漉,不时从黑乎乎的门洞传出泼水声。一辆走过很长旅途的红色自行车,斜倚在广告牌前寻求休息,时髦女孩脸蛋脏兮兮地哄笑着。锅铲刺耳地刮着铁锅,油烟和卤鸭的香味顺着一盏浊灯弥漫开来,夜摊上市了。

被遗弃的最后一抹余晖,还在犹豫,终于不胜悲哀地沿着水锈和苔斑的高墙游走,没有谁挽留。

三十五年来,你从蹒跚学步到青春期白跑鞋的舞步,终于走出了这条狭窄的小巷,走向一片开阔的港口。

你真的不回头吗?

啊,你不回头是因为小巷所洞悉的你的幻灭的往事你不愿带走?

你不回头是由于斑斓的霓虹灯旋开一圈圈"伦巴""探戈",你天性无法接纳清一色的时光?

你不回头是由于危楼峰耸,宛若一口口陷阱你宁可挺直脖子?

你不回头……

你不回头……

黄昏的记忆真是拥挤呀。

四月,太平岩。我们在泉水边。你衔着一根草茎,断断续续哼着一支《土拨鼠》。这是一支欢快、幽默的小曲子,它跟四月的阳光、鸟鸣、水声是那么和谐,但从开着星星点点小黄花的草丛里望过去,你双肘撑在地上,一双又黑又大的眼睛盛满痛苦、柔情和怅惘。

我们都知道你,如脚边清澈的泉水,倏忽的鱼影,朗朗可见;我们无法知道你,藏匿于"黑箱"深处的凄楚,时时引吭为优雅的男高音。

因此我曾经请求:"要哭泣你就哭泣吧,让泪水流啊,流啊,默默地……"

现在没有人为我轻轻地歌唱,即使满眼是泪、繁华大街、车水马龙;哪里寻一处林子、一片草地,在真挚与渠通的日光下失声痛哭?

这个黄昏是多么陌生啊!

1977

秋天的情绪

因为是情绪,所以应是无迹可循。

或许是缅怀一种逝去。在秋天里像叶子一样飘落的人和事?也可能由于那飘落的人和事,感觉到秋意森然,又何必翻阅日历,是否已到秋分?

死亡固然辉煌,活着较之愈显凶险暗淡。但生命必有它无可推诿的承担,之重,之轻,皆义无反顾。《托孤救孤》故事里那人说:"活下去难,引颈就义容易,让我做这容易的,留下难的给你吧。"在这里,生和死才真像一把火。后人从这最后一颗火星中读他们的微笑——死得慷慨无憾,活得悲壮怆然。

死亡的足音经过,一阵震撼过后我们也常常感到解脱之后骤然的轻松,以及终极的美丽。如果真到了很远的地方,是否有快乐的声音传给你,我不知道。我料想,无论这里那里,快乐都是相对而言。

美丽也是。

我不惧怕死亡,但我不赞成试验。叶子飘落,就让它飘落吧,树脱去旧衣,它的根还紧紧抓住生之源,它的树干依旧不依不饶,即使在冬雪中。

日落方向嫣红如梦,我们终将向它驰去。在这之前,让我们先完成那最难的生之旅吧。

1988.10

星光不灭
——悼邹荻帆老师

不经意跨过那道坎,门就永远关起来了。

千百次呼唤、书写、摩挲你的名字,这就是你全部的遗嘱。你把它留给我们,像一盏长明灯,温和地闪烁记忆的长街。

从闻到噩耗那刻我就纵足飞奔,以光的速度,能否赶上你离去的脚步?手伸出去,悬在虚空里。指尖将触到的那一丝暖意正渐行渐远。难道生怕我们过于悲痛,最后握别,你竟忍心提前缩回自己的手?

那么我就在有星有月的旷野里,大声诵读你的诗,招来美丽的野狐伴舞;或者你会忍不住笑出声来,从我的肩后?那么我将在夜未尽的薄明中赶路,停在街头等一辆车开来;你会从晨雾里伸手帮我拎起皮箱,再次为我送行么?我要去全聚德,找到那副老座头等你来点菜。等你掀动长眉,乐呵呵对我说:"现在别哭了,你看烤鸭都快被你淹死啦。"

如果你是佛家信徒,也许你已往哪一座城隍庙上任去了;如果你是基督的子民,你当然在天堂里,上帝的身边。但我只知道你是个诗人,所以你一定把眼光给了星辰,把微笑给了花朵,把声音给了南来北往的风。

于是我们永远失去了你,又处处找到了你。

1995.9.27 急草

故人如斯明月不再
——悼范方

今日是中秋。他选择在这一天,悄然离开,不留给我们告别的机会。可是,阿方啊!

> 哎,那轮古月
> 一哭就哭在我的脸上
>
> 范方《长城月》

大家都叫他阿方,在唇齿之间发音很轻,在心里重复怀念时很重,很亲热很爱戴,从白发老前辈到刚认识的文学小青年。他的真正的名字叫范方,赫然印在他所出版的《还魂草》《剑魂蝶影》等蜚声四起的诗集上。这些印刷粗糙,情感深沉,文字精粹,意象诡美的薄册子,令我和我的同行们手不释卷,我们总是折服羡慕,而且生气自己。

20世纪80年代初,三明地区是福建先锋诗歌的前沿和中心,阿方是这一方高地的旗手。有人称他"现代诗歌顽强的探索者",海外评论誉他为"祖国诗人"。从永安到沙县,生长那么多强劲有力风靡全国的青年诗人,数都数不过来,他们肯定在阿方的翅翼下孵过。

虽然他已不年轻,但他敏锐犀利;虽然他沉默寡言,但是一种看破红尘的大智若愚;虽然他性格散淡,对新诗却永远执着!

　　第一次见他,是1979年还是1980年,我已记不得,却忘不了他来沙县火车站接我时温和的微笑,二十多年来不变;他的皱纹很多很深,这是残酷的岁月在他年轻时就烙下的印记,再也不能磨平;然后就是他率领下的一帮诗的信徒,后来他们全成了我的朋友。小县城风沙弥漫,阿方的半截裤管都拖扫在尘土里。那晚,他高兴得喝醉了,摔下小木梯,满地摸眼镜。其实,眼镜就歪斜在鼻梁上逗他。

　　后来他有了贤惠的妻子,不喝酒了,喝茶。他曾经"只要轻轻沾上一滴,便醉成此夜星空"。而后,他在一双小手的照料下,"蝉声下酒,听说,蝉声就是太太。"

　　阿方,你骗我们! 你太累了,不想做一株还魂草。是那个叫"鸣蝉"的台风知己,披戴着黑纱,把今夜的明月和你一起携走吗?

　　我听见多年前,你的那一声轻轻叹息了。

　　　　回声在绿云里,霍地化成
　　　　郁郁葱葱的层峦叠嶂

　　　　　　　　　　　　　　　　范方《逶迤之路》

　　　　　　　　　　　　　　　　　　　2003　中秋

悲　夏

　　曾经同行的那人，拐个弯——猝然消失了。

　　只见一件火红的摄影背心，一飐一飐地拍打落日。

　　怎能说你不够勇敢？你三次深入西藏又安然归来，你所经历过的惊风骇雪，凝固在镜头里，就是无垠的壮丽、宽博与深沉。

　　怎能说你不够开朗？你虎虎的大眼睛笑意盎然；你茁劲的双臂曾猛地扛起队友举重若轻；你的生气勃勃是那样令人难忘；你在日月潭的游艇上粗犷地唱起《纤夫的爱》，哪一个妹妹不想坐上你的船头？

　　真想拍拍你的肩膀，林健。

　　蝉歌如箭，在盛夏的浓密里穿心而过，落一地冰凌。

1995.8.7

荒园笔记

一

　　一切生命似乎照常进行。

　　腊梅不再素描,千盅绿叶都在收集阳光,为冬日的冷艳攒足力量。土壤发出热烘烘的气息,沿盘虬的老藤,蹿上葡萄架,琳琳琅琅的绿珠串,坠在纤秀弯曲的耳垂上。枇杷即将黄熟。

　　鸟巢更深地藏在密叶里。

　　相思鸟成群外出觅食,羽毛的声音雪茫茫。喜鹊跳到长廊张望,花裙粘着草籽。叫人紧张的是一大片伸缩无定的阴影。鸟儿在阴影里啄出许多亮点来。

　　只有猫,每天在荒园里,婴儿般啼哭。

二

　　连日高温,孩子黝黑的鼻尖总是沁着细粒汗珠。汽车轮胎被软溶的柏油路面所缠绵,发出不甘屈就的尖叫。凉席上,汗迹拷供出辗转无眠的夜。

树液在柠檬桉银色表皮下凸凹蜿蜒,发出咕嘟咕嘟急促运行的循环之声。一支支草箭怒举炸张,刺猬似的令飞虫无处立足。白粉蝶被驱出做爱,竟拥抱着在水泥地面死去活来。

然后,风暴在子夜来临。

三

巨啼落下并无先兆。

獠牙长嗥,门窗应声洞开,稿纸书籍反叛,边缘竟锋利如刃。花瓶倾倒,发出碎裂白亮的声音。

刚落下铁栓,听见老杨桃树的裸枝狂舞,抽打窗棂,叫嚣着,它要进来。

在黑暗中进行的践踏无须目击,你把根留在那土壤里了。凡雷电所殛,瞳仁焦烟笔立。

两手相握,枕一夜惊涛。

清晨,以祭扫的心情入园。预想残骸遍地,却被凤凰木抢先一步,硕英如血。

四

薄薄的阳光渐渐浮起,结成百花泪痕。

倒伏的芦苇艰难伸直,枇杷树一夜轻盈许多。鸟儿啄食落果,翅膀一翕一合,稍有虚惊杳如流星,碰疼了蔷薇伤口。

忽有银弹一曳而过,袅得非常余味。

是第一声蝉鸣,抑或是夏天初次呱呱?

有蝉鸣的地方就有水汽,胶成一网透明的凉意,从老榕的伞尖直抵倚墙而笑的石榴。生机无迹可循又触手皆是,在皮肤上粼粼波动,欲言又止。

一切重新开始。

1993.5

山里的日子

一

我要怎样积蓄青春的余焰,才能燃尽你空屋中,那一座百年老砖砌就的炉壁?

驯服,沉默,在断珠一般凌乱的日子甘守冷清。

只等你投进干透的老藤,我方盘旋蹁跹,伸吐血红的蛇信,曾经缠绵一棵树。我以低韵的火光攀援你,若你塞进树桩疙瘩,我拆裂地小声嗯啊,那是枯死的花期,指望凭借一场阔雨复生的孢子,还有斧砍相加的旧创。

青烟疼痛给你看。

手头再没有东西添加的时候,你喂我以你的手稿。我会轻柔地舔食每一个字,遴选一粒一粒火星,顺着烟囱向漆黑的夜空播放。

我用我的方式拼尽寂灭,展屏。

二

只有最寒冷的黑夜我们才相守。

小溪的跑步有些趔趄,细碎地踩在腊月的鼓面上。小鱼儿误食石缝里的冰凌,泼剌一声甩了个寒噤。小小佛手瓜攥紧拳头,与霜冻对抗。

榉树和松针联手,将咆哮欲狂的隆冬梳理成持箫少年,只是稍嫌性急些。

热恋中的乌桕,精选这一个日子盛装出嫁。随风撕下红嫁衣的裙裾,在山里到处散发喜帖。

想要下溪舀一勺新泉烧茶,不料舀上来几丝闪烁不定的星光。啊,原来是弹跳的透明小青虾。泼回去,再舀,这次溪流的馈赠是一串小红豆,是乌桕的喜糖吗?恭喜恭喜啦!小心理好挂在胸前,再去取木勺,木勺摆北斗姿势冻在圆石上。

不舍得抛红豆给我,又好意分享,就是挂在炉台前,你欲把今夜心事揉捻成红豆,我却想要戴上这串脚镯,舞一段霓裳。

足心痒痒,似有人呵气?原来是新笋淘气拱土。

三

菊的介入在午时三刻,好比嘹亮的一支铜管乐队。阳光获得鼓励,强壮得足够布置一道凯旋门。

乌瓦上梅花爪迹的轻霜,已融成叮咚水磬。沿墙根一溜车前草与马蹄莲,吮咂有声。

石桌斑驳,暗地铺陈八卦纹理,且错落偃伏一批莫测的梵文。

缺耳的陶罐周沿,水垢是一方八角古井的,打水的婢女面姿恍恍。

簇立在陶罐之上,菊的新鲜过分张罗,满苞一触即泻的芳菲,让人唯恐不可收拾。只敢拣一个蒲团盘腿坐下,与它对望。望得面红耳赤,前生今世情缘,望出一江春水。

黑狗踱到门边,被一屋子蓬勃熏人的醉意冲出老远。忽然在泥地上连撒三个欢滚,箭一般穿过莽草,跃过溪涧,吠得野山梨林子颠三倒四地回声。

壁炉已渐渐冷却,在你背后。炉台上有你昨夜的茶杯。

木柴的焦烟味一点一点散去。

被忘却的红豆泪光莹然。

1996.1.11

樱 花 照

从未见过樱花,但通过文学作品,我对它心仪已久。几年前福建有个著名话剧,就叫《泪血樱花》。想象中它必定是如璎如珞,那么凄绝,那么哀艳,令人心疼不过。

樱花樱花,让人想起和服女子和碎步,想起木槅子窗和榻榻米,甚至日本清酒和生鱼……

没想到四月来青岛参加《青潮》笔会,晚报主人安排的节目单里竟然有"赏樱",真是难以相信。追问:"是东瀛之花吗?"答:"是的。"果然是从日本远洋"和汉"而来的。

微雨,中山公园游人如织。远远先见到几株血红的花树,说这是双樱,季节尚早,只是些花骨朵儿,一派天真的稚态里先有了几分怒绽的痛楚。想起家乡厦门,有一种花树,也是红得这般热烈深沉,学名叫朱槿,英国诗人把它叫做"滴血的心"。

不知怎的,突然有些恍惚。

轻云薄雾似的樱花悬浮头顶,团团簇簇,层层叠叠,挤挤挨挨,拼尽生命似的义无反顾,全然无惧春寒料峭。花瓣那么娇嫩那么典雅又那么无邪,我才明白什么叫樱唇。

众人都在拍照,我独悄然蹑足。

忽听微语:"我身旁的这个位置原是留给你的,只是我不敢这样说。"

循声觅迹,哪一株是属于我的花树?
疏风所至,落英如雪,都是些樱花心情。

         1993.4.23 青岛

大红袍记

父亲嗜茶,少小时听他说起:

武夷有风水宝地,云雾缭绕之中,突兀一柱危崖,四周峰峦奔腾伏跃,犹如群龙戏珠,称九龙巢。崖上不知何时,长出寥寥几棵瑞木,汲日月精华,浴春岚夏露,除了猿猴,无法接近。于是,人便驯了灵猿,清明期间攀援采摘,每年不过盈把。闽中秀才赶考,途经此地,染恶疾,得高僧烹茶汤解救。那人高中进士,奉此茶巴结皇帝老儿,龙心大悦,从此岁岁为贡茶。问:茶谓何名?进士俯首见身上崭新官服,灵机一动:大红袍是也。

大红袍的神话和传说,举不胜举。

每逢大旱,管理人员便辛苦挑水上崖浇灌;何时采摘,得多少克,左轻摇几下,右重摇几下,都需历历记录在案。掐秒表来杀青和烘烤,最后"炼"得多少克,那是比称金叶子还仔细。据报道,20克大红袍,竟然拍价18万卖出。

赴省城开会,朋友赠予轻薄纸包,说是声名赫赫的大红袍。料其虽非母本,必是嫡系的亲生儿子孙子,或曾孙子矣。几瓣茶叶而已,却千万珍重,只许独品。众会友拿眼睛瞅着,我欲有福同享。朋友坚辞:缺茶具。答:手边正有紫砂;朋友二辞:难得活水。答:以纯净水将就;朋友再三:可有好心情?彼时,会正开得百无聊赖,何来好心情!遂罢了。

我将其珍藏于锦帛绣盒,置书案,永不启封。纵然天时、地利、人和,一应具备,又何必真正水落茶出!

独一无二的大红袍高高在上,是武夷岩茶的象征;是一方水土一方文化的精神图腾。

让我们仰望让我们梦想,让我们总是双颊生香,舌底津津然也。

2003

多情诸君

A

粪土轻诸侯的年岁里,非黑即白,理想得很。陪一位老作家上厦门万石岩植物园,弯道上几株花树嬉笑迎人,煞是纷繁可爱。老师告诉我此花名凌霄,别看它高枝摇曳,好生风光,却是攀援它树青云直上的。心中生厌,掉头不再多看一眼。

数年之后再旧地重游。原主儿已枯凋惨淡,那凌霄既分享过荣华,自当同遭此劫吧?不料于路旁灌木重睹芳容,幸亏有木牌加以说明,此花不是彼花,虽有血缘,乃"硬骨凌霄"也。原来该族中虽有攀龙附凤之辈,却还有立足大地独立自尊的铮铮傲骨,从此刮目另看。

珠海出版社约我一本女性题材的散文集,就取名为《硬骨凌霄》。

B

过去南方庭院,常见一棚葡萄,往往还有半架黄色与白色相间的小花,叫金银花。名字既有民间风俗色彩的大富大贵味儿,也形象贴切得很。溽暑用它泡茶可清热解火,妇孺皆知,老少兼宜,好花!

它另有一典雅的名字叫忍冬。有位诗人"反右"时备受惊骇,"文革"中又九死一生,以心脏病为由在家赋闲读书。巴掌大一方砖坪,栽一株忍冬贫贱相与。来叩这扇小木门的多是本地未名诗人、预备作家,主人尚未露面,门缝墙头自动迎客的就是这活泼泼笑吟吟,稚瓠初露的小顽童。

忍冬忍冬,忍了又忍,春天到来不久,那诗人却英年早逝,嗟乎!

C

有一种藤栽植物,其名婉约旖旎,令人想入非非,曰茑萝。北方汉子问我什么是茑萝时,双唇也不觉作小女儿状。

茑萝是南方娇宠溺爱的小公主,吮吸着月色长大。它那鸟羽一样旋转着的小舞步,一次比一次接近星空,缱绻的触须有如坚持不懈的纤指,伸向苍茫。落难中的老父曾在我的窗台上置一盆茑萝,晨妆夜读,目光常陷于它在窗棂上精巧的布局不能自拔。

唉,北方的汉子,叫我如何向你说茑萝?一道星霜月痕?一阵轻微的战栗?十八岁女儿梦中爬满的晕红的星状小花?

茑萝的心事吹弹得破。

D

盛夏的园林家院中,最无心计的莫过太阳花了。花意之烂漫,再哲学的老夫子也难以自持。有哪一个忧郁的行吟诗人面对这明目张胆的狂欢,还能保持崖岸自高的寂寞心境呢?

它(很难把太阳花称为他或她)们另有乳名,起自乡间,叫"死不了"。据说折一断梗,曝晒两天,沾土即活。我虽不敢如此残酷试验,但家中品种齐全,乃是我借观赏为名,袖中乾坤偷折一两枝,回家一插就活的。小学课本有"姐姐说,公园里的花不许摘",刻骨铭心,既已四色俱备,就不再干那提心吊胆的勾当了。

太阳花在北方过不了冬。但我为了明春大计,每日里追着南方的阳光移动花盆,盼望它们继续传宗接代。瞧它们瑟缩瘦伶,芽叶尽失,几团枯梗犹作苟延残喘状,于心不忍,只好祈求:夏天是太阳花,冬天就是死不了。

E

家园墙角有一古盆猩红十字小花,四季花期不断,据说是丈夫的老祖母亲手所植。老祖母逝去都五十年了,那花无人照料,依然蓬蓬勃勃,水火不惊,虬枝如戟,端的老辣。且浑身长满尖刺,不容风流的鸟儿落足轻薄,有个很性格的名字叫"鸟不踏"。

鸟不踏属仙人掌科,适应能力极强,落地生根,北方或许也是有的,只是不曾留心罢。因贪那老盆外形古朴,遂将鸟不踏迁往一瓦钵,让贤给贵族门第的君子兰。谁知鸟不踏性烈,不肯苟且,流放之后,一日一日萎靡,到底不愿瓦全,终于玉碎。

想我原不是那等欺贫爱富之辈,何以让四五十年的老家什自绝!悔之已晚,是以此文祭之。

1995.4.17

鞋　趣

　　星期日的海滨浴场,用当地的话形容:稠挤得像插冰棍,有摇大蒲扇趿人字拖鞋的本岛散仙;有从临海各疗养院、宾馆、招待所里,腆着大肚子而来的离休退休干部;有穿鞋着袜,面带风尘衣夹黄沙,大喊海水果然是咸的暑期旅游学生;有披鲜艳大浴巾肤色黧黑身材婀娜的本地少女。孩子们撅起屁股掘防空壕、堆日光岩,尖叫着把沙子扬得一头一脸;白色的排球诱饵似的起落,青年男子柔韧结实的身子弹射空中,犹如活蹦乱跳的鱼。

　　环岛都是美丽的浴场,可是人们习惯地挤在西边三百米的水域。

　　越往南走,软装汽水瓶和各式包装纸渐渐减少,走到老碉堡一带,已鲜闻人声。由于不受践踏,沙岸长起一丛丛蒿蓬,犹如长长的睫毛。野花探头探脑。

　　碉堡年份不长,已有古色。其实不过是上次内战仓皇留下的火力点而已。潮汐、海风和沙滩尽心尽力改造它,饰以牡蛎壳,衣之水藻青苔,雕琢石壁使之斑斓,花纹还吸收现代风格,接近象征派、点彩派、野兽派,"横看成岭侧成峰"。不上半世纪,这碉堡已沧桑得和它毗邻的礁石融为一体。

　　退潮时,坐在老碉堡的石坎上望海,据说是背靠历史看人生。这是岛上一位三流哲人说的。这人后来疯了,又发表了许多更深刻的哲学,却再无人传诵。

礁石连亘。浪花其间神出鬼没,立时锋利雪亮起来。

尖峭凶险的兀石上,一支钓鱼竿静静悬着。

沙滩像少女的肌肤一样洁白无瑕。

一双咖啡色的男用塑料凉鞋端端正正搁在沙上。鞋跟磨损很深,明显地倾斜。是个走路落地很重的大高个。鞋口断裂的地方很仔细地补过了,只是技术不太熟练,补位有些毛糙。紧倚着它的是一只米色皮凉鞋,嵌着金属钉的细高跟踮着,仿佛正在旋舞;另一只女鞋向前冲了半步,一根纤巧的绊带散开,微微摆动。风要再大些,它就要轻盈地、热切地、优雅地飞去,在海天浪际化为一只修长的啼叫着的水鸟。就在近旁有一双白色的泡沫童鞋,鞋带甚至没有解开,显然是从一双急不可待的小腿上蹬下来的。一只翻扣在地,另一只摔得远远,让蒿草爱惜地托在叶尖上。

夕阳眼看就要落入礁阵,一个巨大的伤口,红得令人绝望。最后的晚照从高高的伊拉克蜜枣树的绿叶上淅淅沥沥滴下,被香蕉树的阔叶接住,再往下汩汩深入土壤。

沙隙里因此热气蒸腾。

一只白色的沙蜞从童鞋钻出来,攀上女鞋的拱门似的绊带,恫吓地举起半透明的螯足,与夕阳对峙。片刻,不耐那伟大的沉默,小小沙蜞一道白色的细烟似的没入沙洞不见了。

钓鱼竿依然水平地指向夕阳。

暮了,天光更趋于单纯明净。一天的最后时刻殉道者般崇高,且触手可及。

古堡已经成为轮廓,它铺开的影子一片阴凉,水似的浸在沙滩上。

远远看去,鞋子们像巨大的贝壳,像沙滩之芒。

开始涨潮了。

1985.4.7

伸过你的杯子来

为他或她燃烧一分钟,在我们的一生里,可以发生无数次。

当他气宇轩昂地在讲坛上驰骋纵横妙语连珠的时候,当她星眸花靥鬓发飞扬在舞池里扇起旋风的时候。为了佐罗那潇洒的一剑,多少姑娘情愿为此遭受劫难,《渴望》一剧风靡全国时,又有多少男人寻找慧芳!

与他或她钟情三五天或数周数月,就好像一场不期而遇的病。在《茵梦湖》里,是一段美丽的邂逅;对于罗密欧与朱丽叶,却是一场悲剧性的雪崩;被叶公好龙的现代人津津乐道,就是所谓"艳遇"。

要爱得那样缠绵悱恻,不难;要轰轰烈烈惊天动地一番,似乎也可以做到。因为,这都比决心和一个人厮守终生容易。

决心选他为伴,就要捏起鼻子为他洗臭袜子,习惯他的鼾声,第一百次提醒他不要把烟灰磕在地毯上,第一百零一次伸手替他把衣领拉直。也曾揽镜自怜,只要他轻吻皲裂的手背,就又幸福忘形得爬上爬下拆洗窗帘,为剥出一碗他爱吃的蟹肉羹,又把指甲弄劈了两根。等他头发稀了,将军肚凸出,又该盯着神功袋,给他煲参汤。睡眠越来越浅,两人并排卧在床上慨叹着复习旧功课,从臭袜子、烟灰碟、蟹肉羹一直聊到孙子的入托。咳!咳!互相捶着背。

择她终生为侣,看手表特别勤,打电话请假的语气比贷款还要软和,迟归时记得提着鞋子摸黑进屋。并肩上街,已练得眼梢尽收妙龄女郎而她毫无所察。渐渐恋上家常疙瘩汤或红薯粥,脚丫摸索的是那一双旧拖鞋。不听她唠叨就心慌意乱。半夜醒来,看看枕边披头散发肿眼泡厚嘴唇的黄脸婆,比起满世界浓妆艳抹的诱惑,油然而生一股无可替代的相依为命的亲情。

张晓风写:爱他,就是在寒冷的深夜里,不断给他的杯子续上滚沸的开水。

斯妤写:爱一个人就是真切地想做他的左右膀,做他的眼睛,甚至他的闹钟。

那么,伴侣的意思就是,不管十年、二十年,你都为他(她)拧紧了发条,并且让手捂着的那一壶水,永远滚烫。

1995.3.13

你丢失了什么

个把月前,收到你一信,笔头甚是沉重。说你受人暗箭,进行了一场伤心突围。然后你无精打采地续了一句:"我想你该不会加入这场围攻吧?"

时值十号台风在福建境内三进三出,搅得人仰马翻。我刚下飞机又即运行,读你的信,就好像目睹台风过后的龙眼林,遍地是青果断枝,令人无奈地心痛。回信给你,却不敢推波助澜,只一味劝你对自己要有信心,仿佛有了这重铠甲便可以闯荡天下。

我一向也是这样给自己打气的。

在文学这块营垒上,有哪一个女性不是开阔地上的箭垛?弄得个个后来不是成了耸刺自卫的刺猬精,就是练成了耳朵覆盖术,它比气功更能修身养性呢。

箭镞乱响,无须频频回头,就知道你总在我背后。虽然不够强大,但却温暖可靠。在人情纸薄的现代社会,友情或者不是止痛膏,不是清凉油,但在干渴的时候,至少,它是一杯纯净的水。

要说我们之间远,也是。虽不是相隔千山万水,但有一座咫尺天涯的罗湖桥。十年中我们只见三次面,三次都匆匆,未等将眉目看熟了,又得挥手再见。要说我们之间近,更是。十年里我们青鸿不绝,如潮汐一样守时。为每一桩小小的快乐而一起心情雀跃,在每一次骤来的打击时相濡以沫。兄弟姐妹之间疏以音讯的比比皆是,就算是情人,十年里也难能保持这样耐心与热忱。不是说,现代人上火车去旅行,等下了火车已完成相遇恋爱结婚离婚全过程吗?

如果说我们并不相知甚深,是不是可以说,我们彼此有足够的信任。我不知道你喝咖啡放不放糖?你写作习惯半夜还是清晨?但我总记得你爱蹙着眉,守护你自己那份忧郁。你在最开心的时候也不像我那样前俯后仰,可是你容忍我的任性与刁顽。你的忧郁你的诚挚你的缠绵是你的弱点也是你的可爱之处,它令你多有机遇,多有失望,因此也多有作品。

你的小说散文源源不断,令我气恼。白叫你十年师兄,从不肯虚让师妹一招!

还问我可否参加对你的围攻?

我不生气。

二十年前,我从插队的山区回城过年,住老姨妈处。老姨妈无儿无女,独身大半辈,是名资历很深的老会计。为找不到一张十元的钞票,她把所有的衣服都从柜子拉出来,当时的中国人每月生活费还够不上八元呢。所以我也很焦急地帮她钻床底,扫墙角,还一边不住口安慰她。

半夜里老姨妈突然一跃而起,喊一声有了,打开厚厚的账本,那钞票赫然安在。原来她白天做账时顺手将钱夹进去了。

然后她感慨很深地对我说:"换一个人和我同住,我寻找失物时绝不可能这样大张旗鼓,而那人也很难像你这样胸无芥蒂。"

我那时十六岁,年轻的书虫一条罢,不谙人情世故,姨妈说得我眼睛一眨一眨的。

已经过了二十来年,我仍然要对你说:如果你丢了什么东西请告诉我一声,让我们一起来寻找。

1990.9.20

春深梦浅

夜来飒飒风声,在小楼内外快活地回响。门窗的砰然、花瓶倒地的悠扬、书页沙沙翻动、落叶在院子舞蹈。睡眠因此长出了一片芜草般的梦。

醒来才记起,昨夜是元宵。

晨起打开窗子,风停了,仍有轻柔如丝的呼吸磨耳擦鬓。每年第一次的燕语,呢呢喃喃都是初恋,连鸽子低回的姿态都像弦上的弓影。窗下的小树突然蹿高了,合起无数天真的小手掌向上苍拜谢。

天空梦着,暖云暧暧。楼房、树木、行人笼罩在隐秘的不安与期待之中。

虽说刚过元宵,竟已春深如许了。

信箱塞得满满,抱着上楼来,一封一封懒懒地捡,明知没有你的信。有时三两月,有时半年,你的信虽然少,但每次都密密麻麻几大张。

巷口有人往里探探头,犹豫了一会儿又走了。那也不会是你,你到我家里来,步子迈得又轻松又自信,你的笑容透过小巷两边的石榴树,早早吸引我和孩子到阳台来欢迎你。

阳台上那口景泰蓝鱼缸倒扣在地,缸底盛了浅浅一泓隔夜的雨水。你送给我小儿子的金鱼全死了,死于寂寞。

只有你送给我的鸡形镇纸石,晶莹可爱,乌黑的眼睛固执地凝视窗外,仿佛这煦风里有你的手温。

我慢慢拧开笔帽,准备开始写作。猝然而来的剧痛使我黯然。这一切又有什么意义呢?如果没有人含笑来到我肩后,对我说:"扔下你的工作吧,让我们到海边去,到山崖去,到树林子去!"

到山崖去:野莓花该开了,采摘果实的季节还没到来。我们发觉过的小路上,藤萝又淹没一切足迹了吗?

到树林子去:堆积的落叶已发潮变黑,踩上去绵软。头顶、身边都是水声。"别以为那是雨,"你肃穆地对我说,"那是生命绿液的流动之声。"

到海边去:坐在鹰嘴礁,看一节节波浪为赶赴盛宴,戴着白色花环翩翩来临;看钓鱼人守着定置网,脚边的竹篓里,有大海的抗议和馈赠;看银色的水母,沿古堡长满海草的基石仪态万方地散步。指尖不由自主在掌心写什么字,眼睛飘过什么颜色的云彩,以及为什么哭为什么笑,都无须认真。只是,阳光是那么松软……

邻家正在播放歌曲,有一句无意义的歌词被不断重复着:"你可以靠在我的肩膀哭泣。"

我拾起笔,写下这些文字。因为,我已过了哭泣的年龄。

1987.3.11

南方之邮

女孩在北方的初雪里写信。邮往深秋的南方。

她眺望窗外的目光纷纷扬扬,继而皎洁,然后湛蓝。她深信她的灵魂先行抵达了那片海域那座琴岛那栋小红楼,只是过于羞怯和热烈,她的声音被渴望所噎住,凝结在雕窗下的那株杨桃树上。

玲珑剔透,一颗颗都是水晶心肝。

拆信的女人在围裙上揩着手,撇开一堆急如星火的催稿信和电报,凭直觉她径自就触及了女孩鼓荡的脉搏。冲突奔放的激情再度涸染她的双颊成为桃色,她酡醉的眼睛瞬间数次泅溯过青春之河。但是,孩子快放学了,该打开煤气做饭了。她叹口气,把信放在书桌最触目的地方。一个忙碌的白天接着一个琐碎的夜晚居然拣不出一段宁馨的空间来回答那一炷久燃不息的烽烟。

道路都结冰了的腊月,女孩哈着手,跺着脚,把焐热了的硬币一个一个塞进投币口,在一些个数字间迷失寻觅。火红的羽绒衣已落下一层薄薄的雪绒花,终于拨通了那个缥缈的号码。为什么语无伦次地扔下话筒,又哭又笑,在抢购年货的人潮中奔跑、疾走、漫步,直到最后一班夜车开走?

铃声响时,女人正疲惫地倚在床头,拿起一本拾起便放不下的书。她从政协听完报告回来,家中已有一位自称徒步旅行全国的青年诗人坐等。虽然他那双纤尘不染的时髦长靴,比他前后矛盾的自我吹嘘更叫人一目了然。她还是给他做了一顿好饭,从姗姗来迟的稿费中抽出一大张赞助他的"公费旅游",心中充满了对自己姑息养奸的憎恶和对诗歌深深的失望。这个沿电话线流来的声音如此甜美,除去了她烦恼的蛛丝,纯净了她长吁不去的那口浊气。她听了一夜北方来的风,好像冰块在星空的高脚杯里碰响。被一个名字所缭绕就能回应于音乐么?次晨,她不解地听到天气预报里把它叫做寒潮。

女孩想做那梳髻子的女人。在稳定的书桌上操纵文学快帆,驶向报刊码头杂志港湾。拟千篇一律的小传,提供各种各样完美无缺的"玉照",在电视上得体地微笑,在酒杯上熟稔地作弊,在深夜里失眠。自知已经非常虚弱仍时刻准备为在语言丛林中前仆后继的青年探险家,燃起一堆温暖坚定的篝火。

女人梦想再做一次长发披肩的女孩,无由地跟男友赌气,在大街上吃零食,被一支简单的歌曲袭击得泪流满面,听一次演讲就迷上那个演讲者,直到下次演讲另一个演讲者为止。心血来潮时敢给最崇敬的人写疯话连篇的信,口袋只有五十块钱,却把五十块钱都用来打一个曲里拐弯的长途电话,仅为了听听那人的声音。

她们相向而行,一边走向萎落与殒灭,一端通向朝阳和霞蔚。她们从未谋面,但上帝作证,她们的灵魂一定在空中相遇过了。

1994.11

黑　翼

一

　　那一个令人心悸的夜晚没有任何预兆。只记得那个工作日格外劳累,由于不肯奉命调到厂宣传组去吹喇叭,又被流言和冷眼伤了心。

　　当我扶着女式自行车走进我所熟悉的小巷,那儿正在办丧事。

　　这条小巷有个名副其实的名字叫九曲巷,可见其深邃,其曲折,其诡秘了。巷口常年有一架手摇缝纫机,咔咔嚓嚓地操劳着。由这台缝纫机所抚养的两个捡来的癫痫头已长成半大小伙子,自家生的小闺女刚能坐在路灯下锁扣眼,老掉牙的缝纫机突然断了心轴,不响了。

　　因丈夫是个醉醺醺的打铁仔而名为铁嫂的女人,头朝内躺在窄小的厅堂里。厅堂不过是从十平方米的房间勉强分出来的一条走廊而已,兼做饭洗涤,两儿子夜间搭铺板。因此这瘦小的女人便把一双蜡黄的光脚伸到门外来,小闺女还来不及给她着鞋。

　　泥泞、幽深、路灯恍恍的小巷,委屈在这个女人的身后,像一篇无言的履历,令人不忍卒读。于是想,在打铁铺做徒工的两个儿子会不会失去约束一头栽在酒杯里,小女儿再不能背着碎布头缀成的书包上学而要到什么人家去打零工;于是想,外婆要是还在世,该会多么难过。铁嫂每天傍晚从坐在石条上,或坐在自家门口乘凉的人们面前经过,被两排齐崭崭火辣辣的目光所侦视着,恬然走进我家大门紧闭的小洋楼。我外婆扶着楼窗老泪模糊地守候着她;于是想,放学后将书包远远瞄准了投过去,一掷就掷在她身后的碎布筐里,便去小巷疯跑,跑得满头大汗,用她的大花碗喝甜草根茶,在她的盆里洗泥污的手,洗脚丫子,再整整齐齐穿上鞋袜,去哄骗严禁打赤脚的老外婆。和我们联合作弊的铁嫂屡屡从缝纫机后面抬起头关照我们,笑容像晚秋的菊花有古朴久远的清香;于是想她炊的南瓜糕;于是想她抚在我额上那一只粗糙的手,有那么多裂口和茧皮……

于是,于是便不会思想了。

二

我童年与外婆生活的小洋楼已失去往昔的气派。原先摆设着猩红软沙发和景泰蓝大花瓶的客厅被白木板隔成许多长形、方形乃至多边形的小间,为各家领地,或举炊、或饲鸡、或待客,只留一条更小的"九曲巷",容六十多岁的姨妈摸索进出。

老姨妈因此常在外云游。

我无事时便回来看看老姨妈,她不在我也总是自己到她房间里看看外婆外公的骨灰盒,掸掸尘埃,就像当年拂去外婆肩上的线丁一样。

这个房间曾是我的闺房,我小时描在粉墙上的《红楼梦》系列人物偶尔还会从旧报纸的掩遮下,甩一截长长的水袖出来。

这个小房间原是十分凉快的。盛夏时分,我双膝紧紧夹住睡裙,一手捵着鬓发,一手压着书页,东南风那样肆无忌惮呀。

现在却没有一丝风。

才看到连百叶窗也坏了,靠几根塑料绳维持着。

闷热的空气似乎在放骨灰盒的五屉桌那儿形成旋涡。电灯胆在黑暗里发红。纸花越发虚假。静默落下别有用心的帷幕,板壁那边孩子的啼哭和楼下汹汹然的骂架极为遥远模糊。

好像有一些声音努力着,要挣脱禁忌发出信息;又像好些鱼痛苦地翻腾着,水却紧紧框住它们不让暴露痕迹。

我全力抵抗着从床底下、从门后、从不可知的地方蔓延过来的压迫,直到这个小房间倾斜如舟,沉重的海水齐到胸口,这才一步步挪到门外,用僵硬的手指仔细地层层锁好门。

楼底放着我的自行车,我习惯地先按按车铃,奇怪,车铃像受了什么惊吓只颤抖着发不出声音。抬头我看见身边立着一条颀长无比的雪白影子,我不假思索推起车向它撞去,然后,我发现,我连人带车撞进一绺灰蒙蒙的月光里。

流泉一样的月光,有水雾的冷意。

走出大门,我不甘心地回头望望,月光、人影都不见了。

或许正有一朵云掩过来,我对自己说。

或许是,那东西退走了呢?

三

急急回家去。

家是临时租借的古宅破屋,比我插队时住的老庙更破烂不堪。为了我在厦门三班倒的工作,父亲陪我从鼓浪屿的老家搬出来,向人高价租了这一内一外两间小平房。

父亲亲自动手抹了墙又铺了地砖,还顺便开出一小垄花畦,无论种下什么花卉,全都开得极鲜艳且肥硕。在这一片废墟和烂砖堆里,那盆大的芍药简直妖氛十足。只是因为花费太大,不能把屋顶揭了重盖。我常常在半夜从梦中惊起,根据雨声的强弱调整大大小小的盆盆罐罐。也常常下班回来,箱笼被褥泡在水里。后来这个破房子很快被房东要回,我们又回到了鼓浪屿的大家族里,我自己有一间真正的卧室。但每逢雨声炸响,心里总是一惊,然后浮上一种类似幸福的安全感:"至少,不再漏雨了。"这都是后来的事了,当时我坐在潮湿然而经过精心布置的小平房里,窗外月季和美人蕉,得异乎寻常。摸摸自己的手腕,脉搏还跳着呢。我身体的某一部分,有什么东西停了,我想。

我习惯地望望墙上母亲的遗照。潮气也侵袭到镜框里了,照片上有水斑。

都说照片不及母亲生前美丽,但那忧郁的微笑、温柔的睇视和若有所思的嘴角,正是母亲给我最深的印象。

照片上母亲的头发有一小撮是翘的,我每每看到就想伸出手代她抚平。突然她的五官聚拢来,眼睛冷酷地眯细,嘴角下垂,发出无声的惨烈的长笑,我环视周围,那笑声沾在每一件熟悉而又陌生的物体上,使之浸出冷冷水色。照片上浮动着一层铁青,笑容越发狰狞,凄厉地抓住我,我能感觉到那尖爪刺入骨肉的剧痛与麻木。

我悲痛得忘记了害怕。

是不是在另一个世界里,你遭遇到了什么,我的妈妈?那么,我又能为你做些什么?

从窗口投进花株丛丛的影子,像围观的好奇的顽童,我相信有些嗤笑和耳语产生在它们的摇曳之中。

这才想起来忘了开灯。

究竟在黑暗中坐了多久,我一点也想不起来了。或者几分钟,或者几个钟头,谁知道呢?越过那个界限,便不以时间计算了。

四

骑车在海滨道上,车铃一路响个不停。

风从被催眠中醒来,忠实地陪伴我,用毛茸茸的爪子摸我的耳郭。

夜市刚刚开张,平底锅上滋滋地炸着豆腐块,几双老练的竹筷翻动着,烧酒的香味弥漫开来。夜捕归来的渔民和下夜班的码头汉子,裸着酱红的背脊,或蹲或坐,围着小吃摊。气壮山河的划拳声间歇里,有人极惬意极响亮地吸了一下鼻子。

这才觉得害怕,觉得血那样若断若续地流着,心跳得双眼都模糊了,手心全是汗。

海湾分外宁静,淡淡的幽蓝。月光从陆地上流失,汇合在水面上,水波轻烟一般。海,以一种有保留的审视态度,反映岸上那灯火阑珊的生活。

十五年过去了,我再没有遇到那样的夜晚,受过那样的惊吓。在心情轻松明朗的时候,我很明白,那其实是幻觉。由于丧事,由于外祖父外祖母的骨灰盒,由于母亲的遗照,由于月色和黑暗的联台演出,甚至潮气也作了祟。

但是,失眠的夜间,听着窗门上毕毕剥剥的叩指声,看见窗口柠檬桉一再和我做手势,特别是夜渡过江,我和海若有所思地对望,像一对怀着默契的老朋友;我有时会觉得,我曾经通过了一个巨大的投影,当叫做死亡的黑色兀鹰飞过的时候。

它遮蔽了我一个夜晚。

1987.4

月之纤手

"坐直,双肩自然放平。"妈妈捡起分币,重新放在我的指尖。

"现在练习音阶。"我马马虎虎睃一眼翻开的琴谱,这些蹲在电线网里的小蝌蚪真不可理喻,它们应甩起尾巴游在水里才对。另一只眼直勾勾粘在窗外,秋天的傍晚正在天空织锦,魔幻般豪华奢侈,一直铺到跟前。似乎一脚踏上,你就变回童话里的小公主,那就不用弹琴了。

于是,分币又跌落,一直滚到楠木大橱下。

还没学会音阶,妈妈无心再管我。"反右"大浪潮倾覆了我家这只小舟。外婆家的钢琴捐给文化宫。我把乐谱折叠成许多飞镖,天空中快乐地奔跑着摇头摆尾的小蝌蚪。

午休,热心敬业的音乐老师在后山音乐教室里,为自愿旁听的学生演奏钢琴。我心醉神迷坐在木头地板上,被甩着额发半闭眼睛的年轻老师感动得无以复加。唱歌课进行三人一组期末考试,老师总指名遏制我:"请你小声些。"否则我必尽心尽力扯着嗓子把屋顶掀翻。

我的大嗓门为我赢得学生合唱团领唱的光荣席位。不幸的是演出前几天,我的声音忽然变得又涩又暗。我炖冰糖枇杷,尝遍青香蕉、虾姑草等民间偏方,每天早晚在家中屋顶平台上,掐着自己的脖子,勉强挤出破裂的嘶叫。

老师说我正在变声,换下我。我站在合唱团后排,泪汪汪看着取代我站在麦克风前光彩夺目的小女生,悲不自抑,悄悄溜下舞台,没人发觉。全体团员仍如痴如醉地继续唱着:"小苦瓜呀,小苦瓜呀……"音乐圣泉在我逃离之际永远对我关闭了。

　　我表面无动于衷任凭妈妈把德制曼陀铃、苏式手风琴一一卖掉,换回猪油肉松,那是三年困难时期里;我也曾鬼鬼祟祟把外公的旧唱片、线装书和象牙麻将牌偷偷塞进垃圾堆里,那是"文化大革命"的狂风骤雨里。

　　垃圾堆露出一条真正的貂皮披肩,我连头也不敢回。

　　只带着妈妈的一把破吉他去插队,和锄头蓑衣一起挂在泥墙上。

　　《骊歌》《鸽子》是妈妈教会的几支练习曲,但我不再碰它,自从妈妈逝世之后。

　　山区纯净无染的月光,被木头窗棂浇塑成修长柔软的手,斜斜探在泥墙上。我睁大双眼,紧张地注视着她如何一分一寸地缓慢移动,试图接近那把吉他。我深信只要月的魔指触及琴弦,天籁就会应召而来,回响在简陋乏味的乡间小屋里。

　　音箱里已有音符像蜂群一般攒动。

　　但是,每夜失眠,每夜眼睁睁看着仅分厘之差,在将触未触之时,月汐消退在时间的界碑后面了。

　　返城时,我什么也没有带走,几本日记烧了。吉他留在墙上。

　　又过了好些年,我回到小山村我那小屋,吉他大概朽坏不见了,却见灰尘淡淡地印出了它的形状。

　　它被月的手取走了吗,我的吉他?

1996.3.23

恁一个"静"字怎生了得

柏油马路忽高忽低,鼓浪屿便像迷宫似的扑朔迷离,游人缤纷如过江之鲫。

一个人口不到两万的居民区,节假日上岛的观光客居然有四十万人次。难怪很多朋友都遗憾着:"美是美矣,可惜人挤人。"其实如果有勇气脱开团队,游离彩色的传送带,自己随心所欲,信步而至,最能感受到什么叫曲径通幽。

每天傍晚,我都在新建的环岛路散步,快走大约需要七十分钟。中国人的旅游方式目前还只是"到此一游",蜻蜓点水而已,一般的旅游团队都走不到最美的这一段路。洁净开阔的、花草似锦的、碧波浩渺的环岛路,常常像是我独自徜徉的私家花园呢。

真正的长街只有一两条,其他都是羊肠路或八卦巷。小巷时宽时窄,且极其洁净。有些许落叶、落花、落果,毫无狼藉之状,反生野趣。像"旧使馆区"的鹿礁路,"别墅区"的漳州路和复兴路,白天因寂静而漫长悠远,夜晚因深邃而神秘莫测。偶过的脚步碟碟可辨,一片两片落叶夹杂其中,像切分音。

榕影倚老卖老欹斜着,九重葛纷披长发,发梢系着绚烂的花球。两旁高高的围墙,虽然不见所谓"红杏出墙"的香艳,但爱探墙头的枇杷、龙眼、木瓜、杨桃等南方佳丽,均有不谙世事的天真。

穿插在小楼、平房和乌瓦大厝之间的苔巷,往往三步石级两步砖甬夹一段柏油路面。宽的部位,刚够三两个晨练回来的女人家比肩结伴;最窄的那段盲肠,则漏下巴掌大一截阳光,可以揭来晒门前懒猫。

也还是安静。

女人临窗隔街喁喁互叙家常,男人提着手机在拱廊上寻找信号,小儿跌跌撞撞溜出门缝,屁股夹着尿包,跋涉到新街玩具店,被邻家婆婆拎回,哇哇张圆了喉咙;岛上音乐学校的学生在调弦,弓嘈嘈切切正好走在波浪上,涛声便一拍一拍陪着试音;美术学院的女孩子靠着短墙写生,不知不觉从日午的困倦中醒来,合上速写簿,伸个柔软的腰,掸落双肩闪闪烁烁的蝉声。

凹凸有致的静,暗香浮动的静,肌肤相亲的静,是岛上不标价出售的特产,附赠给胸无点尘的人。

2003

大台风来临

鱼的飞翔和歌唱

鱼在遐想。

它又能遐想什么？

它们都是同年同月也许还同日生的。没有年迈却睿智的老爷爷，跟它们回忆洄游历险，介绍化石的单细胞祖先，讨论美味的浮游藻类，传授弱肉强食的生存法则。

鱼在围网里神魂不定。

饲料定时定量兴奋地扇状抛开，又懒洋洋沉积在粪便上。鱼说，它没心情。

亘古以来大自然形成的生物密码，已经破碎中断。烽烟四起的云头，腥膻叵测的风向，野生虫类焦躁，海流变色转温，这些，一一撩拨且催醒退化的遗传基因。可是，接收到的警示是那么微弱，尽管鸣镝不已，鱼撞破了脑袋也不能破译。

养殖人忧虑的眼神漂浮水中，像微薄的日影，鱼徒然唧唧衔吮个不停。仿佛羊群，在风雪之际，孜孜寻求羊鞭的庇护。

十四号台风还是来了。

纷沓的怒狮暴虎在空中,受重金属鼓声的怂恿,贲张了鬃毛。这是先遣部队。

浊浪从天边驰近,开始还旌旗分明,霎时吞噬了水平线,紧接着壁立起来,像巨石成吨从险峰倾泻,所向披靡。

围网顿时撕烂,渔排颤抖着、呻吟着、无助地分崩离析。蛤类、对虾、花蟹和鲈鲷,犹如子弹穿过坚硬冷酷的海水,向四面八方迸射。刹那间,绝大多数均已丧命。部分奄奄一息者,后来都搁浅在沙滩和礁岸上,任人拾拣,贱价出售。

我们说的鱼,是一批刚驯养成功的成年金鲳。它们逃脱噩运依靠的是本能、体质还是背风的位置?是集体祭祀还是救赎,是庆典还是轮回?鱼的哲学需要时间。但,自由的到来猝不及防,晕头转向,恐慌万状,而且鳞损鳍伤。

被浪头连续抛在空中,享受滑翔的快感和坠落的惊骇,难道这就是飞翔?从不发声的器官忽然震动起来,摩擦出又扁又尖的危急嘶响,难道这就是歌唱?

台风登陆以后的蹂躏和屠杀,鱼无法关心。它义无反顾朝浅礁游去,是因为饥饿,因为对养殖人的信任和依赖。它不明白人群为什么骚动?长长的钓竿用来做什么?它天真地,宿命地,优美地,再次被拽出波涛,像一个弹跳的问号。

鱼张口结舌,在讨海人的竹篓里高价待沽,当它知道了什么是飞翔,什么是歌唱之后。

老妪力挽千斤

老妪双手拳在胸前,像袋鼠一样纵跃,来回穿梭于旧宅空洞的厅堂,十分紧张。有时她停下来,竭力扒着门缝,瞪视那棵呼天抢地的木棉,口中念念有词:"向后!向后!"木棉前仰后俯坚持许久,终于拦腰折断。它的巨大的树冠果然向后横扫,粉碎了围墙、公共厕所和一排废弃的工房,还有一窝淋湿的老鼠。

老妪和她的红楼安然无恙。

台风是什么?老妪问别人。别人忙于钉死风窗,堵塞漏洞,舀走积水,忧心忡忡收听广播里的最新报告。

这个滨海小城每年都有大大小小台风编号路过,人们像接待远亲投宿那样忍耐着它们的骚扰。太闷热的时候,甚至会仰面问天:"咦,台风怎么还不来?"急性子但合乎礼节的台风,把雨水和阴凉挎在臂篮上,来走亲戚的台风,是受陆地欢迎的空调机。

却没法跟老妪解释什么是台风。四十多年前台风造成的空前死难惨剧,老妪完全记不得了。甚至当去年被台风打碎的镜框修好完璧归赵时,她已不记得是自己年轻的相片,很生气:别人的东西不要挂在我的房间里!

风从木棉失守的方位,擂击后墙,发出排炮一般的啸声。

为什么要这样?老妪自言自语。我九十七岁了,一辈子没见过这么不讲理的天气,像强盗似的!跟每一个人她都说九十七岁,这样说了好几年。她如饥似渴期待着人们夸奖她年轻和硬朗,吮吸着慷慨施与的蜜汁,她像小孩子那样照单全收。

忽然她想起窗台上有瓶被遗忘的万年青,于是不假思索伸手拔起插销。窗门立刻撞开,伺机抢进的风刚露出魔鬼嘴脸,即与老妪打了个照面。

干缩到1.4米的身躯挺得笔直,不足35公斤的分量却岿然不动。乱发乍开去,花白而且焦黄,有电流在发丝上窜走光斑。浑浊白翳的眼睛十分严肃,略带责备和悲伤:为什么要这样?

我们可以不相信,说:台风就是因此羞愧得落荒而逃的。

木质的盅

风止,暮色四合,小楼上的拱廊便有些虚幻。人把自己嵌入门框里,仿佛劫后余生的幸存者,虽已离开惊涛骇浪的甲板,脚下犹漂浮着。

盘腿坐在硬木长凳上,年轮一圈一圈挽过腰间。这具斑驳的老木凳,已有九十年沧桑,纹理深深如斧凿刀镂,可撩拨出金石之音。手指细细抚去,不但沙砾杂嵌,且花籽草稞托庇其中。昨夜千军万马过境,或者触发老木凳陈年旧伤,竟刨动四蹄虎虎对峙,踩裂好几块廊砖。午后风的攻势渐弱,开门见它宛然依在,并未御风而去,愈加的淡定落寞,愈加的厚重憨实,隐约波伏几线生机。

这条木质的盅,是树精的招魂者。

为连根拔起的百年老榕、拦腰折断的幼桃榔;为那些青果累累却伏地不起的柿子、柑橘、香蕉和蜜柚;为毫无心机的蔬菜花卉;为所有草木的精灵们和最后的绿色义勇军,老木凳复活了一个世纪末的谶言。

暴君忽然销踪匿迹,割袍绝袂似的留白一段无言真空。没有一根针,敢放肆掉到地上。残树的裸根责无旁贷锁定密云,落叶忍住呜咽,蚊虫敛翅噤声,连光也被囚闭在坍塌的高压线里。

寂静。

寂静。

寂静何时这样深邃剧痛,又是这样空洞无物?这样杀机四伏,又是这样亲切祥和?这样冰白坚硬,瞧得见摸得着;又是这样稀薄这样脆弱,一指就能戳穿!

电话铃骤起,锋利地切入,破了黄昏魔魇。

(寂静萎靡成一朵红唇的九重葛,可以拈在手上。)

朋友在岛的另一端,十分关切:"你,那边可好?"

"三株合抱木棉腰斩,一名青年木瓜骨折;玫瑰洗尽脂华;君子兰玉碎,为堕落的古陶殉情;红瘦绿不肥,海棠难说依旧。"拿着话筒走近西窗,再续,"覆巢下无完卵,尚有雏鸟罹难。"

朋友唏嘘:"本市损失惨重,你的小花小草论当可休矣。"

"也许对植物界的'红卫兵'们说来,是一场摧枯拉朽的革命哩!"

朋友嗤地一笑:"是吗?那本单位的头头们怎么都还在呀?"

寂静挥发在柳叶桉的青色伤口里,潜移默化。

收音机里有消息报道:十四号台风遁入安溪、永春一带,被全军歼灭。

1999.8

迷路的故事

迷　路

几代人都在鼓浪屿居住,而我,就像丈夫所说的:经常在家门口迷路。

这都是真的。

小岛色彩浓烈,由于它的玉兰树、夜来香、圣诞花、三角梅;小岛香飘四季,由于它的龙眼、番石榴、杨桃,甚至还有菠萝蜜。这些大自然的宠儿被慷慨的阳光和湿润的海风所撩拨,骚动不息,或者轰轰烈烈,或者潜移默化,在小岛上恣意东加一笔,西修一角,增增减减,让一个拳头大的地方,坠住千万游客的脚,使他们总也走不出去。

险峭曲折的幽巷,苔迹的石壁和风格各异的小楼都是同谋。从小,家人告诉我,退潮时分,沿着栖霞落彩的沙滩步行,环岛一局不过两个钟头。我迷惘地摇摇头。记得儿子三四岁时,我带他去邻街的娘家。孩子在前面蹦蹦跳跳,我在后面信步逍遥。不知什么时候,我跟着孩子走错一个街口,结果两腿走酸了,又几次问路,七弯八折才寻到老爸家。平时五分钟的路程用了四十分钟。

说起来谁也不信,这类事件丈夫记录在案的不知有多少起。

有如纽约港的自由女神像,巴黎的凯旋门,日光岩是鼓浪屿岛的坐标。早起开门,夜来掩窗,我都要和日光岩相互致意。岩顶永远密密匝匝一圈人,远远看去宛如一顶皇冠。有朋自远方来,都得带去晋见。只是岩下小路总是记不住,多少次都迷迷糊糊撞到那"此路不通"的木牌前,才讪讪然返回。台湾女作家陈若曦曾经如此被我延误,于是在文章中,公开揶揄我是不称职的导游。冤哪!迷路,其实也是游岛的其中一味呀!

现在我已不再越墙偷摘龙眼,从前听到有人咳嗽便屁滚尿流地鼠窜哩。那年暑期,这边修房,我带儿子到父亲家暂住。邻童夏夜偷袭成功,每每和我分赃。一把把簇着绿叶的鲜果,看过去那么清凉,多汁的夏天犹把残梦遗留在已不随风颤抖的枝条上了。你不能形容那滋味儿,只知道小摊上的鲜果绝不能相比。直到现在,一看到硕果累累的老树,我不由得要估量一下篱墙有多高,有没有狗。忘记了自己已是一把老骨头。

我儿子也出生在这小岛上。

十几年前,我还写诗,不用电脑。夜阑,我一手挽着摇篮,一手在稿纸上信手涂鸦。波浪汩汩溅溅,海也在抚拍她的摇篮,直到我们全在她的怀里入睡。梦中,儿子长成一片热烈、优美的小树林,让妈妈心甘情愿一再迷路。

还是迷路

1969年冬到1973年春那些日子,小岛静得有些荒凉。外地人等闲不得进入前沿这个地域。本岛从十四岁到二十岁的男女学生,全到遥远的山区去怀念蕉风葵雨,就这样出了几个又"寒"又"瘦"的不景气的小诗人。在渡口看那些急匆匆上下班的人,忧患很深的脸上个个了无生气,连平日笛音般的海风也肃杀荼毒起来。

渡口四株纤细的假槟榔,像站累了的老不换岗的哨兵。再过去,缆着大大小小的渔船,船尾船舷晾挂着用树汁染过的、褐红色的男人衣裤和红色的女人短衫。渔女们手脚特别肥厚,眉毛眼睛乌漆生光,哑着嗓音招呼孩子。船楼前的甲板上,围着一大锅白粥,每人盛上一海碗,两片大脚丫子八字分开蹲下,大口吸溜吸溜起来。人人惬意自得,浪兀自晃晃,船兀自摇摇,锅里碗里不见漾出点粥沫来。

海岸上行人寂无,快到戒严时间,我爱在沿海一带流连,常常被跟踪,有时以为我是心碎的绝命女郎,有时怀疑我胸怀异端。

久不受刀剪之苦的相思树,无法无天,把通往海滩的小路一一封锁起来,只露出一角木牌,粗重地呵叱:军事重地!人自然望之却步。只有我那迷迷糊糊的老毛病常常带我走入禁区,又安全地迷迷糊糊地走出来。因为相思树争相掩护你,沙滩绝不出卖你的足音,星散的贝壳宛如阿里巴巴的财宝。我曾经在沙波上看到一只大海豚,虽已"仙逝",矫健的身躯似乎随时优美地弹起,化为一道银亮的闪光。

更常看到的是搁浅的小船,它常让我想起莱蒙托夫的"帆",想到海和船的互相渴慕,想到现实和梦的距离。

那时,迷路的何止我呀。

是回家的时候了,却找不到来时的路。依依不舍的相思树频频拉住你的衣襟,紫色和蓝色的小花屡屡绊在你的脚上。

从一个意想不到的地方钻出来,抬起头,我再不能动弹。

一座小洋楼从荒芜的花园踮起脚望着你。小铁门锈坍在地上,高大的柱廊和雕花的石栏上落满鸟粪,依稀的花甬被狗尾巴草淹没了。

而无数火焰在它玻璃破碎的排窗上燃烧,被遗弃的小楼活跃起来,光的手,在它一排排琴键上演奏,又愁惨又庄严又深邃,吸引你,逼迫你又控诉你,小楼有属于它自己的记忆。在瞬间,它把人拉近它的磁场里。

直到夕晖老去,寂然无声,你的灵魂和那楼。

也许是虎莓的缘故

岛上曾经有一条五彩"旅游路",路上行人络绎不绝,摩肩接踵,各地口音混杂其中。正是游客无意的踩踏,彩砖很快残缺不全。今年重新挖路铺设管道时,又改回朴素的钢灰色水泥砖了。

循着这条路,先登日光岩,后奔海滨浴场。游客们总是赞叹一番日落霞飞,又光着脚丫子在沙滩上过过瘾,大叫:"海水果然是咸的!"然后把一个地摊上买来的三等贝壳,翻来覆去啧啧不休捧回家去。

岛上有的是"鸟鸣山更幽"的去处,鲜有人知,或许因为这样,小岛才没有在旅游热里变成香蕉皮和软装汽水瓶的垃圾场。

很多年前,诗人吕德安在工艺美术学校(现在的工艺美术学院)读书,我曾和他在岛上,也就是在家门口,进行过一次计划外的探险。

五月,刚下过几场春雨,走在洁净的柏油路上,总觉得有些亏,不知不觉,脚就挪到有草的地方去"踏青",又不知不觉,离开了正道,竟绕到升旗山背后。

突然,眼前一花,就在石墙上,小路旁,斜坡里,先是一颗两颗,接着是如璎如珞,最后成片成片的,是凌凌熠熠的虎莓。好像隔夜攒积的露球儿,顷刻就要在阳光中化了!真舍不得碰它,你一边走过,它一边开粉红色小花,忽儿就嘟噜出宝塔似的青果,阳光摸过就红了。转瞬,蜜汁就流在浸饱了的泥土里。被引诱着,我们走进小林子又走了出来,跃过几道坎,不知何时,虎莓们消失得干干净净。

脚下是一块巨石,钢琴似的凌空伸向海天。试着往石头下面望,头立刻昏眩起来。浪花在犬牙交错的礁石上激进万道虹霓,阳光的魔术在这里造极登峰。

远远的大海看起来那样平静,温柔,蓝汪汪的一往情深。一艘豪华的大客轮懒洋洋地晃着,就要睡去。但是,水面颜色的变化,正说明危险的潜流仍然在激烈地争夺海的王杖。

相思树的枝条软软搭在肩上,邀你在花粉如雪的石头上坐下。

风不来搅扰,可以听见它在林子间轻轻叹息着走远。

忘记了时光,忘记了你为什么来又为什么去。你心中也有一片大海。絮着绒毛一样暖和的阳光。潜流依然存在,在你意识深处号令一切。但你暂时不再注意它。你平静,你温柔,你也渴望一往情深。

你在思念谁?

谁在思念你!

往回走的路上,我们都不说话。他的画夹里只有几张白纸,我至今也没有写出一行有关那天的诗。

也许是那虎莓的缘故。

这是我们和小岛、阳光、波浪共守的一个秘密。

消失了的梦境

在小岛上生活已有五六十年,闲暇信步,还常常在岛上所发现的"新大陆",邀请朋友聚会。外出三两月,想它便想得心慌、心疼、心醉。可以说,我和小岛基本形影不离,但我不敢说,小岛最美的地方我都已染足。

因为,小岛最美丽的地方变幻莫测;因为,一年之际,一天之际,最美的时辰在选择它的宠幸者随心所欲;还因为,最美的地方,最美的时辰,还要有与之相谐的心境。

1970年,我从插队的山区回来探亲。借了一架不知牌号的破照相机,茫茫然听了父亲有关光圈、焦距的指导,便携了我的小妹,满岛乱跑。我们抢拍了许多镜头,得意扬扬四处给人看,人人摇头,说那些黑乎乎的影子不知何处。还记得妹妹在那些照片中有各种叫人捧腹的怪相,这使平时腼腆的她看了也是又哭又笑的,那是我的杰作。

唯独有一张相片分外清晰,仿佛我所目睹过的那个幻影,在蒸发之前,给被它感动到极点的眼睛,一个永久的凝然回眸。

我和妹妹都累了,渴了,那是一个炎热的日午。不知道我们到了什么地方,只想找个阴凉处歇歇。这是一个门楼,类似鼓浪屿常见的"李家庄""张家园"。

那样,大门紧闭,两侧小门洞开。

四周静悄悄。

一只肥硕的大老鼠掠过脚下,遁到野草之中。它所扰乱的那些线条,随即又纹丝不乱地回到原来的位置。小小的喷水池里长满了杂树和蕨,地上偶然可以看见一点雕像的碎片,有时是一只表情丰富的手腕,有时是一块冷漠的面部。假山已成了名副其实的土丘,凉亭锈满发黄的时光。

在这上面,是沉重的阳光之河,无限寂寞,无限精致,又无限经心地,让荒凉纤毫毕现。

庄严的主楼和优雅的小楼之间以长廊相接,白云在银栏的空隙里飘动,仿佛是这里唯一有生命的东西。所有的门窗都拉上厚厚实实的窗帘,更叫人臆想窗帘后的许多灯盏,许多微笑,许多秘密。

我在银栏边,让妹妹为我拍了一张相片。我拿了这张相片问过我认识的许多人,他们都不知道有这样一个地方。三十多年来,我有意无意在岛上寻找这座迷宫,可是它整个儿从岛上消失了。

直到今天,我还仿佛看到那晴朗的蓝天,阳光下绝唱式的神秘花园。我清清楚楚记得两条纤瘦的影子,正傍着一株年代悠久的老石榴。那老树回光返照地,开着几朵娇艳的花。

很有可能,我们后来又互相重逢,那是另一种心境的姑娘,和另一种姿容的仙境,在另一个季节里。

我们得到的,转瞬就要失去;我们失去的,正悄悄从另一条径向我们接近。只是我们不自觉罢了。

1986.10、2006.10 补

二 两栖女性

我的常用名

好几年前的一个晚上,我正捏着遥控器翻阅电视频道,这是我平日里的娱乐休闲方式,很没有出息吧?此时此刻,全中国的网虫正密密麻麻趴在自家的电脑前兴风作浪,大多是新新人类一族的专利。不像而今全民皆网,连耄耋老人和学龄儿童都在博客里奋勇跟进,不亦乐乎。

电话铃响,只听见深圳的王小妮急切地问:"你上不上网?"

"不啊!你是知道的。"

"让你老公到'诗生活'网站上去看看,有个冒充你的家伙在那里闲逛呢。"

果然,有个自称舒婷的人在那里从容应对。

人家激动地问:"你真是那个写《致橡树》的舒婷吗?"

"是读《致橡树》的舒婷。"回答挺实在的。可不知道为什么被网民给故意忽略了?还是有人继续问:你认识周涛吗?答:唔,是新疆的那个周涛吗……有点像我的语气耶。我不由得恍惚起来,莫非真是我在那里坐堂?

小妮给网站的大掌柜打了电话,这个"舒婷二世"就从屏幕上被消灭了。

那时候的我们真是小题大做啊。一个舒婷倒下去,千百个舒婷站起来,还不只是在虚拟世界里。

20世纪80年代中期,有个幼儿园老师告诉我,来注册的新生中有名叫舒婷的。我还开玩笑说:为避免大街上喊一声"舒婷"同时应答的尴尬,给她十块钱,或请她给我十块钱,我俩中其一改个名吧。

再后来,本地报纸上刊登的少年作文大奖赛的获奖名单中,就有林舒婷和邱舒婷。不管这两个小女孩是否真的有文学细胞,她们的父母肯定是文学爱好者。

再后来的后来,也就是去年,《厦门晚报》做了个专题调查:如今仅厦门这个小城市就有211个舒婷者。据说1950年到1979年有两位;1980年到1989年有80位;1990年至今有129位。我比较好奇的是1979年之前的那位同名者是谁?打电话问了做这项调查的首席记者须一瓜,她回答:除了鄙人,还有一位陈舒婷,是1979年生人。

20世纪80年代正是新诗潮席卷的激情岁月,那个时期出生的孩子现在都长大了,网上冲浪是他们的日常消遣乃至生命体验。而我仍然不上网,只会通过outlook收发邮件。朋友们经常炫耀他们的博客,苦口婆心想要我到此一游。新浪网还曾经打过两次电话,邀请我在他们那里开博客。听我一再声明自己愚钝,便说可以耐心施教立竿见影等等。诸如此般都不能抬举我。

我本老土,胆子小,还懒,有自知之明,博客那东西怎能玩得转!大会期间,一见资深老博客把镜头对过来,说是国际性传播的,尽管还是资深老朋友,我也立刻掩面而逃,让朋友大失面子,从此遇见时,他的脸上能刮下一层霜。

慢慢地学会查资料。忽然看到"舒婷博客",大奇,进去一看,人家光明正大配了好几张她自己的清纯玉照,再不必蒙着我等老家伙的面具出场。这个小舒婷年轻娇嫩自不待说,比老舒婷可是漂亮多多,文字也行云流水的,有点意思!鼠标一拖,拖出各式各样的舒婷来,有跟帖的,有自立门户的,还有一些,唉,还有一些品牌产品。

天下那些同名的女孩儿,我妈妈给起的名字挺好听,不是吗?

差不多在这篇文章开头的那段时期,有位实习律师通过朋友找到我,说他在网上查询业务,看到有一妇女药品正在用舒婷的名字申请商标注册。经他的指点,我委托了中国作协的"作家权利保护委员会"去国家商标局投函"反对"。这次反对被接受后,邮来一张回执就再没有下文。过了两年,小律师已经正式开业,他告诉我,又有一家床上用品以此名申请注册,于是我又托"权保会"再次提交"反对"。

每次反对,伟大的"权保会"和可爱的小律师均是友情出演义务帮忙,但我自己要交给商标局一千元。如此公文来回挺烦人的,还是多花点钱一了百了吧。我问律师,可否由我自己一次性抢注所有可能发生的商标?律师答,大概有四十多个门类,每个门类又分几十个项目,抢注的费用至少十万元以上。哎呀呀,就算砸锅卖铁能凑齐这笔钱,我也不能把孩子的学费一起扔进这个老虎机啊。

今年7月份,忽然接到商标局一纸久违的公文,驳回我对床上用品商标的反对。理由是:"在我国,舒婷是常用名……"

说的也是。现在是常用名了。

2006.7

笑靥千秋

记忆中最温柔的笑容莫过于妈妈的嫣然一笑,这就是童年时代的最高奖赏。仿佛我在普通话比赛中获奖,我在学校歌咏大会的领唱,每周成绩通知单上的"全优",都是为了获得妈妈的展颜微笑。

妈妈的牙齿细密整齐,只是牙龈偏低,每逢她开怀大笑,就虚握拳头遮羞,像扶着麦克风,那姿势有些可笑,却又令我向往。因为,当时在我们的生活里,能让妈妈如此忘情的开心事总是鲜于遇见。这是母亲的笑容,每个亲情笃至的儿女都能在自己母亲的脸上汲取这种光辉。

我在插队时的女伴长相可以说很一般:小眼睛、塌鼻梁,生气时两片嘴唇一堵,活像两扇厚门墙,那几颗雀斑简直要暴出来。但她有足够的聪明才智,在那样单调的生活中,不仅自己笑声不断,同时让小集体洋溢欢乐的气氛。

我怀念她笑起来的样子:眼睛弯如新月,连乌黑的长眉都有感情,露出一口整齐的皓齿,要多甜有多甜!为这笑容,村村队队有多少小伙子夜间在桥头为她弹吉他。

这是青春无畏的笑容,不知何时,它们已在我们的脸上凋谢。但我们仍能从周围少男少女们的幸福中一再欣赏这些芬芳的花朵。

我的师傅是位极普通的女工。善良、勤劳、刚愎和自信混合一起的个性,使她所在的班组烽烟不息。我成为她的徒弟,不少人为我捏一把汗。但三年中,我和她相处得很亲密,甚至成了班组的避雷针。我喜欢她的笑容,常常逗她乐得前俯后仰。她的沧桑的前额舒展开来,疲倦的大眼睛又有了温暖的光彩,拉成长沟的颊上有当年酒窝的影子。她一定非常美丽过,但乡下跑出来的灰姑娘和拣到她的士兵丈夫,似乎从来不曾意识到这一点。

这种质朴的笑容让人想到野地的花,随处可见,又总被忽略。它既单纯又丰富,使你联想到劳动的艰巨与欢欣,生命的漫长与短暂,想到源与本,想到忘与记之间我们那些无法言喻的模糊冲动、情盛的濡湿。

还有一种女政治家的笑容。女人,又是政治家。

笑容于她们像男政治家当年的中山装,当今的西装一样,是必备的披挂。司管笑容的各部门都是有分寸的,因对上级、同事、下属的不同调整位置。但我们仍然期待它,哪怕配备一双眼睛寒气砭人。就像在悬崖峭壁的攀援中,暂时找到一个落脚点,心一松又一紧,于是再寻找,再接触下一个落脚点。

在当年居委会主任,工厂女人班组长那儿一再经受这种考验后,我领悟到:女政治家的笑容就是让你老那么附在悬崖上,不掉下来。

有人说:笑是一门艺术。

哦,这话真可怕!

1985. 10. 5

给她一个足够的空间

我曾经是"大女"。当我二十八岁了,还没有要结婚的迹象。

我是我所在工厂"文革"时的第一批学徒,当时全厂女工平均年龄是四十点二岁。我因而承受着无限火热的阶级友爱,体现在对我终身大事的集体救援。她们多方试探直至放肆粗野的调侃,我应对娴熟,或自嘲,或反讽,或言左右而顾其他,或现编一段肥皂剧,每每都能出奇制胜。

又陆续进出几批徒工,十八岁到二十二岁不等。这些女孩子每日忙于修饰小羽毛,像嗡嗡歌唱着的蜜蜂,奔来撞去寻找爱情,亦喜亦悲,影响整条流水线。老师傅以我为例,教育她们如何安心生产,那些小年轻看我老姑婆似的。连老师傅们自己也断定我有什么毛病,不时以惋惜的目光沐浴我一番。

其实我与丈夫距半条街,只不过地下工作做得隐蔽而已。岛上风俗,女孩子不能常上男孩子家,要被说贱了。丈夫倒是常来走动。那阵我初闯江湖,文学绿林朋友不少,尤其节假日,高谈阔论者众。丈夫寡言,收敛光芒混迹其中,除我老父心中有数外,旁人看去不是对手。

那时他已是三十二岁一个"大男"。条件还不错,提亲者投书者流水似的。

并非什么见不得人的绯闻,而是一旦曝光,婚期必提到日程。

我贪恋闺中独处的快活,梦想和他保持现状。哥哥结婚,娶个好嫂子。我不下厨,恨洗碗,又不帮家中拆被拖地,不好意思看嫂子为我忙活,四处去参加笔会。逃家经常,终非长久之计。丈夫的父母均已年迈,望幼子成家之情殷殷。二十九岁那年,我将书籍、稿纸及二十来盆玫瑰运去当嫁妆,锁好我的八角房,从龚舒婷变成陈龚氏。

丈夫提亲时,订约有三:一不做家务;二小两口自己过;三交友方便。不到一年即毁约。先是有了孩子,接着婆婆公公回国定居,一家五口,乃是当今社会的"大户"。我是作家"坐家",似乎责无旁贷主持家务。每早六时惊起,总是害怕误孩子上学做早餐,帮他整理书包,心里划算着中午煲什么汤晚上炒什么菜。洗衣机的衣服要晾,丈夫的袜子要补,房间要收拾。有相识的和不相识的朋友来谈诗,挂钟就悬在脑门上,嘀嗒嘀嗒提醒时间不早,孩子快放学,得及时做午饭去。朋友足迹渐稀,改为电话。我也常常关掉煤气灶,手在围裙上抹抹,抓起话筒叫嚷"什么事快说,我锅里的油正冒烟"。

读台湾女作家简媜散文,闲云野鹤般的境界,空灵无染的文字,令我掩卷怅然良久。遂发愤:丈夫若有婚变,我再不入婚姻之囹圄。

可惜,看来今生丈夫是吃定我了。

一筹莫展呐。出于同病相怜,我对周围的大女生开始注意起来。简媜生活在经济发达的台湾,单身贵族的神仙日子是大陆一般女子所不能依样画葫芦的。北京、上海、广州这些大城市比较开明些,生活节奏快,人们忙于照料自己,懂得也无暇关心邻墙后面的秘密。甚至传闻:北京有些优秀的大龄女子,情愿与他人妻子分享周末情人。我将信将疑,却可以断定如今的自由度相对要高些。

小地方诸如我所栖身的城市,单身女子被善意和窥探密密实实地包围起来,很难坚持初衷。我有位少女时代死党,高挑身材,大眼睛,善良温顺,只是性情过于闲淡,自认不宜成家。但弟弟结婚,家庭空间结构产生变化。她住在一改装后的灶屋,不到六平方米,连小床都张不开,只铺两块床板,拥挤产生摩擦。为不使老母为难,有人介绍对象,闭着眼睛嫁了。愈沉默,也不大来往,每见憔悴枯损,不知如何心疼呢。

未婚前,我到海边散步。有人跟踪,明目张胆,见我并不知难而退,竟公然盘问。我用地道的方言,并抽出塞在口袋里的工厂手套,方信我不是下海"投敌"。转而又纠缠下去,劝我想开些,不要自寻短路。哭笑不得,扫兴而归。

单身女子在影院、餐厅、公园等公共场合,总被炯炯目光追踪,探照灯似的逼得你无路可遁,心里也虚着。

英国女作家伍尔芙呼吁,女人要有一个自己的房间。这个口号虽然明确,深入人心,却没能写进官方文件中。

单位有一女干事,五官端正。因为搬运过一些文字,接触的大多是文化人,品位不觉就曲高和寡起来,然而机缘不至,蹉跎岁月。对同事间的闲言淡语早已练得一身硬皮刀枪不入,妹妹嫁,弟弟娶,父母每日见她准时下班就叹息。向单位申请宿舍,答未婚者无申请条件,经不懈努力,加上多年工龄,机关刚盖新楼,分给她一个房间,令她大大松一口气。虽然洗手间在走廊对面,清晨夜半上厕所都衣冠整肃,手续繁多。人们为什么不明白,一个完全属于自己的洗手间对于一个女人是多么重要,它是女人的私家禁地,不容他人随便探头涉足的。

购房之风起,再申请。答:文件规定单身汉不购房,问:若一辈子单身呢?无人能解。

我深感,一个女人要维护自尊和相对自由,首先要有一份工作,以保证经济的独立;其次是要有自己的房间。目前国家经济正处于发展阶段,工作比较好办,至少可以退而求其次;一个自己的空间对于未婚或已婚的女人,还是太难了。

至于心理上的自由空间,就不是别人所能给予的。

1994.3.11

多情还数中年

女人一近中年,最怕人问起年纪。男人一到中年,最怕人问及事业。若在一座什么国营大厂当个四级工人,十年前答得气吞山河,现在就会含混不清有如暮色一般死气沉沉了。所以时下经理、主任的名片,像透支的信用卡在炎凉人世翩翩飞翔。

中年,尤其是知识分子,有一个话题在舌尖烫着,在喉眼梗着,在心头上沉甸甸坠着,那就是职称。我儿子的提琴教师,原是天津音乐学院的高材生,在某省歌舞团任了十二年首席提琴手,不久前引进到厦门。虽然有一本挺轰动的专著,但据说"四十八岁尚年轻"没有被评上副教授。他仍是勤勤恳恳给学生授琴,若要听人谈到职称两字,他那无懈可击的提琴往往走半音。

我不怕人问年纪,虽然我已届中年好久。其实我也和一般女人那样俗气,每每想到青春不再,就要频频倒吸冷气。不过,文艺界同行大多知道我的真实年龄,想要涂改删减几岁都没门。后起的新秀们约莫我是老三届那一拨的,猜测过去误差不出六岁之间,对于这些文学淘金者们,三十来岁和四十来岁不就是一码事吗?

青年诗人吕德安获准去美国,他的"圈友"们为他饯行。我和安有近十年亲密无间的友情,众所皆知。因此专程请我参加。人太多,桌椅弃之,大家席地而坐,搜罗各色容器,连小花瓶也用来当酒盅。

虽是寒冬,电饭煲涮着极老的牛肉,撕啃着梆硬的鸡爪,吃得大家一层层剥衣服。还拿道听途说的"过番"笑谈来下酒,好不快活。不知哪一位竟怀旧起来,论资排辈,比试之下,公推吕德安最老,因为下个月他就三十周岁了。

我心中明白,这些年轻人不再把我列入其中。

突然就无味起来,还得依然故我慈祥地笑着,像个圣诞老人,坐在孩子们中间。

真正心痛的是回到自己安静的小屋里,那是我为响应伍尔芙的号召,在福州争取到的一小套写作间。小客厅的墙上挂着吕德安的水粉画,这幅画色块斑驳,所有人都看不懂,但我仍力排众议,将它挂在显著的位置,一如安的友情于我。

人在整个青年时期,都能覆被友情的浓荫,群鸟啁啾。热情、盲目、善良,友情一直挥霍不尽。渐渐地,就变得冷静,挑剔而且世故了。这时候交新朋友再不能往心里去。人来了又走了,你欣赏钦佩他的才气也含笑惊讶他的弱点而已,没有切肤之感。情愿和老朋友翻烂芝麻。老朋友爱吹牛,有脚臭,还抠门,但就是亲切,十几二十年前早就原谅的呀。

立秋一过,友情这棵树上,越见凋零了,因此中年最揪心的是朋友离去。去了一个便永远少了一个,友情的"补员"总是编制有限。

安是我那仅存的少数几片叶子之一,这一漂洋过海,立觉萧瑟。由此推及广州、厦门、北京各地老而又老的朋友,或香港,或日本,或欧洲。在陌生的土地上他们想必孤单,因为在熟悉的土地上我还孤单着,我们多年苦苦寻觅的,难道就是这个吗?

安马上要来告别,不愿他知道我为此曾静静哭了一阵。遂,写下这些文字为他送行。

1991. 1. 7

无计可潇洒

从小住外婆家，姨姨、舅舅七八人，连同他们的配偶都不吸烟。父亲视吸烟为奢侈堕落，平时家政清明，不大责骂孩子，我哥因拗不过知青哥儿们，接一支香烟掖在耳朵，遭全家人围歼。打小报告者，我与妹妹也。

公公、丈夫均无烟史。丈夫的大哥在极开心与极苦闷时，偶尔吸半支烟，不幸被大嫂撞见，情急之下把烟头坐在屁股下。大嫂以沙发和裤子的灼洞状告婆婆。五十岁的大哥垂手听训，满面忏悔之色。

妹妹的婚事在我之前，对方是插队时百般考验过的，却因染烟之微瑕被我父亲几次出局。幸亏妹妹海枯石烂一番，父亲只好持保留意见。十多年来，我那妹夫对老泰山执礼甚恭，孝心显著，非但我哥时有好烟接济（成全他人以慰当年烟志未酬），我父亲也以名烟赠予，表示半父之谊。每逢节假日，偕老妹回娘家，虽哈欠连连，只不断搓手而已，唇上不敢举炊。

我成年之后闯荡江湖，南辙北辕，旅馆餐厅，会议影院，被烟火四起的男士们，熏得眼泪长流，鼻炎发作，还咳嗽连连。之后三日，烟味绕梁不去。初时在公共场合，女士抽烟几乎绝迹。有年纪稍长者指间夹一支袅袅，旁人看出三分风尘味，敬而远之。现在，一个妙龄时髦女子，跷起二郎腿，撮起殷红小嘴，缓缓吐出一个个烟圈,只有人欣赏,没有多少人以为堕落。尤其国外,男士抽烟锐减,女烟民剧增。人们说,这种现象与女权运动有关。众所周知,女权与女性的社会职能、经济能力、教育程度、性别意识的背景成正比例。

想我祖母辈,嫁鸡随鸡嫁狗随狗,运气好的嫁进殷富人家,不愁生计,只侍奉公婆、丈夫孩子;若月老作恶,落入贫苦家庭,捉襟见肘,也容易以一铢一钿为满足。我母亲一拨人,更完全彻底。一颗红心献给党,指东打东,挥西征西,婚姻、恋爱都得组织认可。有私心杂念冒起,必自觉以小资产阶级情调无情扑灭之。到了我辈,非但侍奉公婆,相夫教子功课依旧,还得参与一切男人的活动:评职称、跳槽、买房子、应付通货膨胀等等。

1979年去北京,与两位女大学生去一诗人家,其中一个是这位诗人未过门的儿媳妇,吃过午饭,两女孩诡称午睡,把我拉进小房间,紧紧闩上门。一位把烟灰小心翼翼掸在报纸上,另一位直接叩在外套里。完事之后,她们以茶漱口,又打开窗户,以手为扇排烟。两女孩性格极开朗大方,我行我素,却也不愿被人视为瘾淑女。1992年我去旧金山,那女孩已定居,曾发奋工作,做到硅谷某部门经理,却又嫁一美国工程师,弃职攻读博士。她请我吃午饭,给我夹这夹那,垂涎欲滴说个不停:好吃好吃。自己仅一杯黑咖啡而已,还有一支接一支的香烟。若我告诉她,她的烟瘾如此深重,必与她的移民、打工、博士论文、分期付款,甚至减肥有关,她必定哈哈笑我:"舒婷,你是太良民了。"

在北京机场,去苏黎世班机延误,小小候机室挤满人。视时间为生命的欧洲人没头苍蝇般嗡嗡碰撞着。在触目的"禁止吸烟"标志下,一个着牛仔装的年轻女孩沿墙滑坐地板,舒适地伸直长腿,嚓地燃一支烟吸了起来。一位中年妇女犹豫了一下,走到她旁边,也掏出烟,那贪婪的第一口呛得她抚额咳嗽不已。又有一个盛装的老太婆踱过去,缩在角落里,侧身掩烟。我若取出相机拍一张相片真是有趣的讽刺。但我也体会到同样的焦灼和紧张,觉得喉干舌燥,只是我不抽烟罢。

曾与一女作家同行参加笔会。午饭后会议前我俩争先恐后往房间跑。我是抢一点时间合眼假寐,补救夜间的失眠和白天的紧张。那女作家倚着被垛,燃一支烟,徐徐吐出,双眼半闭,陶然自得。问我:"怕烟不?"我赶紧说:"我喜欢看你抽烟。"千真万确,我是不但完全理解女子抽烟的心境,也能欣赏她们的洒脱与妩媚。

现代人生活节奏快,压力大,放松自己成为普通的需求。KTV,咖啡厅,茶艺馆,麻雀馆,甚至老虎角子机分庭割据。我辈清汤寡水文人,岂是经常出入那等高级消费场所的大款!有的作家心情郁闷时,恰好老婆又外出,搬出几十年集邮心血,分门别类,以此自娱。也有朋友买一张通宵影票把自己弄倦了再回家。一小孩子告诉我:"妈妈在阳台吸烟,心情一定不好。"

我自己上有八十多岁公公婆婆,下有体弱却又淘气的小儿子,兼一个书呆子丈夫。单单提五口人的菜篮子,就不知多伤脑筋哩。家务事无论你已做了多少仍然还有得做,永无尽头。快信、电报、长途电话催稿,每日里手忙脚乱从床上挖起孩子,给他准备早餐。上市场,鱼剖好装盘,排骨萝卜下锅煲汤。鬓发沾着鱼鳞,胸前有油迹,围裙还系在腰里,匆匆在写字台前就座,突然又想起洗衣机里的衣服还没晾。怎能进入状态!

闲极无聊的时候是没有的,但心情极端焦躁,为自己不值的沮丧与走投无路的绝望却是经常,这时极盼望会点什么招数令自己有片刻的放纵。跳舞不会,喝酒不喜,那就夹一支烟吐吐气吧,只要一转这个念头,喉咙发痒,鼻子吸之有声,盖过敏症又发黄牌也。

真是无计可潇洒。

1994.3.12

两栖女性

柏林"地平线国际艺术节",有人提问:"中国是否有妇女文学?"张抗抗代表女作家回答:"妇女文学这个游泳池对于中国女作家来说,太小了。"她聪明地回避了这个问题对于我们的迷惑和生疏,说实在的,还有点"文不对题"。

好些年过去了,中国在经济改革开放中,文化艺术也有了巨大的发展。妇女文学和女作家的生命意识得到深入的争论和探索,逐渐成熟。1989年在印度波巴尔国际诗歌节上,有位阿根廷女诗人再次发问。不幸的是,我的翻译是个年轻的印度汉学家,他的中文程度只能指点我"那块馅饼很糖",又怎能流畅地译出我胸中和舌尖的滔滔?最后我只好简洁回答:"女作家面临的馅饼乃是她自身。"

作为一个女人,尤其一个中国女人的我,当我选择了一个男人做我的丈夫,我自然同时必须接受他的家庭,与他的父母共同生活十多年。公公沉默寡言,通情达理,和我的父亲一般无二。今年他病重住院,从日夜看护到丧事忙乱,心力交瘁自不待言。就是在日常生活中,我若能横下心来和八十四岁的婆婆闹崩一次,或许就能免去每日里不计其数的关心与侵扰。然而由于传统家教,由于知识分子的良知与人道主义,我虽然头痛欲裂,却也不能撇下老人另住。

上午是家务劳动最繁忙的时间,只能在饭厅的小桌上浏览报纸杂志,幸运的话还能抽空答复部分信件。下午孩子上学后,我提前把阳台上的衣服收好,万事俱备,掩上房门铺开稿纸。刚刚入定,房门被推开,婆婆探进头:"瑜儿,阳台上还有一件衣服你忘了。"半天我才回过神来:"还没有干嘛?"十五分钟后,一只手团着毛衣伸进门缝期待着:"我看已经干了,就帮你收来了。"我叹口气,从椅子上拔身接过毛衣,它的领口与下摆还是湿的,只好再走向阳台重新晾好。回房之前,我第一千次请婆婆不要干扰我。这次我闩上房门,仍然听见她大声唠叨:"我这是怎么啦,也没有什么歹心,想帮人却招人怨,难道在家里连话也不能多说一句!"我心里塞满乱糟糟的荆棘,恨不得把笔杆咬断。拂袖而去的婆婆转身就忘了刚才的不快,又来敲门,这次是抖着一张儿子揉皱了的算术草稿:"这张纸扔在地上,到底还有没有用?"

整个下午终于一事无成。手表提醒我快做晚饭了,我去邮箱取邮件,邮箱空空,已被我勤快的婆婆取走了,花坛边捡到一张稿费单,楼梯口又捡到一封信,这都是粗心的老人一路掉落。洗手间湿漉漉的,厨房的白瓷砖上滴满黄色的茶渍。老人正把洗假牙的秽水倒在洗碗盆里。绝望和焦躁几乎令我歇斯底里地尖叫两声。

然后是儿子蹦跳的足音,刚推开铁门就大叫大喊,妈妈快倒一大杯鲜柠檬茶来!他考试得九十六分,老师要求家长签名,给他听写生字词。他兴高采烈炫耀四百米新成绩,又沮丧万分抗议我给他买的拳击沙袋是最便宜的,因此也是最没有面子的那种,全不管世界上还有三分之二的人处在水深火热中之革命学说。还不忘了审查今晚菜谱,合胃口则狼吞虎咽,看得我双颊生甘,不满意则噘嘴翘鼻,筷子东拨一口西扒一口,吃了个把钟头还剩下半碗饭。明天要去郊游,立刻出门给他买水果、泡泡糖、牛肉干。若他正咳嗽,正消化不良,要带他去打针,量好药水监督他喝下,谢天谢地,今晚不必背他上医院急诊。

我曾经响应英国女作家伍尔芙"女人要有一间属于自己的房间"之号召,在福州争取到一小套居室做写字间。但每当我下决心自我禁闭不到两周,就被丈夫长途电话十二道金牌召回,总是一路含着眼泪直奔医院,儿子正输液哩。外出公差回家,儿子不是扁桃体发炎,就是胃肠炎,脸色苍白,诉说三餐伙食如何难以入口。并非丈夫对儿子不够尽心,他自己的高血压又蹿了一截。我深知孩子上学时,如果没有母亲柔和的目光追随,回家没有母亲的声音和笑容安抚,他的心是慌的,因此食欲不振,夜间转侧,因此生病,直到那只渴望中的温暖的手抚摸他高烧的前额。

有人说,母亲的眼泪是珍珠的锁链。我想,孩子的笑声却是母亲的阳光,永远只有付出,不求回报。是孩子,令我在家庭沉重且琐碎的负荷下坚持下来,永不气馁。

我的丈夫迷恋过新诗写作;迷恋后现代主义理论;迷广告,从周林频谱仪到脑黄金;迷气功。他嘲笑我缺乏宗教信仰。我小声小气驳他:"从前,文学是我的信仰,成家之后,丈夫孩子变成我的宗教了。"有位厦门女同行恨铁不成钢,痛心疾首:"舒婷从根本上就是一个家庭妇女!"旁人传话,我反而欣然承认,大有知己难逢之感。

不过,桌上堆积的约稿信,了无爪痕的稿纸,深夜催稿的电话,都触痛着作为女作家那部分的我。

1995.4.9

你摇晃不摇晃

《开放日报》刘深先生到鼓浪屿家中,约一篇名家心迹的专稿,顺便捎来深圳文友信息。据悉王小妮写的《一百个深圳女性》令连载该文的商报销售量大增,深圳纸贵哩。结集成书后,又在轰动一时的深圳文稿拍卖会上,鬻得十五万元。我已开始设计五月到深圳开笔会,如何敲小妮一大竹杠。

不免回头丈量自己,刚与人民文学出版社签订合同,出版一本《舒婷的诗》,集二十年诗作总和。版税得10%。以每册15元计,税后及购书费,净得版税不足万元。据说这还是该社近年来的最优惠待遇。若小妮反敲过来,还不够请她夫妻俩白天鹅大撮一顿。

所住小岛出世避尘,深巷曲折幽静。我在家头发蓬乱,趿着软拖,三番五次中断话题,小跑厨房观风。刘深先生信心锐减,乃强打精神,循循善诱,以小妮为范。无非切近时代,深入生活之苦口婆心。经济大潮虽凶险,不善泅者亦可浅滩小捕,湿湿脚方知海水咸淡,如此这般。

在家时节我确实深居简出,做乡党们司空见惯的龚家女儿、陈家媳妇。一年之中也有五六个月是在外面跑的,证明我不患幽闭症。只是自认不够敏锐,不能站在时代尖端振聋发聩。探索人心已不再时髦(人心已被甜蜜蜜的流行歌曲泡酥了),我仍在这块文学原始陡壁下摔跤。

前几年议论纷纷,皆有关文人下海。有登高振臂者,有默默行之者,掩耳盗铃者,摇摇欲坠者,剩下一些人崖岸自高,却难掩脸上菜色。而今尘埃落定,弄潮儿与观涛者,个中酸甜半斤八两。

最不信的是那些自奉为"文学祭品"者。

机关有一青年,平时弄点长长短短文字,自告奋勇经营书店,公家亏,肥己。各路诸侯一一打通关节,一张社会网织得四通八达,翅膀坚硬,破壁而去,留一大窟窿给机关为纪念尔。又进新人,某青年诗社先锋,本望大振诗坛雄风。再承包报纸,信誓旦旦,若有小成,必反哺。大发。买一本叽里咕噜刺花护照,一变为外籍华人。遇从前的张老师李老师,伸出两个指头虚握而已。机关要维持,再招干部,不问兴趣爱好、文化程度、艺术观点、作品质量,只看善不善经营,下不下金蛋。一个文化机构遂变为杂牌公司。

若说这仅是文学队伍中的小泥鳅,钻进来溜出去不足为憾。也还有一二十年同甘苦旧友,出身贫寒,读《资本论》,读《ＸＸ宣言》,做小说做诗做评论,悬梁刺股,大器未成。商风骤起,慷慨悲歌:诸位大手笔少安毋躁,我为尔等辎重下山去,粮草先行也。几经沉浮,遇挫,众兄弟必出谋划策,书生谈兵,纸上纵横罢,聊充那三碗水酒,助他张胆过冈。果然壮士一去不复返矣。再召众宴请,谓生意已上轨,妻儿衣食无忧,欲纳新宠,条件陈列如下:三十岁以上者,与家中黄脸婆区别不大,二十五岁以下者不解风情,适中为宜;求共同语言,至少大学毕业,研究生优先,本人有工作,经济不必依赖,可免去购房、购家电、出入时装店及首饰行之麻烦;最后还要招之能来,挥之即去。生意繁忙,无暇泡妞,问:诸位可有人选乎?

众默。我嘻嘻一笑:不难。待阁下登基后,必有世界小姐应征。

自此绝袂。

当然还有不少"身在曹营心在汉"的"曲线救文"者。有一中学语文教师,活泼聪慧,被一家美国公司看中,多方算计。那女老师不肯放弃工作,兼职买办,生意居然顺手,老板不断加薪。她说:纯粹挣钱有什么意思,等积累足够资本,就自己做出版。我有以上诸例为鉴,对她的文化大计将信将疑。她也直认不讳,不知达到既定高度之后,会不会再移动横杠。就她所接触的芸芸众生,无论看去多么良善正派,先前交情多么深厚,有利害关系时,尤其大宗金钱,无不动心。感慨之余,直逼我:

若是你,摇晃不摇晃?

我乃肉身,所处特区红尘滚滚,岂能心如止水?见有爱煞的衣服,买不起也禁不住多绕一些路在那橱窗前乱走几遍。想要电脑,想用多功能健身器,想换一台激光音响,想在卧室书房客厅安装空调铺设地毯,想要全家去旅游,哪一处不要银子大大的?即使走进一家熟悉的小吃店要一碗面,都得重新问价。昨天一块钱,今天可能就一块五毛了。不敢说一日三价,三日不调一次价才叫怪呢。

有从前的文友承包一巨型文化公司,号称资产上千万。问我想不想入户该公司做专职作家,户口、住地均不变,还立汇三十万元到我账户,让我随便做点投资,输赢不论。旁闻者醉倒一片。我却先问:"要我为贵公司做点什么吗?"答:"什么也不用。"遂掉头不再与之相议。因为我已深知商业社会一个颠扑不破的真理:天上不会掉下肉包子来。

有诗友新筹广告公司,问:你与某大报主编深交,可否请他挪部分广告来,你也挣点口红钱?又有远亲求:你常有海外人士来往,某屋欲售,某地报价极贱,你若介绍得成,必有重谢,等等。

有所得,必有所失。所得愈丰,付出愈多。我一介穷酸,能付给人什么?就剩下这么一点自尊与至爱。自尊曾一再被嘲笑,没有钱哪来自尊!你不见大宾馆门口已有"衣冠不整者恕不接待"字样,虽然不至于被保安人员撺了出去,不啻黄牌警告,让你触目惊心。对文学的那么几分神圣感更是少来,有多少前途无量的青年作家正日夜炮制俗小说,整麻袋地卖给书商。

到底还是三餐有饭吃,勉强供儿子上昂贵的音乐小学。稿费来时,与丈夫、儿子到小小海味馆炒两个菜,一罐蓝带啤酒,一家三口都醺醺然,其乐也融融。

摇晃一阵子,又归寂然。

基督徒祈祷:"主啊,请赐给我温饱,但不要给我太多的钱。"我稍世故些,所以我也祈祷:"上帝啊,既然你不可能给我太多钱,那么就让我维持温饱吧。"

1994.3.8

"怎么你们都不离婚?"

福建人爱吃面线,那是一种极柔韧细长的面条,因此也把理不清说不白的沾亲带故的人称为"面线亲"。还常用"七姈八姨"形容一个人的亲属关系复杂众多。这些我恰好都符合标准。

好几代都生活在厦门了。往往婆婆上街回来告我:"ＸＸ的长侄孙媳在路上向你打招呼,你如何不理她?"这个面线亲结婚十年我是第一次听到她。除了我母亲已逝,我的舅舅、姨妈在世的还有七位,表兄妹之众多,常常记得乳名记不得全称,更甭说他们的配偶和孩子了。父系叔伯姑姑也有七八个,由于凝聚力强,每每有事凑一起,挨个寒暄一遍要半个钟头。年夜饭要摆五桌,清明扫墓浩浩荡荡一车队。拍集体照时,无论怎样叠罗汉,都要斩些胳膊腿儿在画面外。夫家也是个大家族,只是除了我丈夫外,大多堂兄弟分布东南亚,不少连中国话也不会说,回来观光探亲,练得一脸永恒的微笑。但我们眼前住的老房子,却有他们一份堂堂正正的权利。

从未以婚姻这把鹤嘴锄深刨过我所在这个合众国的各个自治州。一方面是我的笔力贫弱,只够应付短小的散文,无法构筑一部家庭春秋;另一方面也是尊重隐私权的缘故。试想我若是写了哪个长辈为了当那个"说不出来就不出来"的大丈夫,预先把床底空间打扫干净,备好三天干粮清水,那么所有疑案在身(抱歉,还真不少哩)的长辈与他们的卫星群儿孙辈都要兴师问罪。想想他们足够组成好几任陪审团,我自觉地手脚归位,不敢乱说乱动。

综观我的上一辈,除极个别之外,他们对婚姻的矢志不渝乃至含辛茹苦,令我肃然起敬,心底却总是迷惑不解。我的舅舅们都很英俊。大舅温良文儒,娶了个大美人,一跤跌进温柔乡里,七十多年没醒过。二舅在台湾结的婚,四十多年后回来探亲,还是那位二舅妈。尤其我的三舅,凹目凸鼻宽肩长腿,既有风度又有才干,他不怒自威的神态与他的渊博诙谐互为增补,尤其他那极具魅力的笑声,令我几个表兄模仿不疲,却个个都像公鹅般嘎嘎难听。这样一个标准男子汉,恋爱四十三年,只谈一次恋爱,还是跟他的老婆。听起来真是乏味,过起日子不知如何的千篇一律。小时候我捡到过一册三舅高中毕业的同学赠言,里面就有三舅妈的山盟海誓"永爱你啊",光明磊落地签下一颗十六岁少女的心。如今我这个娇小玲珑的三舅妈,虽然负责一个外事部门,回到家里仍然要撒娇,要笑得天真无邪,要温柔地流泪,让两个当了妈妈的女儿争着安慰她。岁月真不公平,当年在长廊上听他们并肩合唱"甘蜜果掉下来的时候"的那个小女孩,现在已经老橡胶皮般又冷又硬,而她五十多岁了,却纤弱妩媚如初。是爱情滋养了她的青春魅力,还是她的魅力永葆了爱情?

我四舅舅十六岁考上复旦大学,口袋里兜着秤砣去体检,尚差一公斤,医生怜他眉目聪慧,放他一马。报到那天就被门房轰了出来:"学校正忙着,小孩,别处玩去!"四舅舅读研究生那阵,可谓逐者如云,偏偏爱上高中毕业的四舅妈。家人听说是上海姑娘都怅然若失,深知四舅舅此去上海定足不旋踵矣,再听说姑娘患肾炎,外婆夜夜当窗恳求上帝:"主啊,求你赐我尾仔(小儿子)一副铁肩吧!"

上帝定是听见了慈母的祷告,四舅舅简直有一副钢肩哩。在家原是双老、四个姐姐、三个哥哥的心尖。结婚之后,四舅妈生一女,半休;再生一子,从此全休,终年卧床,到后来每周换血。岳父岳母都由四舅舅送终,幸亏四舅舅是生物界著名教授,再保险不过的家庭医生。1988年舅舅因研究人工心脏卓有成效,被请去美国做研究工作,我闻之为舅舅鼓掌:"舅舅该在外面找几位情人做补偿了!"家人均侧目,似乎我是什么毒贩子。不久舅舅就把四舅妈用担架接到美国,靠借贷给我舅妈换了一个遇车祸的黑女孩的肾脏。听说小舅妈第三天就自己上厕所,一星期后就上街买化妆品,出落得新鲜水灵,溺床二十年的时光一笔勾销。我那苍老了许多的小舅舅正继续艰苦奋斗,申请他的儿子女儿到美国深造。可敬可爱可怜的小舅舅!

有位在北京某著名妇女杂志工作的女编辑回福建探亲,劈头就是大惊小怪:"怎么你们都不离婚?"她自己当然已离婚,第二次婚姻也摇摇欲坠。还传播京都新风,说她的主编、副主编有三,分别是已离婚、正离婚和不结婚;说中层干部三分之一婚姻史曲折,三分之一有外遇,另外三分之一保密得好,不详;而年轻的编辑们索性不结婚只同居。

我们这几块福建老木头疙瘩,检视自家后院,果然亦有积薪,只需引火之劳。人到中年,呕心沥血,一个家才初具规模,事业刚有基础,独生心肝自不待说,黄脸婆也好,黑脸汉也好,都是咳嗽一声也能听到凉热的老搭档,还是旧棉袄贴身暖和。破釜沉舟,那必须是难经风浪的小舢板才行,现在既已上岸,正想好好干点事,哪有精神屡屡到感情的风浪中探险哩!

那位女友巡回演讲之后,再到各位朋友家胡侃,朋友言辞闪烁,盖其太太眼色森严壁垒,厨房刀砧突生讨伐之声也。大感无趣,遂撤回京城继续婚姻革命,还痛心疾首:"我们福建人真是太落后了!"

不久,有事去北京,见朋友,偶尔提起这位女友,不少人追问:"你们福建人都这么新潮吗?"

1993.3.5

凸凹手记

之一 男人难？女人难？

而今世道，做女人难还是做男人难，就像先有鸡还是先有鸡蛋一样，是个百吵不厌的话题，永远辩驳不休，永远没有结果。本市周三学社也曾就这个问题辩论过，许多青年人纷纷跑上台去发表演说。他们其实只是些小男生小女生，称不上真正意义上的男人女人。

如果你还没有收拾起旧日记本、旧相册等心爱小物品，在另一个家里找到专用抽屉，还没有公公婆婆小叔子小姑子之间的复杂关系，没有亲生小宝贝的牵衣绊腿，不知煤气用完或抽水马桶堵了，冰箱里前天和昨天的剩菜如何处理这样那样的烦恼，你就不能算已透彻做女人的精义。

同样，如果你还未把自己的名字填写到户口本上的"户主"一栏，没有看到小鸟依人的白雪公主怎样一天天变成干练焦躁、蓬头布衣的糟糠之妻；还没有体验应酬晚归，一手提着皮鞋，一手如探地雷去拧门把，忽听老婆咳嗽一声，魂惊天外，酒意全无的尴尬；更悲惨的是办公桌被撬，小金库损失殆尽事小，生怕东窗事发被老婆知道,先行投案,痛心疾首比在单位写检查深刻何止十倍,好几天老婆阴晴未定的脸色令膝盖总是虚软。那你怎么能明了"男子汉大丈夫"后面的代价呢?

唉,男人和女人都要到中年才知道什么叫难处。过了这么些年,家这个轴心不分崩离析的话,就是磨损得咬齿接缝,旁人看去就叫做"美"和"满"了。

少女们的择偶标准最能体现时代精神。从身高文凭到公务员,再落实到财力,最近又增加一条"情趣";而男人们也有自己的口号,除了"出得厅堂,进得厨房",还纷纷呼吁浪漫。

做太太的下班回来(不上班的太太另有苦衷),右手拎尾活鱼,左手提满瓜菜,挎包里还有儿子的球袜零食和丈夫的草珊瑚含片,进屋直奔厨房,自来水声不断,抽烟机隆隆开动,锅盘交响。开完饭紧接着收拾厨房,最后才洗刷自己。你能想象她用腥腻的手(再不是兰花指了)拂整鬓发,脸蛋上油汗点点,仍能扮演你从前百看不厌的娇妻么?

做丈夫的从公司、股市、机关或车间撤军,还未进门已扯松了领带,踢掉皮鞋,靠在沙发上闭眼养神,想抽一支烟放松,懒得起身找烟灰缸,磕在太太刚拖过的地砖上也是不敢的,叫宝贝女儿效劳,妻子在厨房发话了:"孩子要期考,功课紧张,别烦她。"你想要他西装笔挺,精神抖擞,像枚崭新的分币,怀揣鲜花来厨房前线慰问么?有一天他吻你一下,口称宝贝,说不定你顺手给一个巴掌,拷问不休:"在外做了什么亏心事?"

替女人说句公道话。也别想什么鲜花宝贝的,如果菜里盐搁多了或烧煳了,丈夫不计小过,且做出狼吞虎咽状,哪一个太太不立刻晕晕乎乎,死而后已呢!

之二　每日情趣

听一个女孩抱怨："怎么他每次都送玫瑰，就不知道换个花样？"有位男孩向我诉苦："去年那个女朋友，向我要生日礼物是金戒，怎么今年这个女朋友，要的也是金戒？"男孩做的是摄影广告，财源亨通。我告诫他，如果他的选择标准是最新广告女郎，只好买一打金戒备用。

真有人每天都对你"情趣"一番，你也是受不了的。

有位英俊的成年男士，在处世风度和艺术修养方面对自己下了一番苦功，几经沧海，终于找到雪肤花貌且才思敏捷的嫦娥为伴。男士在香港是自由职业者，每月只要接两个广告就丰衣足食，因此他每天早上送女友去公司上班，在电梯口吻别，回来沿维多利亚花园散步个把钟头，买好女友爱吃的蹄髈、水果，在家里看书、听音乐、读英语，一边备好美味佳肴。下午手执一朵鲜花，去接女友下班，两人一路呷着雪糕回家。先帮女友脱下外套，换好软拖，推在沙发上歇着，削一个苹果递在她手上，然后他把备好的几色小菜下锅，十五分钟，两人相对而坐，饭香汤热，一杯红葡萄酒在他们之间。

在他们共进退的那些日子，不知有多少做妻子的以他们为恋爱楷模，公议请男士主持举办一个"男主人学习班"，好送丈夫去培训。而她们的丈夫见了这对卿卿我我的情侣则远远绕着走，只差"破帽遮颜过闹市"了。

大概过了半年，他们之间开始传出口角，谁也说不出理由，硬要曝光的话，听起来也是些可爱的鸡毛蒜皮：谁在看电视时对林青霞有不恭之微词，而林青霞又正是谁的偶像啦；谁与朋友有约，另一个早早就在餐厅门口守候，让那人心神不定，只好早早散场，大家扫兴啦;甚至着衣饮食旅行。两人在追求完美的过程中,都忘记了自己本来就不是完美的。

一年之后,两人不声不响收拾起东西走人。

在出租车里和几位朋友感叹此事,连司机也扑哧笑出声来:"这样过日子跟演电影似的,多累。"情趣若仅注重形式,慢慢变成一圈软丝线,越收越紧,总有人要逃之夭夭,留下的那个还要摊着手问:"我给她的,每天都是初恋,她还不满足吗?"

不信你试试。

之三　爱长爱短

由于频频更换女朋友,这位搞摄影的男孩子对美色的鉴别渐渐麻木。他很苦恼:"为什么形体美丽的躯壳往往只有一颗空洞的心,而丰满深刻的灵魂总是裹着黯淡无味的肉身?"男人们绝对不想想自己,他们振振有词:"即使像董永那样木讷的黑胖子,不也拦住了七仙女吗?"

有一远房表弟,母亲早逝,年届高龄的祖母一直操持家务,等孙子大学毕业就卧床不起。他的父亲已退休,还有一位智商欠佳的妹妹。表弟是个音乐家,赚钱不少,因为家累,鲜有过夜之粮。他来与我讨论爱情与婚姻时说:"我不能忍受丑陋。无法想象每天面对一首走调的乐曲。"我叹气,与之说理:"你有权利追求你的幸福。但你还要想一想,你可放得下你的奶奶、父亲和妹妹。"表弟是个有良心有责任感的男孩。他带来女朋友,果然眉眼如画,秀发飘逸,一进屋就主动洗杯子泡茶,顺手把桌子抹干净。再去表弟家,见女孩穿着表弟一件旧衬衫,挽得高高的头发沾着尘缕蛛丝,正坐在一口塞满冬衣的箱子上使劲往下压。她刚刚动手打扫过卫生,我因此非常喜欢这位美丽勤劳的小姑娘。

只是女孩子文化水平低,且不爱读书。表弟先让她跟着乐队学打鼓,发现她不通音律,连节奏也拿捏不准;又花钱送她去美术速成班,每日背着画夹,来回用摩托车接送,半年之后,从逃学到装病,倒是花招创新。最后表弟领她来找我:"你能否教她写歌词?"

我给表弟讲《大卫·科波菲尔》的故事:大卫想让他美丽的新娘朵拉读书,朵拉百无聊赖把墨水涂在宠物鼻尖上;让她学理家务,她不是把肉烤焦了,就是买一堆无用的东西。朵拉每天在腰间系一大串钥匙叮叮当当走来走去,但是家中所有的东西都不上锁。夫妻俩每天里怄气,突然大卫想明白了,从妻子手上取走笔,把钥匙还给管家,说:"我当时爱上的就是一位无忧无虑的小天使,我不要她变成一个愁眉苦脸的标准妇人。"

因此,某一天,这个女孩子正和我十二岁的儿子头挤着共看一本《童话大王》,我喜爱地倾听女孩子天真的笑声。那位在屋外的摄影家嘲笑女孩的智商,我反驳他:"表弟知道他爱的是什么,所以他们俩比你快乐。"

之四 在自己的房子里,女人

"把你的手放回原位,刘海还像那样披下来。"壮族女画家摇摇头,揉掉一张画稿。我们已这样相持了三个钟头。

平时我可以一动不动窝在沙发里老半天,但是当你不慎做对了一个姿势,喝声不动,你必须"美丽地"僵固在一点上。鼻尖开始发痒,发梢扎得眼睛眨个不停。本来我们聊天聊得兴高采烈,不知为什么我竟鬼迷心窍,答应让她立地写生!

女画家头发全挽在脑后,一绺发穗搭在眉前,时时像新疆舞蹈那样左右水平移动颈椎,眯起眼睛轮流审视我和画板,我在她利目下五官分崩离析。为了镇定自己,我做出恶狠狠的样子,以挑剔的目光反击。

在她专心工作的瞬间,内心焕发的光彩令五十多岁的女人动人极了。深知为了这一刻,她所付出的代价和奋斗。我被她迷得安安静静,使她的写生得以大功告成。

她问:"好运气来时,是怎么挡也挡不住?"我立刻说:"坏人。"

她的好运气来得很迟,可是一发不可收拾。仿佛一夜之间,出画册,办个展,得金奖,还出国交流访问。画商云集,遂使她有能力自己买一套公寓。开始时她只拣了两件衣物住进去监督装修,感觉好极了之后,她再也不回原来那个家了,连带所有私人物品都一起放弃。她的儿子已结婚,女儿在北京读大学。丈夫逢周末与儿子媳妇回来叙天伦。她做一桌菜肴令大家快乐。

"我们之间没有第三者,仍是好朋友一般。我最信任的人还只有他。"那天我们三点半才吃午饭。我体会到她弃家独立的优势,首先是工作时间的高度自由放松。若是我,婆婆、丈夫、儿子围坐一圈等开饭,哪怕天塌下来,我也要一手擎着它,另一手紧握锅铲。

她炒的西洋菜,做的汤面那样鲜美,若不是住得那么远,我每日必吸着鼻子循味去叨扰,她岂不再次丧失领土主权?

由于她把我画得那样年轻优雅,我儿子指着说:"妈妈,我长大要找这样的女朋友。"丈夫则抬高自己狠狠打击我:"如果这真是你,我愿意重新追求一次。"

之五　生理感觉

日本警察问死者的家人:"你不知道与她来往的男人,那么凭她的生理感觉,她会有什么样的男朋友?"家人设想出职业、气质、外表及生活习性等各种可能。警察果然作为依据找到那位幕后男子。

这是推理小说。

生活不是推理小说。我们的生理感觉往往自作主张得令我们目瞪口呆。

电台节目主持人都有一副甜美的嗓子，这位女孩不仅声音圆润，而且应变颇为机智潇洒，临场发挥游刃有余，一直有众多崇拜者。奇怪的是，圈子里那些瞩目的白马王子无一人向她靠拢。有人说她眼界太高，怕自讨没趣，有人认为她过分聪明，想想能够入她耳的情话如何杜撰得出？还有男孩坦率告诉我，供不起这样的妻子。

殊不知女孩虽然每日有亮丽的行头出场，其实所费无几。那套和服式的罩衫，是展销的少数民族服装略改动，与之相映成趣的纱巾，则是地摊上扯两尺布料缝一下边而已。她的各式饰品，也都是从地摊选一大堆贝壳项链、石头坠子、木珠子，拆散了根据自己的趣味重新组装。甚至曾经轰动整座视听大楼的那件大氅，不过是清仓处理的一条花毯子，自己加两条流苏左右分披。

终于有一位傻愣愣的侦察兵发起直线进攻，人们还未回过神来，他们已分发喜糖。新房借部队宿舍半间屋，另半间用塑料布蒙着屋里杂物。他俩看上去那样不同，从工作性质、家庭背景，到生活情趣都天差地别。很多错愕伤心的失意者打赌，他们婚姻的破裂只是时间问题。

五年之后，我被邀请去他们的新屋做客。在落地窗前的小餐桌呷葡萄酒。餐桌本是低廉的白色塑料制品，因为蒙上一方手绣的桌巾显得十分温馨。坐在柔软的真皮沙发上剥新鲜龙眼，看环壁美轮美奂的精品柜：仿青花瓷大花瓶，稚态可掬的泥娃娃等，看得出来他们两人各以爱心、聪明才智和美学标准完善着共同世界，而且正商量如何腾出一张婴儿床的位置。

我问未来的父亲："是什么让你跨过那么多障碍去攻占高地？"已退伍在一家物理研究所工作的男主人说："凭生理感觉。做物理处理表面相排斥的,实则最为吸引。"

之六　最后抉择的权利

"设想你是我,爱上我所爱的这个人,你将怎么办?"女朋友水汪汪醉着眼问我。她爱上一个有威望有文化而且很有人情味的政府官员。她已离婚;他有一个不容分解的家庭。

我不是她,当然也不可能爱上那样一个人。不过我还是忠实于朋友的职责,警告:"离他远点。或许可以淡化,乃至忘却?"

"不行,我就在他手下工作。"

"别让他知道你爱他。"

"他练达世情,早就洞若观火,况且他也深爱我。"

"要他做出选择,离婚吧?"

"他做不到,他的身份他的地位,他的女儿十分可爱,他的妻子无辜。"

"你调动工作吧。"明知无效,我仍是俗气地最后努力。

这位女朋友倒吸一口响亮的冷气,仿佛被什么东西生撕似的。那夜她辗转沉湎于自己的心事。忽儿蹙眉欲泣,忽儿含羞微笑,忽儿长吁短叹。我佯装翻一本无聊杂志,让她自我决断。

笔会结束,我们将各分南北。我答应为她保密。那位官员来为我们饯行,我仔细观察了他们,觉得他们果然配合默契,而且举止得当,很是钦佩他们的自制力,遂为他们祝福平安。

再过一年,在偏远省份意外重逢,女朋友不复先前活跃,推心置腹告我:"他已升职,这次是他远远离开了。"我说:"挺好的结尾,不是吗?"对于一个男人,再没有比升职更容易使他下决心远离爱情。

选择终局的权利并非每次由黑子执先。

热爱旅行的诗人在风景胜地遇上另一位旅行中的女画家。他们一见钟情,因此反而十分拘谨地开始他们之间的接触。由于他们反常的沉默与一些莫名其妙的微笑和脸红,终于被朋友识破,虽然大家一再起哄,他们反而淡淡地分手。

在接下去的旅行中,诗人一天接到五个电话,终于令他专程赶往女画家所住的城市。女画家陪他在故乡玩三天,什么事也没发生。

送行时候,她说:"让完美画面在画框里永存吧,我不会走出画框。"

现在他们在不同的城市相互思念,诗人的房间放着画家巨幅自画像,为她写无数狂热的诗,都以"赠"的题目发表,因为他当时是这样回答:"那么,我的诗歌会四处去恳求你回来。"

之七　长自己志气

都说青岛的夏天何等凉爽,夜间还需加被。我所投宿的新华社招待所,隐藏在草木葳蕤的八大关深处,本应月凉风清才对;不料那几天见鬼地闷热,且蚊蚋四出游击。若打开风扇,圆形蚊帐飘飞翻卷,只好饲蚊。关上风扇,蚊帐得以森严壁垒,却仰躺侧卧皆一身汗津津。

这样辗转无眠之夜,又遇上位投缘的室友,很快就像昙花开放出最隐秘的心事。安娜是位极具聪明才智的儿童文学画家,除了给一些少儿画报供稿外,还在文化馆辅导一个少儿美术班。每和我说起她的学生就神采焕发,随身带着孩子们的画册,其中有几张画片还压在我书桌的玻璃板下。安娜曾募得一笔资金,只身率十多名小学生往名山大川写生,登黄山,游三峡,走神农架,行程三千余里。真不知这些独生子女的父母怎么放心把自己的命根子托付给一个未婚少女,除了深信她的敬业精神,还需了解她那一颗细致勇敢的爱心。

安娜出生在一个虔诚的基督教家庭,父母对宗教的奉献是那样完全彻底,毫不通融地判决女儿初恋的死刑,只因对方出生于非教徒家庭。那男子挣扎一阵,深感无望,另娶他人,据说一直不幸福。不久有了女儿,这个家越发拆不得。安娜曾经沧海,看世间男子皆无味,一直和初恋情人悄悄来往。

古老的悲伤周而复始地制造新鲜火辣的伤口。

我有心帮她,却知道除非她先肯壮士断腕自救。焦躁惋惜之余,我翻身面墙。

机缘凑巧,三年后我再到青岛,抽暇找来牵挂中的安娜。她原先烫得鬃毛狮子般的爆炸头而今改成直发披肩,较从前添了一份妩媚与清纯。当然她远不算美女,身材略矮又偏于丰满,眼睛小小,脸上有几颗小黑痣,就像她夸耀无限地指给我看她学生的写生《老师安娜》:"你看你看,脸上的小黑点都画上了,一颗不少!"她豁达大度,脸上表情幽默活泼,手势生动传神,再加上会选择有品位的服饰,因此光彩照人。她的愈见成熟的气质来自事业的成功和对自身命运的清醒,她的学生有几个获了国际奖,她自己的作品也被送到全国青年画展,联合国教科文组织推荐她到澳大利亚进修,现在她正办手续。

踌躇再三,我悄悄问:"你的心事还磨人吗?"她笑得很是灿烂明朗:"早结束啦。自从那天晚上你对我说,有志气的女人不跟别人争夺丈夫。""我真那样说了吗?想不到我有那么伟大。"我嘻嘻一笑,略过这个话题,和她讨论澳大利亚风情。

回来和朋友说起,很是感慨。那天太热,又为她难过,昏头昏脑胡说些什么自己真是一句也记不清。朋友的妻子在一旁叫好:"你说得太对了。眼下真有些没有志气的年轻女孩子正盯着别人的丈夫下手哩。"我看一眼功成名就西装革履颐指气使的朋友,再看一眼腰围如桶眼袋半斤重却镶玉包金的太太,心里明白。

其实,有志气的女人又怎怕别人来抢丈夫?

1995. 12. 14

女祠的阴影

丈夫在沙发上翻阅当天书报,我在灯下抄稿。

忽然丈夫感慨万分,扬着报纸极力向我推荐一篇报道。我最烦小报消息,平时几乎从不问津,丈夫索性大声朗读,我只得挪开稿。

大约是:有位农村女子十八岁嫁人,婚后年余,丈夫就与同村一有夫之妇私奔,从此杳无音讯。那女子竟矢志不渝,含辛茹苦,将夫家四个弟弟培养成名牌大学毕业生,有两位还是硕士。

我问:"乡下早婚,那公公婆婆也就四十岁左右吧?"

丈夫指着报说:"是的,公公在十多年后去世,婆婆身体不好。"

那么,四个弟弟就不算孤儿,有正当壮年的公公婆婆抚养,这女子本无义务牺牲自己的青春。

"或许她看到小叔们都勤奋好学,为了培养人才呢?"

好吧,这家兄弟五人,年龄相隔也就几岁,有一个大学毕业就应该立刻找份工作,反哺弟弟们,何以一个知识分子(不,四个知识分子)听任亲人一年年蹉跎岁月呢。

丈夫还有辩词:"这女子心意甚坚,他人无法说动。"

如果这四个弟弟不能出人头地,只是平庸地在乡下种田养猪,娶妻生子,或者游手好闲乃至赌博盗窃呢?传媒还会给她戴上圣女的光圈吗?更何况,她今年四十岁不到,"功德圆满"后,大家想法帮她重建个家庭尚不为晚,这样一宣扬,她还有什么办法改变既成事实的命运呢?据说小叔子们都很孝顺,哪怕弟媳们也很贴心,他们的孩子也都聪明懂事。一个城市职业妇女尚有难以插入儿女与丈夫对话中的苦恼,一个乡下妇女真能轮流在四个知识分子家庭中安享晚年么?

再说,难道丰衣足食就是我们今天所说的美好晚年?

去年在安徽歙县牌坊群,参观全国唯一的女性祠堂。里面供奉的无非是贞女节妇,是《烈女传》的注释与续篇罢。有位十八岁的深闺小姐,襁褓中的弟弟失母,遂以自己喂哺幼弟,上天怜她心诚,居然源源沤出乳汁,日后弟弟高中状元,向皇帝请命,赐贞女牌坊。又有一青春少女,嫁与宦门当续弦,不及半年,丈夫殁,守志将前妻四个儿子都教养成举人或状元。皇帝表彰,也立一牌坊。即使如此荣耀,祠堂里那妇人也只能侧身向人,据说非正室之故。

我走出女祠,心中真是郁闷。

从"五四"反封建至今,八十年过去了,我们对女性的奉献、牺牲、大义大仁大勇除了赞美褒扬之外,是否常常记住还要替她们惋惜、愤怒,并且援助鼓励她们寻找自我的同时,也发扬一下男性自己的民主意识和奉献精神?

我不是个女权主义者,在我的事业与女人职责中,我根据自己的天性与生活准则比较侧重家庭,我清清楚楚我得到什么,失去什么。我可以损失时间,错过一些机会,在情绪与心境中遭到一些困难。但我不放弃作为一个女人的独立和自尊。

话又说回来,再翔实的报道都有力所不逮的背面,我们怎能根据记者一篇简单的文字来推测概括一位女人复杂的环境和更加复杂的内心呢?但是,我们敬佩这位妇女的坚韧、宽博和爱心时,如果也鼓励她用同样的坚韧、宽博和爱心去寻找、缔造自己的幸福,这也是我们做丈夫的、做儿子的、做兄弟的天职与良心,而不仅仅把感恩还给她们。

安徽境内那座女祠,似乎还拖着长长的历史阴影。

1995.12.27

"寒窑"古今

这故事在老一辈那里家喻户晓,各地方剧种里大约都有这一折戏,老外婆讲给我听时,往往情不自禁背一段她老家高甲戏的戏文。

说是薛仁贵倒霉之日,得朋友所赠一大南瓜,满心以为抱回家焖一大锅,可与娘子免受三天饥。不料他把南瓜搁在桥栏到僻角解手,回来却见南瓜被风摇下河去。薛抢救不及,顿足吁天:"薛某福分之薄,竟连一个南瓜也消受不起么?"后来薛仁贵发迹走红,每日要啖一百条鸡舌。有天突然良心发现,想起水漂南瓜一幕,下令不再与鸡谋舌。次日差役禀报:鸡棚今晨一百头鸡无病而终。且不说是否鸡们看着大限将至,先就自个儿吓死了,或是差役们不舍到口鸡肉飞走而谎报鸡情,反正薛大人从此心安理得享用鸡舌。我的外婆总结:人的福气一旦如洪水而至,鸡也前仆后继。

想想王宝钏当日绣球在手,已犯"人不可貌相"的古训。既没有通过征婚启事自报家门,了解对方的身高体重、职业婚史,又没有在上海滩一夜两夜的"晒月亮",探索彼此的修养风度、性格嗜好,一掷订终身,真乃壮举也。现代人即便经过以上种种手续,内查外调,"寒窑"里家用电器齐全,嫁过去仍有闭着眼睛往下跳的冒险心理呢。

小时候只觉王宝钏非但天真而且固执,运气还好得紧。她要嫁时,父亲也只是绝袂而去,并不乱棒打杀。十年寒窑之后,还捞个一品夫人当当,虽然薛仁贵未必肯分老婆五十条鸡舌,鸡汤总可以随便喝吧?

等自己被诳进"寒窑",最初的障眼法尽去,婚姻这个河道之曲折之落差之月白风清之夹缝求生,遂一波一波展开,这时想到王宝钏,嗟叹丛生,庆幸她没有孩子真是英明。

儿子六岁时曾问:"妈妈,你怎么不和爸爸离婚?""怎么啦?""这样我就可以和你睡大床了。"

答:"儿子,凭妈妈的工资是养不活你的,饭都没得吃……"儿子打断我的话:"太好了,那就光吃冰淇淋吧!""还有你的变形金刚和游戏机呢?"儿子想想,没错,只好抱着枕头回小床去。

没法跟儿子说,如果妈妈出差时谁带你;半夜生病又是谁背你去急诊;还有你的提琴课,你的运动会集训……

现代社会已慢慢能够着手解决夫妻分居的问题。那些因特殊原因而造成的牛郎织女们如军人、海员、地质工作者,正被写成报告文学赢得普遍的唏嘘与敬仰,但仍有多少姑娘在掷绣球时并不因此而手软呢?从未享受过探亲假的王宝钏,且不说柴米油盐无着,也不说门窗破败,窑漏墙坍有谁援手,仅十年中夜夜的寂寞恐惧又是如何难挨!

说与一帮女友,不料齐声否决,都说十年寒窑又有何难?立即举例四川×××,从桂冠诗人一跤跌为"右派",发配贫乡,有窈窕淑女,弃家求之,寒窑又何止十年!又东北×××遇困时日,妻子为他上省赴京告状,小儿为筹措路费,随学校远足舍五分钱公共汽车票步行一个半钟头,一家人义无反顾等等。

更何况,时下有多少大女,准备寒窑独自抗战到底绝无悔意哩。

细细分析,最难的是薛仁贵出走前与回家后。比如说:王宝钏患失眠症,绣闱里上丝被下锦褥尚披衣挑灯,听梧桐雨一夜滴到明;寒窑土炕冰冷梆硬,风摇朽窗,野犬嗥寒,只好听薛仁贵的鼾声,一夜鼾到明啦。要是王宝钏还患胃病呢?在家莲羹银耳细瓷小碗地侍奉还作西施捧心,嫁与薛仁贵,就算有南瓜连吃三天,不得胃穿孔也患急性肠炎。或许王宝钏还有过敏症。蛛丝、灰尘、野蜂、花粉都是致命的过敏源哩。好在王宝钏命大,不是新潮小姐,不吃零嘴也不文眉,喝西北风照样爱情海枯石烂不变心,终于当上官太太。这时人到中年,腰粗显腿短,所学几首诗侥幸不忘,却难与新科状元的丈夫荧月媲辉,共同语言渐少,皱纹愈多。薛仁贵却逢春风得意,外出则前呼后拥,入内丫仆成群,难保没有第三者第四者,总算不被一纸休了去,这滋味反倒比寒窑难挨。

我听得张口结舌,不信王宝钏如此没有奔头。又看看发话人不是被家务拖得憔悴的小母亲就是事业蒸蒸向上的单身贵族,心中有些怀疑。转问来家诗串联的女大学生,个个一脸茫然:"王宝钏?哪一届的?"

只好从头说起。听得咯吱咯吱地笑。

有问:"薛先生晚上洗不洗脚?"有问:"薛仁贵算是个博士生了,王宝钏小学都没毕业吧?"余一女子,面目姣好,眼光清湛,因此翘首以待,果然语出惊人:"想必小薛子长得挺帅,这个绣球我也扔得不含糊。只是既能力排众议搬进寒窑,何必不敢再排众议搬出来,在薛仁贵考职称这十年内,足够谈几次婚外恋了。"

如此如此。

夜来梦一高髻宽袖女子,声调甚凄苦:"我已作古多年,汝何多事,搅我不得安宁?"

答:"近来再无人赠送大南瓜,恰逢约稿甚殷,拿你赚几两银子,宽恕小生则个。"

1992.3.23

婚姻美咖啡

如果要给现代家庭中的婚姻、爱情和性打个比方,或许可以把它比喻成符合中国人习惯的一杯咖啡,通常它需要咖啡粉、糖和牛奶。

我们祖辈中有些奉父母之命遵媒妁之言,头盖下摸彩的包办婚姻,运气好的话,先结婚后恋爱的事时有发生,牛奶自然顺理成章。最惨的是连糖和牛奶都加不进去,因而是一杯又苦又涩的黑咖啡。既不能解渴,又不能果腹,还导致失眠。

到了我们这一代,满脑子"生命诚可贵,爱情价更高"的理想主义教育,糖因此至关重要,有些痴心情种居然靠它过了一生,就像张洁的小说《爱,是不能忘记的》。但在世人眼里,它既然不能成为完整的家庭,便不是正宗咖啡。这块糖又干又硬,哽在嗓子眼,得不到溶解的机会。

漫长禁锢的中国社会里,性始终是不洁的,讳莫如深的,尽管很多没有爱情的家庭暗地里其实靠它维持,繁衍后代。咖啡里加了牛奶,就比较润滑容易入喉。没有婚姻的性是需要"偷"的情。那年头的谦谦君子窈窕淑女,哪怕渴裂双唇,牛奶伸手可及,却不能碰,否则就叫做生活作风败坏。所以牛奶虽然营养丰富,却是惹祸精。

(新新人类中那些流行光喝鲜奶的,则应另当别论。)

烹出现代家庭这杯咖啡,各人口味不尽相同。是不是爱情越甜蜜浓烈,味道就愈香醇持久?其实也不尽然。有女朋友在电话中声声哽咽,投诉丈夫自私,每夜应酬贪杯,凌晨才回家。任她一打二十多个传呼都不回,甚至苦苦恳求也置之不理。做妻子的身负领导职责,每天肿着眼睛捂着哈欠,驱车去上班,精神几将崩溃。他们俩恋爱时,可是人人羡慕的金童玉女,结婚十年来亦如胶似漆。究竟什么地方出了问题?就像女朋友自我反省的:"我脑子里整天只有他一个人,我也恨自己没用,爱得这样没有自尊。"另有一位成功男士,终于找到梦中情人结婚,遂收起偌大生意,做专职护花使者。每天接送妻子去剧团排练演出,鲜花、水晶鞋、葡萄美酒夜光杯,该有的都有了。如果妻子单独和朋友去吃饭或喝咖啡,11点钟他必守候在酒店门口。直到有一天,妻子受不了,不辞而别逃之夭夭。

爱情这种东西真的像糖,既养人也伤人的。

新年伊始,马可波罗酒店的圣诞树犹闪闪烁烁。几位女士手执鸡尾酒,聊完时装,说起丈夫孩子,自然对家庭婚姻生出无限感慨。旁有一男士,是研究婚姻家庭的人类学教授,他语出惊人:"现代家庭首要条件是经济实力。"

我等嗳嚅。有人微弱地反驳:"从前很穷,爱情很实在很重要;现在不愁吃喝,爱情反而看不见摸不着了。"

好吧,经济社会里,金钱的力量确实不容忽视。如果还要继续咖啡这一蹩脚比喻,那么金钱就是容具。人可以"拨开青苔喝山泉",却无法在手心调制一杯好咖啡。朴素耐用的木杯,笨拙可爱的陶杯,精致易碎的玻璃杯,寻常人家往杯中加加减减,在意的是品味。至于薄胎细瓷描金手绘,乃至水晶和纯金打造的杯子,已不在乎盛的是马尿还是豆渣了。

人生难得一杯香浓咖啡在握,就像李玟 CoCo 的广告词:"一喝好心琴(情)!"

2001.1

好男人都去了哪里？

年过四十之后，触耳总是这类"女人吁天录"。

当初"一不留神"写了个《致橡树》，被浪漫纯情的姑娘们苦苦追索二十多年，似乎我在经营着一个橡树苗圃哩。尽管紧接着又写《神女峰》，告诉她们"与其在悬崖上展览千年，不如在爱人肩头痛哭一晚"，年轻人是不耐烦听完的。等岁月把她们从悬崖上逼下来，已找不到那个可以痛哭的肩头了。

遗失了另一半的女人通常都很杰出，甚至过于优秀。我认识不少这样的副市长、副主席、副部长（从前女人词典里是没有仕途这一说的，如今给个副职仿佛就该再三谢恩了）、律师和医生。她们有个人收入和住宅，有能力进美容院和健身房，识得打扮，谈吐相得益彰。就算爹妈原先给的容貌和身段都很一般，经过自我意识的修炼，事业成功的辉映，举手投足，便有了一种成熟优雅的魅力和风度。

我曾经对一位女总经理夸奖她的小圆点紫丝巾，其颜色和她的昂贵套装搭配得很是和谐又有动感变化。她感慨万分：我进进出出碰到这么多男人，没有谁有这种品位来欣赏我的打扮，因此我的穿着全是给镜子看的。

另一位女朋友在法院供职。她的评职称和晋升总是遭到男同事的非议，似乎她的工作能力太强，太投入，给别人带来了压力，甚至长得太漂亮而且没有风流韵事,都让人失望不解。男人太虚弱了,我想要风流风流都没兴致,她说。

　　已经过了高呼"寻找男子汉"的年纪,如果想要痛哭,关起门来就是,这是一位有三居室的女记者说的。等她一重重开门出来,光彩不减,没有人知道她哭了多久?因为什么?

　　我非常钦佩且倾慕(我用了这一个词,是因为我总是坚持认为友谊也是需要互相倾慕的,无论同性或者异性之间)的一位女批评家,她理智地说:如果你找不到你最爱的那个男人,那么就找一个最爱你的男人就是了。声音充满了无奈。

　　当然我还认识了很多家庭幸福的女人,或虽不是那么幸福至少能够安定团结的女主妇们。她们身边的那位好男人往往比较模糊,"好"在什么地方?难说。多半与女人的忍受力大小有关。电视娱乐节目里"夸丈夫"的那套说辞,逗逗乐挺好,实际生活中,很难说明问题。

　　曾经和老朋友在饭桌上讨论这个问题,男性朋友都愤慨不平,求证于一旁的服务小姐,小姐莞尔:至少我们的爸爸是好男人。

　　真理在即:女人心目中还是有两类好男人的,一是作为父亲,一是作为儿子,至少在儿子"讨了媳妇忘了娘"之前。

　　我不是女性心理专家,也不是女权主义者,只是听得多了,不免要想想,为什么极少听到男人寻呼"好女人"呢?倒是听过一个成功男人的肺腑之言:老婆是不能离婚的,劳民伤财,良心不安又有损声誉。找个情人边上搁着,容易得很,好女人多得是!所谓好女人,当指年轻漂亮者或温顺如猫者。

　　总之,老婆是不动产,情人是活期存款,不知这是不是所有男人的梦想?

　　心里其实很明白,好男人还是有的,就看你要的是什么。不必说我的父亲和儿子,甚至我的丈夫(妻妾两全的梦想他大约是有的,之所以不及付诸实施,主要是怕麻烦)。如果你仅把他看作一个完整的男人,而不是在他身上寻求属于你的那根肋骨。

有一种男人,属于熊猫类,天赋之高,与他的生活能力成反比。我认识一位老书法家,每天洗澡,必由妻子把热水提到浴室,带进香皂,将换洗衣服按顺序一一放好。如果忘了香皂,他就光冲冲水;忘了某一件衣服,他就不换;有时什么都很周全,他倒把自己忘了。妻子上街回来,问洗了吗?洗了,那怎么水还满满一桶?这样的男人不知算不算好男人?反正老两口是挺恩爱的。

另一种男人对女士呵护备至,送你鲜花,为你夹菜,帮你挂大衣,陪你走夜路,要多熨帖有多熨帖,真是好男人吧?可是他不够有钱,官做不大,也没有什么特别才能,所以才有时间有耐性来细腻他的感觉。多少女人能满足于一件暖和的贴身小棉袄呢?

那种既是天才又情感丰富的男人,不属于谁,而是为天下女人生的。比如老歌德,比如拿破仑。罗密欧若如愿以偿与朱丽叶成家,过起柴米油盐日子,会不会有外遇或闹婚变?十全十美的男人只在舞台上装模作样,让受骗的女人画饼充饥。

好男人无论去了哪里,他眼中的好女人绝不会是女人所想的自己。

他们不在同一个视野里。

1999.4.11

但愿人长久

结婚不久,即盘问丈夫:我若先死,娶不娶新人?丈夫不知个中凶险,心不在焉应付:"也许吧?"从此不依不饶,仿佛他真娶过了似的胡搅蛮缠。还讨价还价:就算再续新欢,不许把我衣柜里那些好看的衣服给她!

转瞬将近二十年过去,丈夫一直没有机会。因为我虽然小病小痛不离,毕竟不屈不挠健在;几乎每月都在天上飞来飞去,侥幸都能平安着陆;既无外遇也不虐待公婆,他没有理由一纸休了我去。想想,真替他着急。

古人云:一日夫妻百日恩。活到这份年纪,渐渐透彻"恩爱"两字的分量。曾经悄悄问一位明星书法家,他的工作和应酬中不但美女如云,且有那许多才貌双全举止优雅的女同行们谈笑风生。回家来见糟糠老妻,会不会忽然厌倦起她的面黄发枯,言辞乏味呢?"不不,只有在家里,才可以真正放松。夫妻多年,即使没有了爱,也还有恩呢。"再看他太太,满脸都是福气的样子。

次晨我早早起床,赶去市场,买老鳖为丈夫煲汤,在"恩"字狠下功夫。然而见丈夫并无感恩戴德的意思,立刻把剩下的鳖汤自己喝了。

其实,玩笑归玩笑,命运在什么时候什么地方,给你当头一霹雳,是谁都无法提防的。

有个年轻朋友,父亲因肝癌去世,全家悲痛欲绝可想而知,五十多岁的母亲一直怏怏不能复原。那朋友虽然十分崇拜父亲,为他亲手创作了一座雕塑,放在卧室陪伴。但他还是亲自上了父亲的老朋友家,为丧妻的世伯与新寡的母亲牵线。甚至借口工作太忙,在旅行社买了两张票,请世伯陪母亲上黄山散心。果然大功告成。那朋友去美国留学,新婚老两口挽臂来送行,两人笑吟吟的。我们都替这个孝顺豁达的朋友举手加额。同时不由得要扪心自问:能不能做这样明智的儿女,或者是,同样明智的老公老婆?

那天夜深,有位感触良深的女教授煲电话粥。她离异多年,一直埋头教书,学生成绩斐然。现在退休了,时间太多,方觉身边空虚。遂心有所动,周围便花红柳绿起来。列名单与我商榷。张先生是香港名门遗老,七十岁,依然风度翩翩,只是商人气太重,话不投机;李先生是美国电脑工程师,孩子的事业都很成功,可惜李先生身体有些摇晃,只怕日后变成他的私人看护;吴先生是北京退休高干,房子车子俱全,不过儿女工于心计,难应付呀,等等。

我试探着问:你有一份丰厚的退休金和积蓄?是的。你有空荡荡的三室一厅?是的。你的女儿在美国成了家,每年都要接你去国外玩玩?是的。你只是需要一位能够说说话的老伴?当然,当然!

那么,你不如就近找个通情达理的,互相了解的人试试?

没有这样的人选呀,舒婷!

我进一步:哪怕他只是个老门房或者送报纸的?

她叹息了:我做不到。

所有的道理她都明白,只是做不到。我没法帮她。

由此更觉老夫老妻相依为命的重要,时时与丈夫互相鼓励,争取携手多走一程。丈夫老实,不计前嫌为我担忧:"女人通常比男人长寿,你看左邻右舍都剩了一些老太太,鲜见老伯伯独活。我若先行,万一灯泡短了丝,你该如何是好?"家务活儿,他也只会换灯泡这一招。我安慰他,并指着草坪上义务清扫落叶的胡瓜老伯:"没事,我会去追他。"

胡瓜老伯八十有三,瘦矍硬朗,而且曾经是八级专职电工。

1999.4.12

满载爱情的婚姻之舟

一个孩子慢慢长大了。忽然有一天,他发现自己比其他的孩子,多一笔从未入账过的巨大宝藏,要等到他懂事以后,才逐渐显现出潜在价值和深远影响。如果说家庭这本存折上,父母亲相互的情感是不断注入的日增月积的财富,他们对孩子的爱便是由此衍生的加倍增值的利息。

可不可以说,一般情况下,生长在婚姻完整的家庭里的孩子,他的心理要比单亲家庭的孩子健康些?至少说幸运些?

有哪一对年轻人在沉入爱河时不海誓山盟一番?有哪一对恋人在步上红地毯之际,满怀想的不是终身相依白头到老?甚至,哪一对夫妇在离异签字后,脸上没有沮丧心里没有挫伤头发不是白了许多?有哪一个儿童不想在晚上入睡前,左手抱着妈妈右手挽着爸爸说晚安?有哪一个少年不是这样渴望着,当他在舞台上大声唱着毕业歌,面对并肩促膝坐在下边悄悄拉着手的父母亲,他因此歌声嘹亮,因此涨红了脸,眼睛闪闪发光。

但是,生活总是不尽如人意啊。勉强维持的婚姻比比皆是,进退两难煎熬其中是一种困境;破碎的家庭如残花落下不能重回枝头,沉溺于被欺骗被遗弃的绝望孤凄还要强打精神是另一种困境;即使在糟糠夫妻之间,如果不懂得经常修复、呵护和温情相与,平淡庸常琐碎的岁月流程,不知不觉就消耗了激情损害了美感,婚姻的神圣之光磨蚀殆尽,沉淀下来的是倦怠和麻木。

只有爱情常新。

正因为爱情常新,只要烛光燃起,你无法警告飞蛾,说危险说灼伤说前车之鉴,它是一定要扑上去的,正如现在我们的孩子,正如我们自己当年。并非一切爱情都象征着毁灭,因为浪漫的我们和现实的我们都是普通人,我们从生活中学习、选择、矫正,承认失败继续前行,直至爱情成熟收获,驶进婚姻的港湾。

于是有了孩子。

"于是"两字,省略了在婚姻保护下爱情的另一重意义,那就是合法的性。

小孩子好奇地问:我是从哪里来的?年轻的爸爸妈妈骄傲地回答:你是我们爱情的结晶。从前的老爹老妈则敷衍我们:从垃圾堆捡回来的。中国的父母亲还不习惯向孩子解释精子的勇往直前和受精卵的日新月异。有一天我对嗓音粗嘎得像公鸭的儿子说:"你有什么问题想要问我吗?"儿子不解。我再说:"如果难以启口,可以直接问爸爸。"这下儿子明白了,他像惯常那样调侃着:"爸爸知道的会比我多吗?"

儿子在沙尘暴和朔雪纷飞的北京读书是第九个年头了,我已经失去跟他说说月经和安全套的最好时机。我相信他和他的同学知道的会越来越多,越完整越科学越通情达理,通过报纸杂志的浏览,通过互相间的交流,通过网上查询。性不再是禁区,是正常人生长过程的必修课,无论是通过生理课,还是自学。

社会文明发展到今天,人类的情感更趋于丰富复杂微妙,相互间的关系随机潜伏不可预计的变数。婚姻、爱情和性,常常不能两全或三全,有时被分离和切割,甚至作为商品交易,虽是古往有之,只是现代更加公开泛滥,让许多人失意神伤。

可是,我仍然要对孩子强调,有爱情的性是美好的,有婚姻的爱情是完整的,它们珠联璧合才叫做幸福。如果你曾经生长在幸福的家庭里,好好珍惜并 enjoy(享受它),对给予这一切的父母怀有感恩;如果你不是,你还有机会有信心,长大自己来做一位好船长:驾驶满载爱情的婚姻之舟。

2003. 10

小气的男人与撒谎的女人

民间故事及寓言里,悭吝鬼都是清一色的男人。自古以来,小气的男人虽不必遭到道德方面的谴责,却被挖苦得体无完肤。在中国传统"男主外、女主内"的教育下,要在社会生活中混得体面的男人往往是豪爽慷慨的,尤以武侠小说中的男主角为甚。女人因为经济来源于她谋生是否得法没有关系,操持一家柴米油盐才是责无旁贷,未雨绸缪正是传统女人节俭的美德。

生长在厦门这样一个港口码头,对厦门人的江湖气深有体会。我老爸20世纪60年代因"右派"释放回乡,沦落火车站附近扛包。年关,见一圈人,围一中年教师,那教师丢了钱包,脱一件厚绒衣,说换九元钱买一张火车票回家。那绒衣全新,值九元钱,还要十二尺布票。老爸塞十元在那人手心,抖开绒衣披在原主儿身上,说:"我这也是做苦力挣的,给你地址,到家后给我邮钱来。"不久果然汇款,还有一包裹红菇,炖汤,鲜美无比。

豪爽的厦门人对福州人有极深偏见,编出许多小气的福州男人轶闻,告诫自家女儿别上贼船。

姑娘A和福州小伙子B一起上街。男女恋爱故事即便在20世纪80年代也因为居室的拥挤而大多发生在街上。

他们一起去看电影。A娉娉婷婷在影院门口消闲,只听见B在售票口大喊:"我已买好我的票,你快来接着买,这样我们可以连座。"从影院出来,经一家热气腾腾小吃店。A建议:"天冷,进去要碗馄饨吧?"B慨然就诺:"行,你进去吧。我不饿,我在外头等。"

我虽土生土长厦门,却因为工作单位的原因,入籍福州也有十多个年头,谨小慎微的福州人确实不少,真正像上面故事中那般出类拔萃的"福州人"尚没有见到,特此平反。

几年前常到北京开会,顾城夫妇到宾馆看我,必骑自行车。话题正酣时,突然惊觉,开窗探头,检视自行车是否在原位。其实从他家到宾馆,乘地铁既方便又便宜,只要一毛钱。谢烨说:"舒婷,正是为了这一毛钱,我们才骑车的。"顾城的稿费几乎都是三元五元吊丁地来,有次竟来了笔巨款五十元。两人欢天喜地步行穿过公园到一家储蓄所去存款。次晨想起需买面粉和大白菜,便携手去领十元钱出来。下午又想到还得换自行车轮胎,又去领十元,储蓄所出纳忍无可忍,说:"你们可不可以把明天上午和明天下午的钱一起取走?"旁闻者无不捧腹。顾城还沮丧地说,就因为来回地走路,鞋底磨穿了一个大洞,遂又取款买鞋。

这是穷,不是小气。因为那天中午,好几个写诗的朋友一起到邻近的小饭铺吃午饭,只有极便宜的凉面和马尿味的塑料杯装啤酒。其他几条汉子侃诗侃累了,目光炯炯围坐小方桌前等饭吃,唯有顾城起身到柜台前与我争付款,把一张十元的钞票几乎揉烂了。即使在福州,我也从未碰到五六个大男人吃饭,不但没有人抢付钱,甚至也不帮忙端菜取杯子什么的。

那时节大家都穷,原也怨不得的。到了今天,仍有个刻薄的笑话:说京都有位男作家,收入甚丰,如果他向你敬烟,你是一定不能接的,因为那烟必定是霉的。

现代女子因为她们特殊的魅力和能耐,她们的坚忍不拔,无孔不入,令男人们惊呼为女强人。先是女排一榔头折服全国男人,文学界阴盛阳衰议论一时,而今商界佳丽穿插其中,正待向政界冲刺。若有老板级的铁母鸡,她手下的男属下感觉的磨难必空前,因为女老板若也一毛不拔,那是比铁公鸡们在行。

不过,巾帼气的女士们越来越多,相聚时,说起某某,极为不屑:"像个小男人那样抠门!"

和小气的男人同路,腰包坚硬的话,只需手指掏得勤快些,还可以自诩管仲,因此豪气顿生。若是囊中羞涩,不妨大家装聋作哑,或者实行AA制,彼此轻松。

与爱撒谎的女人共处,你得提高警惕,时时看顾好你的名誉,你的自尊和你的情感,却仍然防不胜防。往往于你是一支暗箭穿心,或是一瓢无由的污水溅身,于她不过是闲来无事磨磨牙罢。

插队时有位女知青,遍告众人,她"大串联"时去了上海电影制片厂,好多名演员围着她指指点点:"瞧那眼睛多美啊,简直是明星坯子!"后来证实了她非但没有到过上海,也从未走出她生长的小城市。她眼也不眨,反诘:"我是那样说了吗?你们听错了。是上影厂的演员"大串联"时来厦门,他们见到我时说的。"仅仅为自己哄抬价格,伙伴们撇撇嘴就算了。不料她捕风捉影的本领已发展到无中生有的特技,且见缝就插针,立竿见影,因此忙得一星期都不洗澡不更衣,只洒点花露水,在小圆镜前,仔细撕开纠缠一团的刘海,一根一根整齐摆好,然后一个知青点一个知青点去闲聊,即兴创作一些个丑闻,一些个轶事,一些个隐私以飨听众。常常不是突然有一位满脸涨红的男知青闯进宿舍咆哮找她算账,就是被四五个知青堵在茅坑会审。开始尚能自圆其说,全身而退,后来却已上瘾,再开口,不由得舌绽莲花,故伎重演,最后落得哭泣求饶,吃两个耳光。知青们形容她的处境:周围数里荒无人烟。因此不断换地方,调工作,没有老朋友。等我发觉知青中流传她写的一两首诗,原是从我抽屉里偷出去的,她已像一只跳棋,越跳越远了。

十多年后再见到这搅水女人,已结两次婚,有第三位候补者守株待兔。据说供职于外贸要害部门,财源滚滚,人际关系四面八方。前者姑妄听之,后者我却有些相信,若说此妇人能在商界翻云覆雨,好比把一只母狐放到狼群中去,各得其所矣。

当你听到女朋友在你耳边絮聒某人如何如何,你必然起警诫之心,你不知道,在哪一只耳朵边上,如何如何当是你自己了。尽管如此,我们仍然还有受骗上当的时候,我们被眼泪,被誓言,被恳切的语气诚挚的眼睛欺骗得还少吗?

男人小气,大多独善其身,并不伤人,照样做得朋友。他们的小笑话拿来开胃,可下酒,可健身。和撒谎的女人做朋友,好比在蚊蚋云集的沼泽地宿夜,你生火熏烟,拉好蚊帐,仔细搽好防蚊油,谁知污水却从你脚下攻进来了。

1994. 3. 18

女有三丑

我的母亲十分好强,她的兄弟姊妹养出一窝一窝如花似玉的孩子来,不是被摆在照相馆橱窗,就是上杂志封面。三舅舅结婚,母亲连夜踩缝纫机,为我做了一条荷叶边的红裙子,又拿铁钳炙我的刘海,可怎么打扮都像缺了什么又多了什么,母亲计穷而泣:"我身上稍微像样的地方你都不要,偏偏拣我一对单眼皮!"

母亲虽是单眼皮,却是很国粹的杏眼,加上樱桃小口糯米细齿,少女时代每年都被庙会请去扮观音。

日后我们兄妹三个,皆发奋图强嫁给或娶进双眼皮大眼睛的,而第三代仍个个顽强地保持单眼皮的母系记录。母亲若在世,不知是骄傲呢,还是又要落泪了?我外婆及时在旁援救,她会很中我听地化解:"世上无丑女。女人有三丑:好吃懒做爱打扮。"

这三丑属于"丑责自负"类,父母无须承担遗传责任。

一

懒,女人第一大忌。懒需遮遮掩掩,否则为何常说偷懒?懒婆娘的故事往往是女孩伊始的教科书:做丈夫的外出几天,烙一个大面饼套在懒婆娘脖子上,叫她饿了低头咬着吃。等丈夫回来,见婆娘还是饿死了,面饼只啃了颌下那一小块。这婆娘连侧侧头或转一下脖子都懒,真是懒得有"骨气"。

这类故事必定是男人编的,因为鲜闻懒男人的传说。在我们这个重男轻女的古国,男人懒得合情合法,太勤快的男人被怀疑本身资格有问题。比方上面说的那个烙饼的男人,为什么不休了懒婆娘另娶一个?怕是找不到老婆吧。

在外婆身边长大,想犯一点点懒,真是连偷带哄。

外婆向来一睁开眼就骨碌翻身起床。我辈若早醒了,赶紧合上眼,否则就会像轰鸡出窝那样被喝下床。没见外婆闲过,家务本来就无穷无尽,何况她还有一只红漆斑驳的取之不尽的针线篮子,她常常停下手中的绣花鞋面,从老花眼镜上方盯着我:

作业都做完了?

做完了。

去把晾好的衣服收下来叠一叠。

早叠好放进衣柜里了。

这次她劝诱道:你把我那件旧丝棉袄拆开重新用手絮絮,过年我给你翻件花棉袄,怎么样?

我反守为攻:我正在看《隋唐演义》,好讲给你听呀。

为此,我尽量拖延放学时间,倚在路灯柱下看小说;或躲在家中凡是能逃过外婆眼皮的地方,诸如被窝里、衣架后,或爬上杂物间。因为外婆认定读闲书是最不能宽恕的懒,看把眼睛读成什么样了!

自幼受外婆训导直至成年,我自忖不算太懒。脏衣服从未过夜,抽屉衣柜严格分档,头发、地板每日一洗,就连往桌脚垫一木片也边角对齐。偶尔窝在沙发里出神,忽地惊跳起来,自己问自己:衣服收了吗?孩子的五线谱本买了吗?欠不欠谁钱?信都回了吗?还有稿子!唉,格子总有得爬,才气顶顶不济的我,还有几篇"旧丝棉袄"等着絮一絮呢?

二

女孩子好吃,以上海姑娘为最,可能上海盛产话梅、怪味豆、五香瓜子的缘故。外婆对零嘴深恶痛绝。二舅舅到台湾读书之后,丫头们才从他的床底下扫出一大堆糖果纸、瓜子壳,虽然逃过姥姥的一顿杖棍,放假回家还是被罚提井水灌园子一圈。可见,男孩子也贪嘴不得。

不记得儿时外婆允许我们吃什么零嘴,倒是我父亲"通情达理"。他被打成"右派"去劳改之前,经常到厦门探望宝贝女儿,肩上背着漳州蜜柑,手里拎着豆沙包(这些无疑交外婆全权保管,因为她一点点地派给,以致我完全不记得豆沙包的味道)。他还冒着外婆不悦的危险,牵着我的手,"衙口炒河粉""新南轩芝麻汤圆""黄则和花生汤",一一吃过去,回家后,不争气的我,照例又吐又拉,好几天被外婆强迫光喝粥养胃。这给外婆提供了有力论据。

我也曾发愿:等我自己会挣钱,我要买很多难消化的零食,而且一下子全吃光。

果真自立了,我却对一般的零嘴再无兴趣。但是每年外出参加会议或旅行,由于我晕车,明明随身带着话梅、咸橄榄,却宁肯吃晕车药,张着嘴不雅地酣睡,也不愿含那不咸不甜的劳什子。我痛恨甜食,因此严重低血糖,不择时不择地当众屡次休克。遵了医嘱,便时时刻刻带着糖,考虑有友同行,特别地选择好糖果,又四处推销,其实我是徒然背了个"好吃"的恶名。

仔细检讨,说自己"好吃"也不全是冤枉。到一个新地方,必打听当地有什么著名小吃,削尖脑袋去吃。上饭馆点菜,先问本店招牌菜,有一个菜叫"剑胆琴心",十分好奇,追问之下原来是芦笋炒猪心,口感倒是不错,不知与琴何干。街上碰到没见过、没尝过,甚至没听过的食摊,舌头不可能到位考察时,眼睛和脚却是一再盘桓,之后许久念念不忘。

父亲病重,我从德国背了13公斤零食回来孝敬。父亲看在千里迢迢分上,每样只是沾唇而已,口称不错不错,却再无兴趣。在德国,我完全戒了一切零食,我想这一定与外婆有关。

三

按外婆的理论,娶一个好吃懒做的老婆已是家门不幸,如果加上爱打扮,那就等着倾家荡产了。懒仅算废物,吃嘛,胃肠的容量毕竟有限,而打扮则是无止境的。

罗马有一条街,专售高档妇女用品,被誉为"女人的天堂"。我加以补充:"男人的地狱"。同行男人多有戚然之色,女人则左顾右盼。

现代女性大多有职业,白领比比皆是,部分跻身商界,人称"款婆"。女人自己付钱买房子买汽车目前尚是少数,但两三套名牌时装、K金首饰,省吃俭用些不难做到,爱打扮或打扮得别出心裁些无可厚非。

但一个好吃懒做的女人何来能力打扮呢?

"那只有变坏了。"外婆说,"哪怕父母有钱,也不能养她一辈子;侥幸丈夫有钱,金山也有掘尽的时候。"

外婆去世后好几年"文革"方结束,仿佛她一走,失去了管教,街上爱打扮的女孩子如雨后春笋。看她们的模样,不像好吃懒做,也没有变坏的迹象,可惜找不到外婆论争了。

我自己爱打扮的天性受家教和社会环境的双重制约,一觉醒来,年龄已令我失去大片用武之地。数年来,家中三个深不可测的古老楠木衣柜塞满了国内国外或重金采购或减价购进的衣服。每逢应酬,我总在三个敞开的衣柜之间徘徊叹息,没有衣服穿呀!

丈夫掩耳逃出厅外,他永远不能明白,何以上个周末亮出那件人人喝彩的碎花短袄,今天就穿不得了?他自己一件夹克穿了五六年,说什么也不肯淘汰,并且暗示:对衣服尚且如此恋旧,何况对人对事!我明白,这就是女人与男人的不同了。

因为自己深知,有许多美丽的衣服要等下辈子再续情缘,遂把眼睛从镜子挪开去,投向华服少年、盛装女人。西方习惯,见面总要恭维一番:你这条裙子真漂亮啦,我喜欢你口红的颜色与丝巾的搭配啦,等等,接受这一甘霖普降的女人大多更加容光焕发。从前老是提醒自己,这仅仅是礼貌而已,不必太当真。时间长了,不但学会如此这般地入境随俗,还更深地体会到怎样给予别人快乐的同时令自己快乐。

一袭露肩黑长裙里相得益彰的窈窕身材也许更令人欣赏,但我也不会忘记向另一种桃红嫣紫表示由衷称赞。高雅者有其气质修养奠基,人人仰慕她在云天里,而俗艳者则满足弥漫尘世的幸福。

法朗士说:"妇女装束之能告诉我未来的人文,胜过一切哲学家、小说家、预言家及学者。"

这才知道,爱打扮的女人负有历史使命。如若我的外婆仍健在,也许不会摇头了。但愿。

1996.12.31

三
不忘露珠的寂静之味

姜是老的辣吗？

作家邓刚说：当你发现你所见到的女孩只要是年轻，都那么漂亮时，你就知道你是老了。

由此延伸：当一个女人目睹满街皆是衣着摩登的新潮女郎，而你却买不到一件合适的时装，你应当明白是自己老了。

一个向来忽视异性的男人（这样的男人简直"纯属虚构"），或者一个不修边幅的女人（这样的女人不是被斥之有病，就是视为雄性化被敬而远之），另有一种测试标准，即他们的简历是不是越写越长了？

诚然因为他们终于攒够了对私人而言弥足珍贵的历史，同时也痛感时日无多。他们的生存价值罗列于过去，自然绝不肯省略最微小的光荣。包括那些注有"紧接下页"的长篇美衔名片。

一般意义上，我喜欢所有女人。小女孩甜蜜娇美，大女孩青春逼人；被岁月和生活损害了容颜和身段的中年女人，自有一种成熟的风范，其回光返照的神秘魅力虽然不耀眼，却更富于亲和力。女人到后来也许并非各个都那么慈眉善目，但唠叨老头子，强迫年近半百的儿子添饭加衣，被小孙子使唤得乐不可支，使她们获得共同称号叫奶奶或外婆。现在就有小青年直喊我外婆呢。

护犊的女人蛮不讲理，吃醋的女人翘起尾螯虎视眈眈，更年期的女人任性多疑还自怜自艾，这是上帝为了让红尘中的女人生动。

像冰心老人那样的境界,女人不知要修多少辈子?反正八辈子是绝对不够的。

男人相对不怕老。熬到嘴上有毛时即可名正言顺做官,发财,娶少妻。而且不会被斥为男强人。有一年春节前,省委统战部来慰问,召开各界名士座谈会,我一看,全是德高望重的老先生,便自觉退到后排,与唯一的女记者坐在一起。在女权主义高涨的西方,孩子们普遍看好的圣诞老人毫无异议是男的,多少年来都没有下岗的危险。

写到上面这段,我其实有点心虚,我知道我在捅马蜂窝。我认识的好老头(对不起!)还真多。曾经"革命小酒天天喝"的林斤澜,现在酒虫可能被家人全面专政了;诙谐潇洒的黄宗江,和他一起笔会旅行永远不感枯燥;把樱桃和小鸡(注意,不是黄莺)画在一起的忆明珠,还强词夺理说是绝配;菩萨心肠的吴祖光,并非因为好多年前他悄悄帮我付了酒店的电话费,我知道以后,没法连本带利还给他,便继续装聋作哑;"老顽童"似的汪曾祺,那次我们在广州花园酒店参加一个长达七小时的宴会,他是西装革履地去,稍待片刻即脱去外衣,接着松开领带,索性解开领口。酒酣时,他已挽起袖子,卷着裤管,蹲坐在椅子上,惹得台湾女作家跑来亲他:汪老,你好可爱哎!

然后是绅士风度的邹狄帆。我要去赶清晨的航班,同房间的女伴半睡半醒在被窝里和我道别,毕竟大家时聚时散都已习惯。我拉开房门,看见老先生穿戴笔挺,在走廊等着帮我拎沉重的衣箱,送我上出租车。只有他记得我的近视太深,眼底大出血过,医生严禁我提重物。

这些心地极其干净的好老头,让我知道什么是"炉火纯青"。

男人老了,唯一的好处不是可以公然握着年轻姑娘的纤手良久不放;女人老了,也不是可以四处追啄那些稚嫩的鸡冠。因为自己已下不了蛋,且毛羽褴褛,且一味发胖。

人老了,扬去记忆中那些鸡毛蒜皮,如果能留下稍具分量的经验给别人,无论是创造,是忏悔,是失败,哪怕是一颗通情达理的爱心和一份洞悉世事的睿智,都算不虚此行。

只要平心静气知达天命,不必非要做块辣姜呀。

1999. 2. 6

回老街走走

有支流行歌曲叫《常回家看看》,歌词蛮动人的,唱得一些个做父母的,鼻子一阵阵发酸。现代人的家,都在一格格的火柴盒里,外观千篇一律,里头的装修与格局也大同小异。幸亏游子们再健忘,可能走错楼栋,进错梯道,绝不会叫错爹妈。

从前我们的家不是这样的。

城里的家,不是在什么胡同里,就是在什么小巷深处,歪着一棵老槐或撑着两树枇杷(至于丁香和油纸伞,那是在戴望舒的雨巷才有)。风大的时候,常有一两件衣裳从横架着的竹竿上飘落,罩在路人的肩或头,有些或香艳或凄绝的故事由此发生。乡下的家,再穷都有自己的院落,墙头摇曳着狗尾巴草,屋后一窝鸡两丘韭。孩子回家,当妈的急急去摸鸡屁股,捋一把嫩韭,炒得香味直钻入骨髓,多少年都不会忘。

城市这些年来致力于整容,胡同与小巷与陋屋,与倒马桶的尴尬岁月,逐一被大马路、住宅小区、防盗门与空调机所刷新。城市不但向高处生长出商厦、银行和行政大楼,还急剧扩张,蚕食了它周边的田园和村庄。即使在富裕一点的农村,也流行那种整齐划一的住宅区,无论设计是否仿西欧或仿希腊,一模一样的水泥建筑在严格的间距里,了无生趣,看上去都像兵营。

在欧洲那些富有传统的美丽小城里,街两旁的民居绝不肯放弃个性。如果主人发现自己的门面与邻居有些雷同,他一定想方设法添点什么或减点什么,来突出自己的与众不同。

无论如何怀旧,绝没有哪一个普通市民,愿意再当一回"七十二家房客"。大连会议上,有个女作家问市长:从前大连那些独特的日式房子哪里去了?市长回答:大连的老百姓会告诉你,那些没有取暖和卫生设备的房子居住起来多么不方便。

台湾的鹿港,部分老街被圈为保护区,不许随意更换门庭。那里的老百姓在巷口贴出抗议:"要文明不要落后!""我们不欢迎参观,还给房屋自主权。"更有甚者,自己动手把房子扒倒的。不少民居搬空了,导游指给我们看那些古老的瓦楞与滴水檐,上面荒草萋萋。

我所居住的鼓浪屿基本全是老房子,跟鹿港一样,明令不许改变原来结构,保护得比较好。但房子大多是三四十年代华侨私房,其风格、设备、布局都相当完善,所以居民能够安于现状。

我的童年却是外婆家,住在八卦埕(想想这个地名有多么弯弯绕),厦门最老的区街之一。它那几条街巷的名字都极其生动传神:"打锡街",住的多是工匠;"夹板寮",房子的简陋可想而知;"曾姑娘巷",原是有个曾姑娘祠堂的,碑文说她有"闭月羞花之容、沉鱼落雁之貌"。放学后特地去看她的画像,扁扁的圆脸上一双细细的小眼睛罢。十分失望,从此对古书中的形容词,甚怀疑。

只要有时间,我还是愿意回老街走走。

在城市的夹缝中,总有几处被遗忘的角落。比如开元路,没有酒楼没有超市也没有发廊,只有小杂货店和补鞋摊。比较现代化的是一部公共电话,从居家里透迤拉出,搁在门口木凳上,由一个抠着趾缝的老头看守。稍过去一点的骑楼下,摆一张矮桌,乌黑的茶具,几个下牌的老人,押着一毛钱十根的筹码。日子在这里悠悠打了个旋,继续慢慢流了去。

又比如打锡街,那么窄,张着两只手,可以同时李家抓两根葱,王家讨一撮盐;那么短,站在这一端,可以看到那一端的大马路车水马龙;却又是这么兴旺!白天家家都摆出点什么卖卖:茯苓糕、鲜鸡蛋、烧肉粽、金箔银纸、本地青皮芒果;或者找点事做做:缝补、修伞、代书、打金器。总是熙熙攘攘,看起来好像是邻里之间的买来卖去而已。晚上,都把小饭桌摆到门口,人要路过,需侧着身,常常不是碰翻了这家的小酒盅,就是打洒了那家的海蛎面线汤。不过也不要紧,进出这里的人至少有个点头交情。熟而又熟的走不到家门,就被揪住坐下喝两口。免不了吵架,吵起来声情并茂,平日里搓衣掌勺低眉顺眼的妇女,这个时候口才极好,倾街倾巷。

咳,老街。

我们怀念的不是拥挤、闷热、三代同室的往日时光,而是相濡以沫互通有无的凡间人情烟火。尤其当我们掏出一大串钥匙,打开公共铁门、自家的防盗门、房门,走到被钢栅密密封锁的阳台上,看看上下左右都是同样的铁笼子。你不知道隔壁阳台那个腆着啤酒肚浇花的男人在哪里工作,旁边那位风情万种的女子是不是他的妻子。当然他也不知道你,于是你觉得很安全,不想打破这种默契。

气闷的时候,孤独的时候,被吊在半空的时候,不妨到老街走走。

1999. 3. 3

信　物

自从四姑婆、六叔公及尾仔婶相继去世之后,外祖父这一辈的乡下亲戚终于绝迹。

四姑婆的西洋布衣裓浆洗得窸窣作响,大脚板上套着手绗黑布鞋,鞋面上绣蝶儿沾着泥;六叔公被土烟叶烧哑的嗓门和土得掉渣的乡音;尾仔婶簪在发髻上穿成璎珞的玉兰花,混着刨花水的味道。这些已遥远而亲切,好像童年看过的布袋戏中的趣人儿,背景是神秘深邃辽阔的闽南小平原:稻田、菜地、水车、乌瓦白墙、竹篱小木门、屋前屋后招蜂惹蝶的果园子。

现在街上卖的漳州芦柑,都套在俗不可耐的红塑料薄膜里,表面看去颜色依旧,吃到嘴里一股保鲜剂的怪味。四姑婆挽在臂弯的腰形大藤篮里,一个个大芦柑天生丽质,还带着一两柄蒂叶,叶片被清晨的露水洗得油绿。一剥破皮,香气四溢,激得眼睛都睁不开。且不说果瓤如何娇嫩欲滴,就连柑皮丁儿,撒在元宵汤圆里,或者拌在年糕里上蒸屉,画龙点睛,分外地提神开胃。

偶尔在小摊上,见到卖粽叶馃子,眼眶一热,有点近乡情更怯的犹豫不决:"是鼠䴓龟吗?"摊主是个十三四岁的女孩子,茫然摇头不知什么是"鼠䴓"。鼠䴓菜是一种野生植物,曾问过老人,都说没有学名。下田埂时顺手采两把,洗净剁碎,放在石臼里和糯米一起捣,做成的米粉团呈碧绿,捏进花生芝麻糖馅,有时也做肥肉梅干菜馅,裹以新鲜粽叶蒸透,分外香粘,却不粘牙。

南方总是把糯米粉做成的粿糕,印作龟状,以后便略称为"龟"。尤其"天公"做生日,"鼠粬龟"是供品之一。于是,"天公"做完大生日,我就过小生日。外婆床底下的漆篮里满满几层鼠粬龟。上学前我弓腰蛇行到午眠正酣的外婆床沿,伸手抓两块雀跃而去,班上女同学守着巷口,各掰一块解馋。外婆怕我吃坏肚子,而我永远没吃够。

然后是炊米糕,雪白松软,染色的爆米花点红缀绿,芝麻杂陈;然后是元宝形的嫩菱角,是糖炒栗子,是咸粽和贡糖;然后,是无所依托的乡思。

曾带三岁儿子到晋江乡间访友。孩子突然连跑带跌,逃来抱住我的腿大喊:"妈妈,老虎来了!"原来是拖着肚皮吭哧吭哧的老母猪。

我携着他的手,给他介绍番鸭、火鸡和山羊,指给他看挂在树上的荔枝,地里长的小葱白菜。

儿子八岁时,我们带他去张家界,在山间小道上向挎着竹篮的农妇买一块红糖糍粑。儿子追问不休:糖怎么是红的?做成点心怎么又变黑了?看着儿子香甜地啃着乡下土产,我不无悲哀地想:我们再不会有乡下亲戚了。儿子这一辈,就要与土地断根了。

表姑、表舅和堂叔们,和他们众多的子女,都已散落四方。即使有几位留驻老家,老家也已经是水泥马路钢筋建筑了。都市的膨胀发展,像滚滚泥石流,转眼就吞没了乡村和田野。阳光因粉尘和废气而稀薄苍白,贵如油的春雨酸蚀了大街上疲惫的行树,花圃和绿地被一再修剪得毫无个性。月色不复清凉如水银泻地,好容易在高层公寓之间挤下窄窄一道光带,也被霓虹灯篡改得面目全非。

土地在水泥下面喘息蠕动的声音有谁听见?田鼠的巢穴里来不及脱逃的幼崽沉睡不醒;被窒息的泉眼,顶着最后一个透明的水泡,犹如一只无辜的不瞑之目;数不尽的草籽儿,花籽儿,榕根与竹根,把诉状递在噩梦的黑夜里,让人翻来覆去,身下都是一片蜇疼不宁。

我徒劳地在花盆里,栽培一丛叫鼠䊧菜的信物。

1996.1.30

火柴诗人

是从什么时候起,我们这批三四十岁的人面对闹哄哄提款的银行,密麻麻扫荡柜台的商场,居然有了七十岁老人抚今忆昔的辛酸:想当初……

想当初,我们这代人一生下来就把"社会主义好"和大米每市斤一角三分六牢牢嵌进常识里。没有哪一个孩子不知道冰棒一根三分钱,是奢侈品。如果你考试成绩优秀,大人可能奖励你三个小硬币,就可以跑向摇着小铃铛勾魂的街角,再跑回来一人舔一口,冰棒在同伴和兄弟之间目不转睛地传递。一毛钱的雪糕在那时是可望而不可即的。

还知道火柴每盒两分钱,常常有人数过,因为不足一百根便投报揭发,同情者啧啧遍起。火柴虽是便宜,却是教具,用以时时提醒我们勤俭节约的本色。当时流传一则有关火柴的笑话:某君夜间失手掉了一分硬币,竟擦了整整一盒火柴遍地寻找。听者便狡黠地暗笑,他们都算出了某君一共丢失了三分钱。而现代人往往更要惋惜擦一盒火柴共要用多少时间,因此又有人开玩笑说:那么一点时间,足够从谈恋爱开始,以离婚结束。

想当初我那出人头地的大表姐才小学三年级,就自己设计图样让她奶奶依样裁剪衣裙。等到中学毕业到农村插队,自个儿却在崭新的蓝长裤的两膝,钉一块半尺见长的白布补丁。而我丈夫的学生时代屁股总是两块蒲团似的补丁,他的菲律宾老爹寄来的贵重毛料被虫蛀在古老的大衣柜里。

那时候爱听国民党时代用麻袋装钞票到粮店买一手帕大米回来的故事,想象用钞票糊墙的花花绿绿景象。几乎所有孩子都帮大人打过酱油,知道普通烧菜的酱油每斤一毛八分。到了大人命令你买的是三毛六分的酱油时,你一定可以闻到锅里红焖猪肉的香味。而猪肉每人每月只供应一斤。这时候外婆如果说从前一个铜钱可以买到一捆甘蔗,定是不信,还要反驳:"你是资本家嘛,我们穷人连甘蔗渣也吃不上。"

现在,哪怕你昨天刚走进同一家面馆,今天你仍要小心翼翼地问:"一碗多少钱?"更不用说彩电、冰箱、微波炉了。涨价之风使每个主妇上市场时如踏雷区。各种涨价都引起一阵人心小地震,只有教育费的火箭式飞升能叫上千万小皇帝的父母面不改色。

那么,除了总经理兄、个体商弟,其他的我们大家,是怎么活的?如果你的孩子还要学钢琴的话;如果你幸运分到一套住房却不幸还要装修厨房、卫生间的话;如果你是个女工,你的金链子有多重,够不够在你的同伴中互相辉映;如果你有一双成年的儿女,为了他们的婚娶,你就是想把老骨头卖了也没人要。

可是,我们大家不仅活下来了,而且一边极其勤奋地将热水器、高级音响、曲角沙发源源不绝叼回修饰一新的窝里,一边争先传播市场最新消息:某店某天某件热销商品半个小时涨了一百元。让人感觉到那物价也是个活物,能在瞬间长出獠牙长出怪翼长出犄角来。

昨晚有位改行搞经济实体的老朋友来海吹,仍是与物价有关。不知为了什么事我反唇相讥,他哄然大笑说:"举国上下都为物价谈虎色变,只有你舒婷老兄用来开玩笑!"

作为搞语言艺术的我才猛醒:我们终于有了"物价"这个常用词。

同时我着急起来,由于这些日子被物价驱赶在各大商场浏览价格牌,竟把"诗人"一词弄丢了,也想划一盒火柴找找看。方知道火柴已涨到一角钱了。唉,不找也罢了。

1988.12

去壳蜗牛

去壳蜗牛,指的不是一道法国大菜,也不是刚挖掘出来的御膳或地方小吃。一个没有房子的中国人,无论多么显赫多么富有,就像去了壳的软体动物,内心充满不安全感。反过来说,只要够显赫够富有,有哪一个中国人不是早早置了房产,好好抛定了锚?甚至连小孙子的名下也设法分了房子的。

穷苦的中国人外出谋生,便开始一分钱一分钱地攒,攒够了,立刻挟资回家乡大兴土木。鼓浪屿美誉"万国建筑博览",正是在南洋发迹的华侨们对故土的眷恋和贡献。他们既坚持父辈老传统,又吸收了所在国的文化,因此岛上的建筑综合了哥特式尖顶、维多利亚雕窗、罗马廊柱和中国飞檐。这些房子的主人们几乎都不再回来,留给远亲或旧属看管,甚至无限期地空置直到半坍,却永远别想叫他们出售。这是他们的祖屋,他们的根,他们精神和肉体眺望的终极。

即使功成名就的知识分子也不能免俗。不少从福建贫瘠山区奋斗出来的名教授,家眷已悉数在繁华都市扎根,仍然不惜借贷(听过"教授教授,越教越瘦"的民谣么?)在老家盖一座尽可能阔气的房子,了却心病,多半还为了光宗耀祖。厦门大学海洋系有位教授,20世纪70年代末获准赴香港继承遗产,明知终究要举家出国去的,一站稳脚跟,他立刻回晋江乡下"起大厝"。可是由于不通水电,白天老婆赤脚挽一藤篮衣服到河边捶打,晚上孩子在豪华客厅的油灯下读书,白瓷砖的厨房整天熬着猪食,偌大的庭院不植花木,种了葱蒜。这座红砖曲栏的小洋楼在四周破败的村居中,鹤立鸡群许多年,完全没有人居住。直到富得流油的后起之秀把破败的它淹没。

20世纪50年代到70年代,国人几乎个个是无房户。私房改造后留给业主的,仅是最基本的立锥之地,还让他们为此心惊肉跳。我外祖父原有一栋三层小楼,公私合营主动退一层,"反右"再紧缩一层,"四清"腾出半层,"文革"时只余一间大房,隔成两半,外公外婆一隅,我和妹妹一间兼作饭厅。外婆总是祈祷:主啊,请把我召到你身边吧,趁我有房住的时候。

得以分配宿舍的往往是工农兵,再简陋再窄小,党的恩情比海深哪,一家人说不尽地庆幸。三代同居一室也不打紧。那时胖子少,个子也短,一张大床首尾插着睡三四个孩子,大人晚上还要演布袋戏哩。宿舍份额十分有限,租房也不是太难。我祖父在鼓浪屿租了一层华侨私房,面积近两百平方米,三十年里月月只交租金10元。现在这层楼虽陈旧不堪,租金已涨到三千不止。童年我们随父亲住漳州,也是租房,因此老是搬家,这房望那房好呗。以父亲一人工资,养我们兄妹三个和母亲,对付温饱绰绰有余,可见租金不会太贵。

我插队回城,外婆果然如愿去了上帝身边。当时,父亲和哥哥住鼓浪屿祖母家客厅,我完全没有一张床的位置,暂时借住小叔叔的新房。小叔叔在江西工作,我很幸运在他探亲回来之前,进了厦门一家小工厂当学徒。由于运动不断,私房业主越来越感威胁,生怕被房改,情愿空房喂蚊子。父亲四处碰撞,终于租到厦门石顶巷一处小厢房。这座院落十分衰旧,我们租的两小间不过20平方米,墙灰脱落,窗棂蛀毁,没有一块地砖是完整的。下雨天,屋里摆了大大小小的盆。房租贵得让父亲咬牙,其实每月不过5块钱,而且三个月一次付清。父亲以巨大的热忱,自己动手抹墙,补砖,添瓦,甚至在荒废的空园子里种了十分争气的芍药、月季和美人蕉。房东不能理解父亲的唯美主义,深恐父亲从此安营扎寨,三个月一到坚决收了房去。幸亏鼓浪屿的老房东同情父亲,就在祖母楼下,腾出一间宽敞、明亮的六角房,我真正有了一间 12 平方米的闺房。最初半夜下雨,总是霍然惊醒,想想屋已不漏,不知多少宽怀。直到结婚。

结婚以后寄居丈夫篱下,至今。

丈夫住的是祖业,挺漂亮的一座小楼。从所有权看,更像集体宿舍。20 世纪 70 年代以后,大家千方百计出国去,我们留守,总还够住,便得过且过。香港回归,堂兄表弟们也到了退休年龄,纷纷准备叶落归根。房子原有他们一份合法权益,便轰隆隆装修,便呼儿带孙雇了保姆回来试住。鼎盛时,14 个人共用一个卫生间,抱着浴巾、衣服、香皂在门口排队是常有的事。更不用说电表跳闸,水龙头断流,电视和音响包抄围剿。

再打听租房行情,知道有了新事物叫"物业"。三居室的租金至少两千元哩。想想从前,10 块钱租整整一层楼儿孙满堂的美好时光吧。那时祖母天天喊贵,我哥哥学徒一转正,却也有 33 元工资呢。

此时我才彻悟:没有自己房子的人,其心态就像无壳的蜗牛,在人世间的每一蠕动都感到危机四伏。蜗牛可以暂时钻进墙缝,而人类是永远不可能回到树上去的。

亲戚们由于不惯,轰隆隆又卷回国外去了。我已买房子,懒得装修,懒得搬家,懒得适应鼓浪屿之外市声鼎沸的环境。那房子,仿佛一个虚幻的梦境,用来眺望,用来抛锚,用来安定心境。

我这只老蜗牛,终于有了属于自己的壳。

1999.3.10

地平线上的"天堂"

应该承认,如今日子是越过越好了。

我们有过记忆犹新的供给制时代。肉有肉票,每人每月两张,每张半斤;鱼有鱼票,红描着一条鱼,可以买其他不同限量不同价钱的水产品,比如牡蛎,比如虾皮。粮票、糖票、食油票、豆腐票、煤票等,还有节日的"惊喜配额票",凭户口本盖戳购买的火柴、煤油和肥皂。至于军队的特殊供应票和侨汇票,则属于特权阶层,为一般老百姓所妒羡。这些劣质的小纸片被极其小心地夹在一本红塑料皮的《毛主席语录》里,考验着所有主妇的家政能力。近几年它们像集邮一样被收藏着,交易价格比当年湿漉漉在黑市上非法流通还要高出许多倍呢。

孩子一长高,做母亲的便叹息:"布票又不够了。"14 尺布票要管一年的内外衣裳(仅一件绒衣就要九尺布票),床单被套,包括毛巾和棉袜。我的妈妈曾经不得已用红领巾给我们拼裤衩,大手帕褯背心,它们不要布票,只是成本太高,难以在同学中推广。20 世纪 80 年代我第一次出访欧洲,回来告诉亲友,国外乞丐身穿"的确良",肘夹黑皮包。朋友都不信,骂我崇洋媚外,竟无耻替资本主义吹嘘。而今的中国都市乞丐,穿旧西装有之,涤纶夹克有之,手里还拎着一瓶矿泉水呢。

那时,三代老小同住一间房不算奇怪。男人在狭小的天井冲凉,女人舀盆水关紧门窗抹身。虽然家家最暧昧的角落里都有一只马桶,客人还是不敢多喝茶。能待客的地方只有比较齐整的卧室,平常请吃饭上不起饭馆,临时把饭桌搭在卧室。卧室里能坐的地方包括床沿,爱干净的新娘总是在床沿多铺一条浴巾,因为所有裤子的屁股部位都不会太干净。

从前炖一头鸡香一条街,左邻右舍的喉咙咕噜咕噜响。现在煲一锅汤,要扔掉一大堆鸡肉排骨枸杞当归;从前一件衣服"新三年旧三年缝缝补补又三年",现在不但追求流行、时尚、品牌、个性,还要染个红头发;从前一张大床横着睡五六条身子,现在有了起居室、餐厅、书房,还在争取优良的物业管理、社区服务、休闲设施和绿地,最好有个空中花园。

咳,从前呀从前!

说给孩子们听,以为是天方夜谭。他们不能想象没有卡通、没有麦当劳,没有足球直播和网吧的日子。有则笑话,爷爷感叹着:"从前我们哪有电视啊!"孙子立刻好奇地问:"那你不乖的时候,妈妈不许你看什么?"

其实我们自己也在慢慢遗忘,有意或无意。有意,因为那样的年代里很容易发生伤心事(却也有相濡以沫的温馨),让人不堪回首;无意,则是世界变化太快,跟得很辛苦,很忙碌,很没有安全感,只能紧紧盯住眼前的日子。

有位天津读者看过我在《今晚报》的文章,给我写了一封愤怒的信。他说:我的两个儿子都很优秀,绝对不比你的儿子差,可是他们大专毕业后一直找不到工作,而你还在炫耀如何强迫儿子吃牛奶面包。读完信,我的第一个念头是给我的天津朋友林希写信,请他帮忙那两个孩子的父亲。但我立刻想到,反过来,林希要我给厦门的某位读者找工作什么的,无权无势的我根本无能为力。自己做不到的事,又怎好为难朋友呢?至于牛奶面包,在南方人的早餐里实在很平常,类似北方的大饼油条,熬粥才是奢侈。我也曾为一些贫困地区诸如贵州威宁四川黔江写过文章。但我写得最多的,却是我生身处地的沿海地区。我需要为此抱歉吗?

  日子一天天变化,不知不觉,我们的梦想已经改头换面。"天堂"还在遥远的地平线,无论你往前跑出有多远,它就毫不客气往前挪多远。唯其如此,才生机勃勃,变幻莫测,永远吸引着你,推动着你。

2000.6.26

笑声的魅力

人生本来十分平淡。

空难、雪崩、战争、冤狱和被绑架,这类九死一生的恐怖经历,电影里虽是极尽渲染,呼之欲出,毕竟摊到每个人头上的概率微乎甚微。所谓人如蝼蚁,柴米油盐,生老病死,说起来,绝大多数人庸庸碌碌,过的才是正常生活。因此才有漂流、跳伞、飙车、泅渡海峡等自讨苦吃的吉尼斯世界纪录。甚至赌博吸毒。本来玩的就是心跳嘛。

那不为人所知的情感风暴,丧亲失侣,受遗弃遭背叛,中奖升职,就连天上掉下一个肉包子这种大喜大悲,同样能置人于死地。但毕竟各人心理承受力不一样,是杀人或自杀?其凶险的程度只有自己知道。况且现代人越来越自闭,麻木和冷漠成为防卫本能,一颗石子能否荡起千层浪已够怀疑,反正脸上总是微波不兴。

中国人还不习惯找心理医生,尽管这个行业正在大城市悄悄兴起。生活是庸常的,是微尘的叠加,是无处逃遁的日复一日夜复一夜的滴水蚀石时光。如何抗衡这"生命不能承受之轻"?诗人开出的药方是"保持几分童真",宗教提倡"一颗平常心",男人呼吁浪漫,女人渴望情趣。电视上的综艺节目例如"欢乐总动员"里的搞笑、相声小品、卡拉OK、全民健身运动、旅游、美食和周末Party等,休闲项目开始获得它应有的位置。

然而一枝玫瑰花的奉献或某个晚上的笑逐颜开,仅能局部或短期缓解现代都市生活的紧张和压力。要维护心理健康,莫过于换一种眼光,就像打开一扇新窗户,迎接早晨升起的同一轮太阳。

有一本好书叫做《享受每日生活》,是美国人托马斯·穆尔写的。他说:"当我们把简单的用餐变成宴请,摆下饭桌就是请灵魂出席。盘子、杯子和刀叉可能就是唤起一个家族记忆的物件,或者仅仅是漂亮的餐桌上的用具。一块桌布、餐巾、蜡烛,甚至一个矮托架,能把普通的饭变成一次不平常的经历。"最后他强调了营造环境魅力的至关重要,"在这种心态下,灵魂出现在前台,而对人生的延续和生活中喜忧的实实在在的关注,至少是暂时隐退到了幕后"。

即便看起来似乎唾手可得的幸福场面,对于浮躁急切、物质利益至上的现阶段中国人来说,也显得过于矫情和浪费了。多少人不是用快餐盒匆匆果腹,就是把餐桌当战场,商业的、政治的、处心积虑的、患得患失的,蜡烛和鲜花变成了道具。难怪有报道说:功能性消化不良病患者已占人数的 20%~40%。

但我们首先可以做到的是调整自己的心态,学会对人生持有一份幽默感。

对迟到的恋人说:幸亏你终于来了,那只近视的鸟错把我当一棵树,正盘算在我肩上孵蛋呢;安抚大发雷霆的母亲:放心吧,虽然我是最后一个出考场,成绩却没那么差,是倒数第二名;阳台上掉下衣架,砸了脑袋,抬头揶揄迭声道歉的邻居:早通知我,好戴钢盔呀。下次若不能抛个绣球来,至少落一根烤鸡腿如何?

下雨,自己淋得像落汤鸡,目送扭着高跟鞋继续奔跑的胖嫂,有趣;排长队求职面试,看左右有人念佛有人冒汗有人不断上厕所,心中一乐,忽然看破红尘,也去上厕所;接朋友,火车却晚点,有人频频看表,有人持续拨打手机,还有人守着问讯处纠缠。你饶有兴味地研究他们的眼神、手势、衣着和口音,推想他们要接的是亲戚、朋友、上司或情人。时间不知不觉过去,远方来的朋友笑眯眯站在你面前。

只要你睁大好奇的眼睛,只要你对人怀有善意,你总能从司空见惯的老环境中发现有趣的事物,轻松自己的心情,也给周围的朋友带来笑声。

1999.10

期刊变脸术

一位二十年来失去音讯的朋友,从国外回来,心血来潮,拐到鼓浪屿探我。事先没有联系,沿着老路,居然毫无阻碍摸进我家。"太不可思议了!"他感叹万分,"我在美国搬过一二十次家了,你还是这个老地址。"我趁机辩白:"是啊,这就是我没法给你写信的道理。"

坚守一个老地址,有个好处。邮递员不论换了多少新面孔,我的信件都不会遗失。在邮政规则要求日益规范的今天,那些没有邮编的,写错地址和名字(比如苏亭)的来函,德文或捷克文的贺卡,磨破渗漏的包裹,寻寻觅觅,终究可以收到。不过,我要是偷懒,邮编不对或邮资不足或信封不规范,即使不署上寄出的地址姓名,肯定要被原样退回,从无漏网。

前些年,读者来信特别多,刊物也慷慨寄赠,每天一大捆,邮递员常常开玩笑要求加班费。鼓浪屿全岛步行街,邮递员们负重如牛。近年来,来信减少,电话增多,人人口沫四溅。刊物都在节衣缩食,除宣传部和关系户之外,给作家的赠刊便见碟下菜,约稿时发稿后赏两本,神龙不见首尾。发大潮似的寄来的是地方报纸和综合性刊物:晚报、消息报、导报和市场报;《妇女私房话》《青年哈哈哈》《家常小零碎》等精美或廉价的刊物。眼下中学生读物行情看涨,约稿也财大气粗。纯文学刊物竭力维持大老婆地位,面带饥色,衣裳又不够光鲜,如何笼络见异思迁的读者们(很抱歉,他们有这个正当权利)和作家们?作家也知道要这个正当权利,但并非人人要得起,总会有不食周粟者,情愿吊死在这棵树上。

如期而至的刊物有一本是《十月》,算是老面孔了。虽然不如《收获》那么德高望重,但雅俗共赏,小说端的十分好看。尤其常常见到老朋友在那里登台,可以捉他们的破绽,关起门来乐几天,既消暑又祛寒。

手边还有一本《大家》,名字起得像姜太公掌中那根钓竿,有志之士如过江之鲫,口不咬钩死不休。已集结六十年代先锋,又召七十年代出生人氏为敢死队,眼看八十年代预备军团旌旗在望。文坛略有风吹草动,该刊便击鼓传花,撒豆成兵,战事频频,无风也起三尺浪。且热闹且犯规,果然振聋发聩,常常推陈出新。跨文体操练得过火时,不免画符跳神之嫌。

另有贵州《山花》,当家的是何锐,真是锐气逼人。呼啸潮头,招"降"纳"叛",该刊因此"天无三日晴,地无三尺平"。从罂粟花的祖国腹地,隆重推出奇珍"三叶草",滋阴补肾,清肝明目。然,中气不足者慎用。

其他各种诗歌刊物暂且搁起,容日后对诗兄诗妹痛说家事。至于《人民文学》,寻常的"流言蜚语"不算,以向中国作协打正式报告为光明正大。

今年初,老《作家》居然易容来拜年,简直酷毙了。封面舍去拼音,启用英语单词,是不是就叫"与国际接轨"?所有的菜单明码标价在封面上,一目了然。有"金短篇"的摊位,有"非母语"的母语,有唱"白领折子"的,有演"压轴戏"的。还有,还有的当然是那些颐养刊物的广告。开门大吉的扉页不是领导题词或名家卷首,居然被"老凤祥首饰"抢占滩头,不知收费有多高?上海面粉的包装设计挺精美,像袋装雀巢咖啡,体现了上海人吃起拇指大的馒头,锱铢必较鸟雀一样的食量。

《作家》上文攻武打的各路好汉领罢稿酬，大多打一枪换一个地方，施施然过冈去了，而编辑则留在扬不了名的山坳给英雄们筛酒。我以为整本杂志如此张灯结彩，该刊的美术编辑功不可没。敷衍了事的题头尾花这些劳什子统统抛弃，换了速写、白描、相片、拼贴和"染色"，不但要花大力气读懂内文，而且需要相应的审美尺度与宽泛的资料。其中给予诗人的空间最为奢侈，不像其他刊物，只把诗歌当添头，填边夹角而已。猜想美编如果没有写过诗，可能就是具有绅士风度的男性，给女作家打扮起来尤其到位。比如"漂亮女人办杂志"，比如"翟永明专辑"。翟永明的随笔、诗歌和白夜咖啡屋的调子相得益彰，接近舞台效果。

《作家》的杂拌儿风格不是走，而是蹦跳在时尚潮流的前头，肯定有人欢喜有人忧。要不要适度地限定艺术中的修辞，防止过分泛化？要不要在定位上有所区分，像《日本有个"追忆解放军第四野战军会"》，怎能与"多伦多国际作家节"相提并论？若因为东北人办东北刊物的缘故，不妨再开一家《百年老参》或《东北虎》之类连锁店？

打擦边球是需高超技术的，往往掌声如潮。球要出界了，还接着打么？

因为想要在鸡蛋里挑骨头，读得越仔细，鼻尖在精美的纸张上蹭得白花花脱了一层皮，可以演京剧。我本已高度近视一千六百，咳，字迹如蚁，害我更加老眼昏花。

2001.3

橡 皮 人

3月里的一天,《福建文学》副主编施晓宇,在机关走廊碰见我,兴奋地嚷嚷:"科索沃打起来了!""何首乌?谁为何首乌打架?"我摸不着头脑。施晓宇瞠目,用指戳我:"现在我相信老孙说的是真的了。"

晓宇说的老孙,是诗歌理论专业户孙绍振教授。那一年政协开会,清晨五点多钟,听完美国之音的孙大教授打电话叫醒我:"舒婷,齐奥塞斯库被枪决了!""你有没有搞错,那个音乐家早死了,当然不是被枪杀的。"我以为他做梦,其实是我自己糊涂,我只知道波隆贝斯库,为他的圆舞曲所倾倒过。

我在政治时事的懵懂无知从此臭名远扬。而且不敢拿"女人天生不懂政治"为自己辩护。

但是科索沃的枪声还是击穿了我,让我猛然意识到,我正在失去对事物的关心和参与。年岁渐长,再不像童稚时代那样睁大双眼,这是真的;尝遍甜酸苦辣,提不起劲头来乍惊乍喜,这也是真的;历尽沧桑,洞察世故,只能说明一个人积累的经验、判断和状态,不是失去热血沸腾的理由。

就像一位写诗的朋友,以他的才气改拍电视剧,果然月进斗金。买了汽车和房子,娶娇妻,生双胞胎,表面看去只欠一服长生不老药了。喝着茅台啃着龙虾,他痛心疾首地忏悔:我不过是一具行尸走肉罢了！当然酒醒之后他死不认账,继续挣钱,喝酒,物色女演员,喧闹着,为青年时代的后遗症止痛。

另一位毕业于音乐学院提琴专业的朋友,写过十分优秀的诗(碰巧我的朋友大多写诗,而不是我认为诗人更高雅些),还出了两本画册,在大都市开几家兴旺发达的肥牛火锅店。他很不快乐,或者做出不快乐的样子。有一所乡下的小房子,总挂在他嘴上,这是他用于超度自己的金刚咒。

我们压缩情感所有开支来应付物欲的通货膨胀,心在胸膛里,只是为了计时。

是我们忽然都感染了精神厌食症,还是这个时代正不动声色地,把我们变成它的一部分物资结构?

很多语汇使用起来极拗口,像义愤、沉痛、激情、理想等等,有时因为害臊,有时因为懒得。其实"害臊"这个词也有些酸。

都喜欢看中央电视台的《焦点访谈》和《实话实说》,但生活中我们没有焦点,而且绝不实话实说。需要手术的病人焦急着设法给名医塞红包,虽然那医生双手摇得快脱臼了。拒收之后病人便那样惶恐那样沮丧,觉得临床上,他不是被凌迟就是被草营。其实昨天他还积极传播,说某大医院的第一刀刚刚因为接受红包,新闻曝光,降级,三年无奖金。然后他不无同情地总结一番:人人都收红包的,怎地就这医生如此背运!

英雄诞生在新闻媒体里,悲剧发生于小报杂志,那都是别人的生活。关了电视翻过报纸扔了消遣杂志,继续昨天"未竟事业",不过是四处碰壁求职,千方百计加薪,万般无奈下岗;轰轰烈烈恋爱,偷偷摸摸外遇,两败俱伤离婚;父母住院,孩子升学,痔疮发作,打麻将手气太差,等等。烦恼多多,快乐少少,烦恼与快乐都是凡间俗物,有滋有味也罢,乏善可陈也罢,不得不将就过下去。

直到有一天,一个孩子忽然问:从我眼睛里热乎乎涌出来的水是什么?

没人答得出那是眼泪。

1999.4.8

源源本本

　　床垫晒过了,被单和窗帘等织物浆洗过了,冬菇和黄花菜因吸饱了阳光,黄灿灿的都密封贮存起来。一切都准备好,就等梅雨季节来临。

　　可是,每天每天,太阳若无其事准时上班,阳光已慷慨得近似奢侈。道路依然干燥。人们开始频频眺望天空。在乡下,农民们忧郁地在田埂上走来走去,抽水机也搬出来了。报纸开始排出抗旱的消息。

　　望雨的心情犹如守候一位爱唠叨的老朋友。来得密了真觉得烦,在该来不来的时候,无论手上忙着什么,心总是慌慌地倾听着门外。

　　于是忆起小时候背着书包在水洼边流连而屡屡迟到的事。尤其夏日骤雨初歇,无论马路上有多少灰尘和落叶,积水依然澄清,映出明净的天空、冉冉的云和摇动的树枝。童话里说有个孩子,失足掉进水洼,竟漫游了一个奇异的世界(类似现在时髦的穿越)。至今我还信,只是这扇门需用幻想的眼睛来叩开。

　　覆着绿苔的清泉,在怪石间迂回跳跃的小溪,卵石铺底的河流,都能使人喜悦。人在经过水的沐浴之后,重新变得柔韧、挺拔、新鲜。我曾经问我的老师蔡其矫:"何以有水源的地方都会唤起一种感动?"

"因为,"他偏着头,仿佛听着心中的流水之声,"生命起源于水。"

他接着问:"除了水,你最喜欢什么?"

"植物。"我不假思索地回答。

家中长辈们常说,我的手刚能离开母亲的衣角独立行走时,立即攥住了一枝"草籽花"。我时常无限惊异于植物自己的语言和表情。经过训练的手可以创造闻名的插花艺术,但大自然花的部落却有自己的组合方式,而且更加和谐、优美,具有竞争的蓬勃生机。

四岁的儿子对我说:"妈妈,葡萄还绿的时候摘它,它很痛,要是红了,它很高兴让我们采。"

我惊讶地问:"你怎么知道的呀?"

"因为我使劲拽,绿葡萄紧紧抓住枝条,熟了的时候,我们要忘了采,它就难过地一颗一颗落在地上。"

我弯腰摸摸孩子的脸,像母树以枝条拂过它的腋芽。

我和儿子有共同的经验。我的校园每年几次剪枝,我经过那些狼藉一地的枝杈时,仿佛处在大屠杀之中。那四周无声的尖叫使我逃也似的飞跑,直跑到浑身发抖为止。

是广州的植物园,使我好像接近了生命秘密的边缘。

那是极普通的深秋初冬一个日子,云层很薄,阳光也不来装饰。水很静,完完全全。可能还很浅,但深绿色的浮游生物使水湾深邃幽远。水杉的华丽的树冠直垂到水面,看去像庞大的动物在饮水。庄严的水,安静的树,风蹑足远去。我脚下的草地似乎渗出水来,凉凉的水意从我的脚跟导向全身。那一刻我迷迷惘惘地听到有无声的语言呼唤我,我全身都在主动回答。那树木始终严肃地凝视着,要提醒我一个雪亮的、然而却隔着层层云雾的秘密。

也许,我曾经是它们的同类?

我终究不能判断那些水杉和我交换的眼色该怎么翻译。但我发觉我盼雨的心情是一棵植物的爱恋和希望。

可是,人类和水的关系不也是自然一个无可违抗的法则吗?

1987. 3. 3

为野鸭子而哭

不知是从小学还是中学的课文里,知道了三门峡水电站。当年用以论证人定胜天的宏伟工程,我们这代人仍然印象深刻。

那年冬天,三门峡市再次引起关注,是因为一朵一朵吉祥的白云,铺天盖地落在黄河库区。三门峡人有福了,成千上万翩翩起舞的白天鹅,是春节晚会里专属他们的压轴戏。

我和孩子闻讯赶到黄河边。天气转暖,美丽的天使们已经昂首向北,将回西伯利亚原籍去。一路遇见慕名而来的风尘仆仆的越野吉普和旅行车,急忙招呼:还在吗?在,在,快去还来得及!

20世纪80年代以来,陆续有小股天鹅先遣队来探路,《光明日报》和中新社等国内外媒体均有报道。1995年,黄河库区周围195平方公里被确定为"湿地自然保护区",这个文件精神在候鸟界传播必定跟电子邮件一样迅速,于是高贵优雅的白天鹅尽改平日矜持,性急地在1998年的冬天,倾巢来到这片背风向阳的沼泽地带。

这些不设防的精灵们没有想到,苇滩边香喷喷的爆米花,拌有剧毒的"呋喃丹",原本是为了谋害它们的堂兄弟野鸭子的。它们惊恐地眼看四十多只同伴哀鸣着倒下,却不能给什么救助中心打投诉电话。

是陕县张湾乡桥头村十六岁的少年姚红牛发现了漂浮的两只遇难天鹅。从此惊动了动植物保护部门,以至市政府、农牧局、环保局、公检法等。《三门峡日报》抓住这个新闻热点,青年记者们日夜追踪报道,每天都有"白天鹅专版"。三门峡市民们从来不曾如此群情激慨。孩子们开始为救助伤禽募捐。嫌疑犯很快被逮捕,18只奄奄一息的白天鹅得到悉心照料,恢复了健康,专门为它们举行了放飞仪式。

但是,还有26只冰冷的天鹅整齐地排成一曲无声的哀歌,让人转身掩面。有个年轻女记者对我说,我真想为天鹅而哭。

那么野鸭子呢?谁为它们而哭?

报道说两个下毒的农民被拘留时,摩托车后的编织袋里有13只毒死的野鸭子,到该嫌犯家中取证,发现60只野鸭子。嫌犯供认,数天来他们已把两麻袋野鸭子卖往山东,赚了五六千块钱。

因为经典舞剧《天鹅湖》,白天鹅成为人们心中纯洁美好的象征。由于这件"惨案",更多人还知道了它们是国家级保护动物。这很好。公路边、滩涂旁、田野上,到处是"保护白天鹅,就是爱护我的家园"、"伤害白天鹅是犯罪"的标语牌。白天鹅终于正式获得签证,相信由于它们在天空的自由宣言,会有更多其他飞禽前来投奔,比如白鹤,比如鸳鸯,比如野鸭子。

是的,野鸭子不曾扮演过主角,模样也不那么抢眼,社会地位稍低(仅是省级保护动物),我们就对成批地戕害它们之事熟视无睹么?我们曾在"除四害"中制造过"麻雀冤案",接着就遭到病虫害猖獗的报应。当枪口瞄准野鸭子(我想,得到教训的牟利者不敢再用呋喃丹了),其实是瞄准、封锁、破坏正在恢复的生态环境。

1981年,我曾为北京玉渊潭公园被枪杀的白天鹅写过一首诗,名《白天鹅》(拟其口吻)。现在引录最后一节,同时为了野鸭子们:

  不要哭了,孩子
  当你有一天想变为
   一朵云

一只蹦蹦跳跳的小兔子
　　一艘练习本上的小帆船
不要忘记我

2000.3

不忘露珠的寂静之味

不经意从一部日本畅销小说读到:"所谓风流,就是不忘露珠的寂静之味。"仿佛此时才觉得聚蚊如雷的市声,汹汹扰扰难以忍受,随即起来关窗。

有一条美丽的河流被一支动听的民歌传诵着。老师带孩子们来到河边写生,孩子们问:"老师,河在哪里?"老师流了眼泪。小时候他就在这河边摸鱼扑水练狗刨式,母亲挽着裤管淘米捣衣,河风送着整整一列船队。现在他的学生们看到的仅是一道小泥沟,连芦苇都渴死了。

天然湖泊也在被迫精简机构,由于地下水位的迅速降低,由于污染,由于填滩盖疗养院;瀑布都有了管教,平时野性全无,被引去耕地发电。上级领导来了,才开闸放松辔头,暂现片刻龙腾虎跃的真身。幕闭锣鼓停,如此观瀑布,跟看马戏团表演差不多。尤其当你听说,放两个钟头的水,将损失五千块钱,你便觉得那白花花流的都是银子,因而很是心疼。

游湖和观瀑毕竟不是日常生活,赞叹罢了,人都回到钢筋水泥的城市迷宫里。浩渺的水,洛妃的水,大禹的水,"细雨轻烟"的水,"疑是银河落九天"的水,水的神话水的霓裳彩衣水的冰清玉洁,都被人类一一解构。水的分子式是 H_2O,水源来自四通八达的管道,带着铁锈和漂白粉味儿。矿泉水、纯净水、太空水,水的乱世家族被温温吞吞封存在塑料瓶子里,随人们去旅行。谁敢"拨开青苔喝山泉"呢?哪怕随身带着黄连片儿。

大清早开了重重铁门,送孩子穿过城市去上学,不觉得缺了什么。夜半应酬或下班回来,半幅裙裾沾了尘灰是有的,但不会被打湿。和情人在马路上散步,如果鞋尖洇潮,不是刚过了一辆洒水车,就是谁家的污水泼到街上来。直到有一天,菜市场上看到地摊叫卖的塑料玫瑰,艳俗的染色花瓣上,竟然沾着几粒透明小球。只是在这个时候,才相信人们还没有完全忘掉这个叫做露珠的小精灵。

永远不会滚动,永远不会干涸,永远不会做"鲛人泣"和"风度欲成津"的廉价塑脂露珠儿!

玫瑰、茉莉、紫罗兰,需要什么香味均可招之即来,因为香精的品种越来越齐全。炎热的南方,人们买门票再租一件棉大衣,参观室内冰雕,用人造雪堆雪人,孩子们以为,南极就是建在公园里的一座冰库。商人懒得精心复制露珠,因为它在工业社会里无从依附。甚至诗人也不再以露水蘸笔,生怕读者说他文艺腔,好酸。

什么都可以仿造,就连生命都可以原版克隆。但露水的寂静之味,却是无法模拟无法拼凑的。露珠的凝然和滴落,是日月精华,在荷之上在芝草之间,寂静暗香悠远。其幽秘其清凉其浓淡深浅,都不是眼睛可以企及,耳朵可以捕捉,嘴唇可以品尝的。

我们可以放弃宫槐、板桥和马蹄声,但损失不起朝露与夜霜,梦想的绿地和传说的原始森林。肉体囚囿灵魂日见干枯的今天,我们怀念露珠的寂静之味,以赎罪的愧疚心情。

2000.6

酒香不怕湘西远

喝酒当然喝白酒。

啤酒是"假大空"。胸脯拍得山响,豪言壮语唾沫四溅,咕噜咕噜梗直脖子,大碗也好,纸杯也好,要求不高,而且总能爽快得底儿朝天。扔下一地横七竖八的空瓶子,战绩似乎十分辉煌。眼见肚子吹了风似的一圈一圈地胀圆,酒意还是可望而不可即。只得频频跑卫生间,醉倒了抽水马桶,它口齿不清唱个没完没了。

葡萄酒是"小夜曲",粗鲁不得吹弹得破。必须佐以高脚杯,蔻丹纤指拈着,轻轻摇晃着月色灯影,眼睛半闭着浅浅抿一口,品袅袅余韵,作无言陶醉状。巧笑倩兮鬓发披拂,风流倜傥温文尔雅,所谓"醉翁之意不在酒",当指此物最关情。据说葡萄酒能补身,能软化血管,却与酒的本案无关。

至于鸡尾酒,简直是毛色斑斓的宠物了。

因而喝白酒,也需一视同仁剔除流行的"鹿鞭酒""蛇酒""参酒"等,还白酒之壮烈侠义本色。像老白干,苞谷烧,二锅头,这样淳朴热辣的名字,仿佛猎猎作响的酒幡高挂,把一些不怕过冈的打虎英雄,都号召到它的敢死队里。白酒能同甘也能共难,小盅作得,海碗作得,全凭心情、酒量和环境,并不惺惺作态。喝白酒必须具备的,唯天赋、氛围,以及赤足过火焰山的胆量。

当然我没有。

我顶多评个啤酒级,降半级处理。因为我总是半杯啤酒兑半杯汽水,德国人称"骑自行车者",取之不太甜又不单调,还挺解渴。说穿了,其实也是饮料。

如果不是一份叫《湘泉之友》的报纸,把我们不远千里邀请到湘西,我对白酒可能永远处于敬畏不敢亲近的旁观状态。同行的小说家苏童曾直勾勾地盯着杯中酒,悄然对我说:"我就是奔它来的。"我无知地问:"它好吗?"苏童斩钉截铁:"好得一塌糊涂。"

"它"就是鼎鼎有名的"酒鬼"。

我曾在好客的湘泉集团董事长王锡炳的极力推荐下,就着钢瓢沾了沾刚出桶的纯酒,据说有七十多度,觉得并不如何就欲生欲死了。步行参观老厂新厂一天,也没有动辄作扶头状。真真大意了。

七八天的旅行,我都以"骑自行车者"坚守防线,任众人颠倒酒杯,我总能临阵逃脱。临行的告别晚宴上,有作家陈建功的兴风作浪(再不敢称他"书记"。为这两字,我被罚过两杯,虽然他明明是嘛),有散文家彭学明用土家民谣劝酒,我忽然生出视死如归的大无畏精神,慨然把"酒鬼"当歌。谁知酒鬼岂是可以随便招之即来挥之即去的!

后来,丑是出了,出得千奇百怪,反正我自己一点印象也没有;胃是伤了,伤得回家十来天,光喝米汤,还一个劲儿打酒嗝。托着这个翻江倒海的胃,看了西医看中医,供出被"酒鬼"作弄的病历,医生斥我不自量,旁边病人啧啧羡慕者众。这才知道"酒鬼"酒的名气如日中天,可惜被我当成拦路打劫的强盗了。

家里摆着两瓶"酒鬼",草袋口勒着小麻绳的样子虽然朴素,感觉却很豪华。朋友来了,都要问:是真品吗?当然,酒厂送的,还会假吗!光看着,却不打开,好像那个潘多拉盒子,谁知放出什么虫蛊来。

慢慢地,胃是安静了。奇怪,"酒鬼"酒的味道却再也想不起来了。

1999.11.24

斗酒不过三杯

"烟酒,下山虎也。"此乃家训。母系姨舅近十,父系叔伯也有七八,无一打虎英雄。听起来似乎干净得很,其实不然。大姨妈历尽沧桑,偶尔陪人喝酒,风度极佳,一盏在手,左右逢源,并不丢丑。

妈妈基本不喝酒,遇上大庆,也抿两口,脸不变色。只有一次"五一"节工厂聚餐,她不知自己重疾在身,别人也不知道。妈妈酒后痛陈思女之切,闻者落泪。时值我们都在山区,这是妈妈第一次也是最后一次喝醉。

妹妹生性俭朴,视酒为奢侈之物。新婚那日,人们自觉照顾女士,只围攻新郎,她跳出来为郎君解围,只这么偶尔露峥嵘,进攻者披靡,收割后的稻捆似的倒了一大片。连她的师傅,绰号老酒仙的会计师也被几人搀扶回家,一路大叫:过瘾,过瘾!

哥哥继承了父亲的酒意,一口啤酒,直红上眼皮,浑身都醉汪汪似的,其实不糊涂。我和妹妹则哑着外婆小盅的酒香长大,家教极苛,恨烟恶酒,终是不为所祟。

外公平时不苟言笑,年轻时诸儿听见一声咳嗽便鼠窜,虽从不大声呵斥更不棍棒相加。外公老来无甚安慰,膝下儿女虽众,有忌之资本家而划清界限的;有自身难保的;有在台湾久无音信的。于是每日中午一小盅高粱,兑上一半水,自得其乐。等到那双眉老寿星似的倒挂下来,两颊酡红,两边胡须一翘翘得有趣,我和妹妹趴在桌上,乘机在外公的盘子上打扫战场。这时外公就不打掉我们的筷子,蒙眬着老眼得意地欣赏我们明目张胆。外公做得一手好菜,可惜只烹调他的下酒料。即使煎一个荷包蛋也要亲自下厨,将我和外婆支使得团团转。自己双手颤巍巍端着去饭厅,抛下一地盐罐、胡椒瓶、炉扇、锅盖,让老外婆恨声不绝地收拾,每日如此。

外婆也老了,天天跟外公呷一丁点儿。我每每装模作样从她手里沾一下唇,作伸舌抹泪状,深爱我的外婆乐不可支。妈妈和外婆都是忧郁型的,真正开心的时候极少。我是那么爱看她们展颜微笑的样子,那是我童年生活的阳光。

这样,我似乎明白了酒是什么东西。首先一定要待人老了,心里像扑满攒下许多情感。因为老人们用酒来挥发一些什么,沉淀一些什么。

忘掉的不仅是忧愁,记起的也不尽是快乐。

我在下乡时经常和同伴"大顿",也和农民"打平伙"。中国人的劝酒是世界独一无二的,与"文革"的逼供信一样使不少人就范。

我因不喜酒,每次先就装醉。伙伴们怜我瘦骨嶙峋,都护着我,最后幸亏留着我来收拾残局。可惜隔日问起,个个"浓睡不消残酒",全不记得了。

还记得随团出访西德,大使馆宴请。也不知大使的官有多大,只觉那人挺直爽又没架子,在本桌的撺掇之下,逮住他连干三杯茅台。

那大使没忘记他是中国人,又却不过女士敬酒,认了,果然硬灌三杯。团长过来阻止我,说大使接着还要参加一个重要活动。又诧异我居然口齿清楚地汹汹然争辩。其实我喝的那三杯白酒是我最憎恶的矿泉水。

比起我像金鱼似的吐出一个个石灰味的气泡,大使不是要幸福得多吗?

我也常常向往醉一次,至少醉到外公的程度。还因为我好歹写过几行诗,不往上喷点酒香不太符合国情。但是酒杯一触唇,即生反感,勉强灌几口,就像有人扼住喉咙再无办法。有一外地朋友来做客,邀几位患难之交陪着去野游。说好集体醉一次,拿酒当测谎器,看看大家心里还私藏着些什么。五人携十瓶酒,从早上喝到傍晚,最后将瓶子插满清凉的小溪,脚连鞋袜都浸在水里了。稍露狂态而已,归程过一独木桥,无人失足。不禁叹息:醉不了也是人生一大遗憾。

最后是我的一位二十年友龄的伙伴获准出国,为他饯行时我勉强自己多喝了几杯,脑袋还是好端端竖在肩上。待他走了之后,我们又聚起来喝酒,这才感到真是空虚。那人是我们这群伙伴的灵魂,他的坚强、温柔和热爱生活的天性一直是我们的镜子。是他领我找寻诗歌的神庙,后来他又学了钢琴、油画,无一成名,却使我们中间笑声不停。

我们一边为离去的人频频干杯,一边川流不息地到楼下小食店打酒。

我第一次不觉得酒是下山虎了,也许因为它已下山得逞,不像从远处看去那么张牙舞爪。可我仍是混沌不起来,直到一个个都击桌高歌。送我去轮渡的姑娘自己一脚高一脚低,用唱歌般的声音告诉我:她爱着那朋友已有多年,她们四姐妹都渴慕着他,可是他却声称是个独身主义者。

这一天之后,我虽然不曾醉酒,却因酒使原有的胃溃疡并发胃炎再加胃出血。整整一个月光吃流质和半流质。大夫严令再不许喝酒,自己也被胃痛折磨惨了,从此滴酒不沾。

1987.12.17

我也是有经济头脑的

曾经,九岁的儿子来向我要10块钱,因为他有两架胶粘飞机用了邻居孩子的喷漆。我把钱给了儿子,好奇地问他:"一罐漆要多少钱?可以喷几架玩具?""15块钱,大约喷20来架航空母舰或战斗机。"当天下午我带孩子到厦门买了白色和灰色两罐漆,傍晚便看见邻居孩子和儿子趴在砖坪上,周围歇满双方的军事武器,亟待旧貌换新颜哩。不用问,我也知道玩得正开心的儿子不会想到收费。邻居做生意,家教有方啊。

儿子今年高三,两顿正餐都在学校吃。他说同学中有领"月薪"和"周薪"的,而他比较合算,领的是"日薪",因为我每天维持他的钱包。为了以防万一,他的零用钱有充足的余地,但他的钱包常常被同学倒空了回来。我要是出差,忘了给他发饷,他也能在同学那里混个肚儿滚圆。有时我会嘲笑儿子缺乏经济头脑,心里其实蛮欣赏儿子那一点点江湖气。

虽然如此,我不免要担心孩子日后步入社会毫无防范能力,利益受损还在其次,心理挫折和失重给予的伤害更为深切。丈夫教儿子足球和哲学,我和儿子讨论简媜的散文和奶油鸡丁,我们不知道如何向儿子灌输"金钱不是万能,但没有钱万万不能"这一社会现实。

作为户长,丈夫不清楚他和我的工资数目。除了迷信一切广告,邮购各种磁疗、电疗、光疗仪器和脑黄金、归元功能液、褪黑素之外,他只花钱到小店理发。顶多三个月一次,因为现今他的头发生长缓慢且日益稀少,很有学问的样子。作为主妇,我比丈夫会花钱,虽然不记得我刚买回来的瘦肉有多重,一斤多少钱,但我常常在名牌店的特卖区,被"跳楼价"彻底打晕。买的时候欢天喜地,回到家中一试,大多差强人意,然后就张罗着送人。挨个塞给我那些亲密的女记者女编辑女同行们,生怕她们不喜欢,还得做一个口干舌燥"送瓜的老王"。

为光彩夺目的瓶子买极贵的香水,从来不记得用;为拗不过上门做直销的大学生,心一软,买下成堆的牙刷和丝袜,连保姆都嫌质量太次不肯将就;为换一个175立升的西门子冰箱,腾空正用着的东芝135立升旧冰箱,当场送给运货工人扛走;第二天想到儿子在校租房需要一个小雪柜,只好花500元去买二手货,还是国产容声牌的。

这些都是小钱,花得再冤枉,不致倾家荡产。大钱方面,我们不曾置屋,不愿劳民伤财搞装修,所以至今不必为买房子踏破铁鞋。夜来失眠,盯着旧宅天花板那些抽象画派的水渍胡思乱想,偶尔掉下一大块灰泥,构图立刻推陈出新。至于投资或高薪受聘,癞蛤蟆照例是要梦想的,可惜天鹅肉照例也是吃不到的。甚至炒股。朋友好心代买了一些垃圾股,花多少钱,买多少股,完全不记得。有天朋友打电话报喜,说而今该股大涨,问我们可已抛出?乐极生悲的是,居然找不到股票。查寻许久,原来还寄存在朋友的办公桌里。十年间,既不知分红派股,也不曾认证。幸亏朋友懂行帮忙操作,于是挂失三个月重新认证。眼看那股票轻飘飘上飙又沉甸甸下落,已近全军覆没,朋友问还卖不卖?当然当然,卖掉干净。于是还有钱拿,像从天上掉下来似的,立刻犒赏自己,买一双皮尔·卡丹的靴子。

不善理财,并非不懂当今社会"一切向钱看"的厉害劲儿。中国人一直接受"金钱万恶"的传统教育,钱是喜欢的,但只能羞答答藏在心里,不可臭气熏天挂在嘴上,而且要取之有道。从前笑话里说污吏受贿,以白绫缠手,至少他心里是羞愧的;当代贪官收受的是存折,免去心灵一层炼狱,阔步上台做"反腐倡廉"长篇报告。对于蝇头小利,文化人一般都会昂首睥睨,鼻孔嗤一声"安为五斗米折腰"。如果是五斗金子呢?那腰,怕有点岌岌可危吧?

我还在做知青时,有位读政治的大学生教给我一条颠扑不破的真理:"一切政治态度都取决于它的经济基础。"当时我们太年轻,充满理想主义色彩,崇尚"若为自由故,两者皆可抛"的人生价值观,不把这条标准放在心上。

生活不断证明"经济基础"的决定性作用。老百姓说得挺形象,"财大气粗"嘛。

如果我儿子需要为 3 块或 3 块 5 毛钱的快餐权衡再三,那他就不可能胸无芥蒂与同学互通有无;如果丈夫不在大学任教,而是工地上与民工一起拉板车,每天晚上他都会数口袋里的钱,看能否维持到月底;如果我不是自己辛苦挣稿费,那我在市场丢 10 块钱就会懊恼好几天,偷偷买一件贵点的裙子,穿出来时要惴惴然看丈夫的脸色。女人的自信自尊更需要经济地位的独立。

对金钱没有太高的奢望,并且有一份干净稳定的收入,这使我和我的家人知足快乐。从这点说,我是不是算得上有点经济头脑?

2000.5

鱼缸里的幸福生活

刚走近玻璃鱼缸,四尾蠢头蠢脑的肥鱼立刻激动起来,几将半个脑袋跃出水面,呆滞的凸眼渴望着,吧唧吧唧张大嘴巴,等待投食。这就是金鱼每天一次短暂的幸福时光。如果能学气功或坐禅,清心寡欲的鱼们肯定进展神速,说不定很快练出两条秀腿来,半夜爬出鱼缸,私自打开冰箱取冷冻红虫当宵夜;或日久暗生情愫,插上电饭锅,替王老五煲粥做早餐呢。

鱼在没有摆脱尾巴之前,只是清水里没有观众的舞娘,在最狭小的舞台里。

给予它们欢乐大餐的是我,我很愿意多喂几次,唯恐它们消受不起。鱼的智慧里完全没有"节制"两个字,鱼为食亡,它们是及时行乐的饕餮之徒,"宁愿胀而死,不愿饿着活"。其他萧条时光,鱼们吧唧吧唧百般求我,直到耳裂嘴酸,确认无饵可啖,就消沉水底,恨恨与我对峙。透过变形的玻璃缸,鱼鄙夷看着宽大睡袍的我,认为不过是一条更大的鱼,能在没有水的空间游动罢了,色泽既不够鲜艳,还瘦得不成鱼形。

半年以来,我不是在病房小小白瓷砖鱼缸,就是在家里这个略大的水泥鱼缸徜徉。先是急性甲肝,发作凶猛,十来天水米不进。别人一星期就红光满面出院继续大吃大喝,我在医院竟缠绵一个月,成了好几拨新病人的义务指导。中医号脉,说我气血两虚脾湿肝瘀胃肠冷热不和。西医频频抽血,查出我有中度贫血(7.3克)低血压(90/54)低血糖,而蛋白指数之低连医生都奇怪,问我怎么落到如此营养不良的地步?我坦白相告:稿费太低呀。其实我平日只喜青菜豆腐,不大碰肉也不嗜鱼,比较热爱的是螃蟹。甲肝正是毛蟹惹的祸。咳,衣带渐宽终不悔,为伊消得人憔悴。

出院以后嘱咐休息三个月,虫眼的肝才能修补好。被丈夫强迫吃猪肝喝牛奶吞五颜六色药片儿,这是第一劫。

两个月后一个梅雨天,团团坐着吃午饭,老房子的水泥屋板忽然脱落一块浮雕,不偏不倚砸在我的脑袋上,顿时原本已拮据的鲜血又汩汩流出许多,湿透三件衣服。幸亏医院很近,自己捂着脑袋奔向医院,扒出泥片碎石,马马虎虎缝了四针。拆线以后,伤口并不合拢,零星灰粒儿不断顶出血痂,像记忆里浮泛的旧尘。因为剃光了极难看的一块头皮,这就有了理由整天去挑选假发过把瘾,可惜头发长得太快,不等拿定主意已痛失良机。这是第二劫。

预防脑袋伤口感染的抗生素吃完没几天,夜里肚子剧痛,再次入院切腹做手术。麻药不到位,捆绑在手术床上欲死不能的我,后悔没在手术之前就近找个宗教信一信,此时就可以呼天求神接应。伤口倒是缝得极为高明,几乎看不出来,医生很开心,让我买件比基尼泳衣。好啊,不知有没有长袖的卖?把瘪瘪的肚子露出去,把瘦兮兮的臂膀遮起来。这是第三劫。

贯穿这三劫的是逐日发展巩固阵地的荨麻疹,据说是肝的怠工,排毒功能不畅。无论打针外敷,吃西药中药藏药蒙药,它都绝无撤退的迹象,比第三者插足更缠人。我的饮食不幸又添许多禁忌,跟火气热毒有关的东西通通封杀,海鲜自是第一戒,其他如时鲜荔枝芒果,如饼干巧克力,更不用说烟酒(本来是不沾边的,现在很想试试以毒攻毒呢)。于是我又重归青菜豆腐岁月,只是药片儿减了几样添了几种而已。

养病养伤养精养生,体力越养越不济,倒把多年被克制的懒虫养成蟠蝠毒蛇。书房绝步不进,电脑蒙着脸,杂志堆叠,信件杂陈;相依为命的书也不看了,朋友既不来往,亲戚亦不走动,会议通知连拆都懒。每日里,就是捏着遥控器,蜷在沙发上,翻阅电视连续剧和进口影碟。百无聊赖呀百无聊赖。

家人呼开饭,这是晚餐。人类较鱼的待遇优越,每日三顿,另有名目繁多的休闲食品犒赏自己(可惜我没份)。也许如此,吧唧吧唧起来,便不那么欢欣鼓舞。

金鱼是否满足鱼缸里的幸福生活?

我问鱼,鱼问我。不由得悚然惊骇。

无论人在哪一种鱼缸里(上帝眼里,地球兴许就是一个巨大的鱼缸哩),家庭的,办公室的,社会的,使他们有别于慵懒金鱼的,是创造性劳动。为家庭,为他人,为社会所付出的,哪怕最微小却是最努力的贡献,这正是人的生存价值和尊严。我不敢引申到周围那些45岁退休或更年轻就下岗的人,大多数是妇女,困守家中并非她们的意愿,完全迫于无奈。她们每天要做的事屈指可数而且千篇一律,可以期待的欢乐十分有限,尤其当唯一的孩子离家读书或工作之后。接下去漫长的三十年到四十年,她们将如何挨过?"义工"这个词对她们还相当陌生,要等经济更发达稳定,人的创造价值不再仅仅等同物质报酬,那时的义务劳动才会成为自觉的精神需求,而不是被抵触被敷衍的政治口号。

难道我已经退休或下岗了吗?即使我是,我甘愿就此放弃精神活动,放弃我的写作和梦想,心安理得做一条病恹恹的老鱼?

我回到书房,打开电脑,手边是电话、信件和报纸杂志,是朋友的呼唤读者的期望和纷纭的信息。于是我知道了什么叫"如鱼得水"。

金鱼对我进行教育以后,不免忘形地摇曳,像一盆活动的水养鲜花。

2001.6.19

四
民食天地

今天吃什么好呢？

家里来了新保姆,东山人,叫阿金。阿金问我中午做什么菜?我说把你家乡的拿手菜做几样试试。阿金一听退后好几步:这怎么行,我们乡下酱油氽肉白水煮鱼,你们城里人如何吃得惯!我鼓励她:你不知道吧？现在街上生意最旺的就是"农家饭庄""乡亲大排档"和"老家小吃"。

吃的风水跟文学流派一样,三年一转还嫌慢呢。

早年,母亲还在读高中,父亲撇开时髦的鲜花攻势,精心策划美食包围圈。看完电影后他们去吃宵夜;今天"衙口炒河粉",明天"双全烧肉粽",后天则是"好清香炸春卷"。厦门的风味小吃层出不穷,我母亲便深溺老爸情网之中。

他们互为琴瑟后不久遇上公私合营,百年老店纷纷收起招牌,老板洗盘子,主任当家,一律办成大众饭店。穿中山装的老爸和穿列宁装的老妈,数着油腻腻的饭菜票去食堂打饭。他们跟所有同龄人一样,立刻投身"土改"、扫盲和大秧歌,吃饭跟完成任务似的,简便快捷。谈吃谈穿可耻,属于资产阶级思想,于是我老爸不谈只做,千方百计弄吃的,具体表现在宵夜上。幼小的我们总是半夜被摇醒,门窗紧闭,小炭炉上咕噜咕噜炖着的,不是香菇鸡汤就是当归鸭。

童年里所有美味都是闭着眼睛半睡半醒品尝的,蒙上梦幻色彩,为日后无数盛宴所难以企及。以致我现在一端起宵夜,下意识就想往卧室里走。

20世纪60年代初,小球藻、南瓜叶、炒细糠,不是作为天然保健食品,而是许多人的三餐必修课。曾经把我风华正茂的老妈培养得腰圆腿粗,脸上一摁一个白印儿,原来是水肿。老爸贬到山区露天煤矿劳动,更是无所不吃,烤蝗虫,竹筒泥鳅,"叫花田鼠"(这是老爸活学活用名菜"叫花鸡"的心得,滋味想必更上一层楼)。

能烹擅吃,使我老爸大难不死。

我十八岁生日,第一次请了知青队友来家吃饭。父亲捏着当月的肉票、鱼票、糖票、豆腐票,充分应用没落银行家的财政核算,加上祖传烹调秘诀,开出一桌活色生香的佳肴,花不到二十元。不仅入席者大开眼界,旁观者唇齿相交,就连我老爸也飘飘然进入高处不胜寒的境界。此后整整一个月,我们什么票也没有了,每天喝粥下咸菜酱瓜,无怨无悔。回味那天的辉煌,双颊犹存余香。

拮据困窘的日子仿佛一晃而过,比心更早背信弃义的是舌头。就算当年,心强迫自己忆苦时,舌头向往的还是甜。对"民以食为天"的中国人来说,最先和钱包挂钩的也是舌头。舌头品尝经济发展,真真功不可没呀。

从各种票券的拦截中脱颖而出的舌头,奋不顾身扑上大鱼大肉。父亲去饭店为我订婚宴,千万叮嘱必须整鸡整鸭。那家餐馆刚恢复"绿岛饭店"的旧字号,做的还是大众饭菜。整鸡整鸭是中国胃口康复期的最高梦想。

等到那些个诸如"红光饭店"的招牌,陆陆续续都换回原来的"老友记牛肉面""好再来卤味""扁食嫂",我们的舌头已享尽风光。鸡鸭迅速贬值,粤菜乘海鲜的翅膀挥军北上,占领各菜系的制高点。然后是历史悠久的川菜大反扑,京菜御膳的回潮,北方饺子兰州拉面的见缝插针,以及新疆烤肉串的游击战。

厦门南普陀有一道闻名遐迩的素菜叫"半月沉江",据说是郭沫若所题。说白了,其实是"面筋当归香菇汤"。富于形式美的我们,给予舌头方便的是一道传统金牌,名曰"饮食文化"。

  从朋友邀请的饭局里,可以管窥饮食文化新潮流。曾几何时,还在问是吃泰国菜呢还是印尼菜(当然,日本菜有些贵),忽地都约在美食街。美食既然成街,必定小吃小炒居多。怀旧思潮波及下的厦门人,十分地方主义起来,翻出老祖母的菜谱,抢救被麦当劳、比萨饼和肯德基"腐蚀"了的下一代。于是,芥菜饭、番薯叶、萝卜干炒鸭蛋,一时甚嚣尘上。

  阿金的乡村红烧肉,在我家的餐桌上,维持安定团结的局面不到两天,就被我儿子拂袖而去打破。

  我这个落难当主妇的,揣着钱包,拉着购物车,比老爸当年数着各种票券买菜时还悲惨。站在用保鲜水洒得青翠欲滴的蔬菜摊,周围是分门别类的鲜肉,游水生猛海鲜,我彷徨四顾,哀叹:

  "今天吃什么好呢?"

1999.7.8

在别人的盘子上挑挑拣拣

十几年来,我在天上飞来飞去少说也有两三百次。越洋飞行奔赴国外参加艺术节、朗诵和讲座;东南西北出席国内各种笔会;带孩子自助旅游;因此乘坐过法国、美联、汉莎、苏黎世等航空公司的大小飞机;享受过身披纱丽眉点红痣,穿露趾拖鞋的印度航空小姐的服务;品尝意航供应的西西里葡萄酒;因天气原因滞留阿姆斯特丹机场……

伦敦飞往香港的航班上,我因低血糖,只来得及喊一声"Help me"就当场休克了。醒来后我先看到氧气筒,接着是一张无比亲切的中国脸蛋。原来英航细致周到地配备了一名中国姑娘,可惜她只会讲广东话。那是 1986 年。后来在这条航线上我还碰到一个"掺沙子"的中国小姐,不但英语流利,还讲广东话和上海话。很想考考她会不会闽南语,但看她飞快地从此种方言抵达那种方言,舌头的超音速实在辛苦,就不难为她了。

曾在《中国旅游》杂志读到一篇有关飞机餐的文章,很有意思。作者用轻松诙谐的笔调,把人人咒骂的飞机餐点描绘得有滋有味,令人口舌生津。其实,一般旅客或由于旅途疲劳,或心理紧张,或时差倒错,本就食欲欠佳,再加上众口难调,菜谱再丰富也没有多少挑选余地。因此总看到有些人喉结一震一震的,食不下咽。

第一次出国跟了庞大的代表团。小说家张抗抗聪明地带了一包榨菜,也许她想偷偷拆开,可香气四溢,瞒不过警惕性很高的中国鼻子。我们个个厚颜无耻伸出巴掌,让抗抗分几根榨菜丝,捏在牙缝里细细磨着,压住一阵阵往上翻的黄油味。飞机盘旋下降,抗抗吐得一塌糊涂,盖因榨菜被瓜分殆尽矣。

以后屡屡出国,虽渐与黄油妥协,榨菜仍是必备之灵药。防晕机,健胃开脾,清肝明目,兼治怀乡病。

新奇劲儿过去,我只想乘国航。但出国访问均是对方出资,外国佬贼精,提供的都是本国机票,肥水不流外人田嘛。

于是,我便勉为其难在别人的盘子上挑挑拣拣。

国际航班的正餐往往有两种选择。菜单一下来,我首先相中的肯定是含有"rice"(米饭)的那一道。西餐中的米饭只是配了一小撮,还拌了奶酪茄汁什么的,味道怪怪的,总是聊胜于无吧。若没有米饭,"noodle"(面条)也凑合。所谓面条,是意大利通心粉,吸溜起来响彻四方,须慢条斯理卷在叉子上,温文尔雅推进嘴里。中国人又功本就虚,飞机恶作剧摆摆翅膀,手一抖,抖落一大团滑溜溜的洋面条,全印染在衣襟上了。

吃完正餐刚打个盹,开始送茶点,嘴巴还没擦干净,接着第二道正餐,然后又是小吃。翻开书,头痛欲裂,晕机症蠢蠢欲动;戴耳机看小电影,听不懂外语对白;长达十几个小时的飞行中,除了吃,委实没有什么可做的。每次送餐我虽蜻蜓点水,但连续好几天,我都腹胀如鼓,大概是黄油作怪。

前年在法兰克福机场看到改革新气象,短途航班的各个候机室,设有热咖啡桶、面包圈和苹果,任意取用。上飞机后只给一杯橙汁。省时省力,挺好。

我在柏林住了一年后回国,在香港转厦门航空公司飞机,虽然只有一个钟头多点,却供应热气腾腾的虾皮包菜饭,拌着一闻即醉的葱油末,好香啊好香。这份久违的家乡饭,吃得我眼泪汪汪。有心再要一份,怕被人斜眼:瞧这瘦骨嶙峋的女人,怹大的食量,不是饕餮之徒,便是贪小便宜的揩油市井了。

真是有口水往肚里咽。

国内航行再远不过三四小时,乘飞机嘛,最最要紧的是安全,空中这顿饭好坏没有多少人在意。在我们这个全民皆商的时代,你看那些满脸通红酒气冲天,剔着牙匆匆上机的公款爷们私款爷们,必是直接从送行酒席上赶来,还有接风酒在另一头恭候。自费旅行者们,方便面放在衣箱里托运了。飞机上还管吃喝,咦,新鲜!不吃白不吃,于是吃得痛快淋漓,顺手把一副塑料刀叉掖进提包里。

飞多了,还是有个比较。某航空公司的小姐嘘寒问暖,要多可人有多可人。但该公司的蛋糕腻人,面包又干又硬,热咖啡走不到一圈居然没了,小姐温柔来道歉。好吧,那就来杯鲜奶吧,对不起,鲜奶也没有。另一航空公司的配餐倒挺别致,居然有几荚毛豆,颇具地方特色,可见配餐师的匠心。但是小姐极为矜持,模特儿一样让人不敢亲近。还乘坐过内陆一家航空公司的飞机,有热饭,而且敞开供应。可惜是羊肉饭,辣得很,不好此物的人便觉得有些恐怖。

真像《上甘岭》主题歌里唱的:我们的土地多么辽阔宽广。加上现代生活的快节奏,使我们必须借助各航空公司的翅膀追星赶月。我们对这块空中浮动甲板说三道四,正是深深意识到它逐渐成为我们的生存空间之一。

我们有权利说,让我们飞得更舒服些。

1999.7

天上掉下一个"阿不婆"

儿子襁褓时,尝试雇保姆,与心直口快的婆婆相悖,不欢告终。

别提每日买菜、剖鱼、煲汤、收拾房间,光带孩子就够我忙的。我的工作是作家,俗称"坐家",其实在自己家中,反而连闲坐的时间也是没有的。

儿子三岁那会儿,婆婆去香港小住。送机回来,我即对丈夫鸣锣要一个保姆。

丈夫诺,又问:"何处张榜?"我亦不知也。

傍晚在阳台上收衣,听见有人从小巷口一路往里,牵声拔调:"有雇保姆的么?"正诧异,也可以像"酒干倘卖无"那样推销自己的。那人已推开楼下铁门,气壮山河:"你家雇保姆吗?"召她上来,是个六十岁上下的女人,时值初夏,她虽走得汗淋淋的,头发仍然抿得滴水不漏,一件斜襟布扣白西洋褂子浆洗得雪白挺括,鬓上还压了一朵玉兰花,等我入内倒了一杯凉茶出来,她已将户口本、粮证、煤炭证什么的一大摞摆了出来,以示她的身家清白有据可循。

未待我颔可,这个叫阿不的女人已自己进去洗脸,手脚利索下厨,顺带把我压在缝纫机上儿子的小围兜做好。晚饭领略了阿不的烹调手艺,虽是几样家常小菜,却也有声有色。丈夫高血压戒油,我忌味精,阿不在使用两者时皆不惜血本,一盘闽南人爱吃的肉丝炒酸菜,被我那刁口的小儿子几乎连碟子一道啃了下去。

与丈夫相叹:兴许是缘分吧,这个保姆简直从天上掉下来的。儿子听得张大嘴巴。

和所有上了年纪的女人一样,阿不饶舌。我在写字桌前刚准备就绪,她已端一箩豆角在我的门槛上坐好,往往我只好搁笔听她的。她的历史遮遮掩掩,断断续续,又前后矛盾,到后来,我不明哪些是真哪些是假;哪些是她心造的幻象,哪些是我好发挥的天性所补充完整的?

阿不是一个私塾先生的女儿,从她能认几个繁体字可以验证。嫁给本地老字号卤味店的老板,穿衣烧菜的考究都是大户人家训练出来的。问她当了老板娘何须自己下厨,她的声音小小:"上面还有一位大太太哩。"随之不甘心地仰头道,"那胖女人,手摸面团似的,只做两件事,念佛和数钱。"是私塾先生穷困潦倒,急病求医,女儿卖身济父?抑或是卤味店老板风流潇洒,勾引了单纯无知的小家碧玉?还有可能是当年的阿不姑娘贪慕虚荣,不肯与农人樵子做你耕我织的寻常鸳鸯,宁肯入豪门委屈妾侍?这已足够编一部电视连续剧。

穷追起来,阿不言辞闪烁:"家中的大少爷和阿姨你一般断文识字的。一双手绵软绵软,白葱似的细长。"阿不感慨地端详自己的双手。那手自然是青盘虬曲,粗糙龟裂,却戴着一只纤细精致的金戒。

我的笔因久悬而不发,已滴不出水来,干脆拧上笔帽,与阿不逗趣:"你怎知大少爷的手绵软?老实招来!""大家都这么说的。"阿不急急分辩,"大少爷穿衣也好看,俏抽抽的身子,不像他老爹,肚子都叠了三叠。"临解放,老板卒,大少爷偕少奶去台湾,临走前将幼儿托付给阿不,说兵荒马乱的,怕金贵的长房长孙受不了颠沛流离,对不起列祖列宗。并许诺等安顿好了,派人来接他们。

不料这一去四十年,阿不与儿子过。

又有故事了,我逮住不放:"谁的儿子?""大少爷的儿子。"

"你这不是乱了辈分吗?""原本就没有什么辈分!"阿不突然感伤起来,端起豆角就走,背后看去,她的腰仍笔直,美人肩,只是头发有些发白了。

难道是封建家教的苦果,既为人妻,必为人守节且育儿? 难道仅仅是被单相思所纠缠,竟为不负心上人重托抚养他人根苗误了自己的花期? 或者根本大少爷的儿子就是她自己的儿子? 可惜我不做小说,否则铺陈开去,亦可糊一只大红灯笼,高高挂起来。

也问过阿不可有生养? 答有过一个儿。后来呢? 死了。阿不无关痛痒地,似乎并不哀悼,令人起疑。或者是卤味店老板的种,阿不心里不在意,或者是大太太保全家产不流外人田起溺杀之心;或者根本是阿不的幻象,瞧她的样子,不像生养过。

阿不住的后房平时放些我们的家常用品,她总是锁得紧紧,我要她除了睡觉之外不要闩门,否则我要取点什么东西,都得敲半天门。她却不改,说是有人捉她,有时是她的儿子,有时是青面獠牙。不久发展到夜不睡觉,哭一回、笑一回、唱一回,纵情至极,竟敲碗打盆。我与丈夫守在门外,又求又劝又吓她,始终不开门。左邻右舍议论纷纷。

不仅锁自己的门,还溜进婆婆卧室,反锁房门,婆婆房门与我的卧房相通。我开门进去,见阿不将婆婆从菲律宾带回的洋衫、花裙一件一件比试,在镜前左盼右顾,很是陶醉的样子,想必是对往日青春的一种怀旧演习,不忍说她,只是把婆婆的衣柜锁好。

不过半月,婆婆在香港不习惯,打道回府。阿不的疯病变本加厉,白天也描符画鬼,做事也完全糊涂。无奈,照她户口地址写了一信,请家人领回。

来一壮硕男子。阿不见他筛鼠一般抖着,说就是她儿。观其眉目浑浊,举止也村俗,没有阿不的伶俐与干净,亦没有白葱般绵软的手和三叠肚。只一拧腕,阿不乖乖就范。见老人如此瑟缩,心中黯然,追上去央告:"阿不待你如亲儿,盼对她宽待些。"那男子一脸不耐:"我哪有此般疯老母,神经病院逃出七八回了。如果不是看在我大伯的分上,就算不认这个婶娘,天公也不会打死我。"我张口结舌。虽然亦可派生出稀奇古怪的情节,但想到阿不的油光水鉴的头发,白斜襟衣褂,笔就涩得写不出来,好像她还端着豆角坐在我的门槛上。

只有小儿子吃不到酸菜,不停地问:"阿不婆又回天上去了吗?"

1994.2.8　春雨

好汤送苦夏

家有两老一小,连我和郎君共是五口之家。老人牙软,孩子运动量大出汗多,每日煲一锅好汤势在必行。

夏季土鸭大量上市,从前极贱,日前价格一涨再涨,也比鸡便宜多,买半只土番鸭,切块放进电瓦钵,或砂锅,或钢精锅。等八分熟,放进一斤冬瓜,也切块,同时加盐、味精和少许白糖,这样冬瓜才能吃味。冬瓜一呈透明,即起锅,撒上切好的水姜丝、冬菜末,此汤极为爽口鲜美开胃。水姜丝是冬瓜鸭汤的绝配,缺这一味,此汤就平常了。有时急切间买不到土鸭,以猪腱肉炖冬瓜,只要搁上水姜丝也能以假乱真。南方或者闽南叫水姜的东西,北方人叫紫姜。

民间这一例汤的搭配可谓天衣无缝。等水姜渐老,冬瓜中空如败絮,土鸭们入秋换毛,这一军团便随夏天的喇叭声远去,留待明年卷土重来。

当然不能天天喝冬瓜汤。换一例活鱼汤。

之所以强调活鱼,取之"鲜"字。闽南沿街小饭馆都有水箱,即便市场,亦有大水盆,游着生猛海鲜。山区活海鱼比较困难,只要鱼嘴犹大张,鱼身临死不屈者,仍是可以马虎将就。尾垂鳍耷拉者,我看你只好红烧吧。

鲜鱼汤以鲈鱼、石斑为上品,然而价格昂贵,寻常人家除非待客,一般不敢问津;退而求之为乌龟、鲫鱼;再退退而,就是眼下极普遍的非洲鲫鱼,剖洗干净,盐水泡几分钟去腥,品质稍为逊色,勉强可以喝得。

水将开时下鱼,不可将汤熬老,滚两滚即起锅。搁上芫荽末、姜丝、胡椒,再滴上醋。四者不可缺一,尤其芫荽。只要你不怕辣嘴,胡椒不妨多多地下。

只不过,今日芫荽已涨至十五元一斤,鱼们还不知怎样跳"价格"这一龙门呢。呜呼,眼看活鱼汤不保!

再做一例素淡而经济实惠的豆腐羹。

豆腐做汤民间有多种约定俗成的配方,常见的鲢鱼头豆腐汤,拿极腥冲极淡,拿极淡解极腥,中和后的效果是"浓妆淡抹总相宜",自然鲜美。山区有名的红菇豆腐汤,非但纯朴,另有一股野味儿,然而孩子不敢喝,每做此汤,唯我独饮,直到腹胀如鼓。

遂另起炉灶,取一板嫩豆腐揉碎,冷水下锅,同时放上红萝卜丁、青豆仁儿、黄花菜末、香菇丝。最好有干贝,也可以干虾仁代,连虾米都窘困的时候,切点肉丝也行。常常加以搅拌,以免豆腐又成板块。微火小煮片刻,勾薄芡,打一个蛋清,起锅后撒上葱末或芹菜末和胡椒。

此汤清爽淡雅,红黄绿白,自称五彩缤纷羹。

居家做菜,常常别出心裁。有时异军突起,鼓捣好戏一台便遍告亲友,不敢敝帚自珍。更常的是弄巧成拙,始作俑者如主妇的我,只好自食苦果且甘之若饴,不过捏起鼻子罢。

1994.7.31

炒栗情缘

前往书市的大街水泄不通,陪我们去签名售书的成平总编频频举腕看手表,焦灼之情溢言于形。忽然一阵诱人垂涎的香味随风飘来,我即刻扑到车窗上,游目四顾。成平以为我见到什么老朋友了,不错,是最好的老朋友——糖炒板栗。

不幸的是车子紧接着开动,开幕的时间眼看不及,我不敢坚持下车为贪口福而误大事。成平不断抚慰我定有补偿,仍是怏怏然。

书市结束那个晚上,成平陪我们上街,几位女伴都在商场试装,不停地脱衣、着衣,唯有我心神不属。终于吸吸鼻子,循味找到那口大锅。不知是因为急不可耐以致有欠火候,还是当地水土之故,武汉的炒板栗既夹生也不甜糯,失望至极自不待言。好比循着伊人倩影,袅袅婷婷不知转悠了多少时间,待她忽然转过脸来,觑得真切,不过一寻常女子。

闽南谜语:"上开花下结籽,老人因仔馋得要死。"指的是花生。花生作为一种最悠久最普遍的零食,大概是易于保存的缘故。栗子的季节性太强,又蚀得快,真有迅雷不及掩耳之感。有位女友知我对栗子情有独钟,特意从北京托人带五斤新鲜大栗子给我。所托之人不过拐弯到福州多待两天,栗子到我手中,已蛀空了大半。想必那东西好吃得紧,连虫子也懂得争分夺秒,不甘人后。

从北京开会归来,几位同仁合住一软卧车厢。老作家怀抱书本,壮年汉子拎两瓶酒,年轻人则揣一副扑克。路途漫长,有知我者送行时,趁热送两斤炒栗子抛进车窗。不等列车开动,我已开吃。唇也黑了,手也脏了,腮帮也咬疼了,五个中倒有四个是坏的。想必北京因有位善吃的汪曾祺老先生,好栗子轮不到我吃了。

算得上经典的是上海的桂花炒板栗,到上海开会或转途上海,最大的理由是可以在街上买到一袋炒栗子。有次索性称了五斤回厦门与儿子分享,为图细水长流,把栗子严密封存于铁罐之中,过了两天均长白霉。

真是生也难养,熟也难养。

最是难忘当数老家漳州的糖炒栗子。那一头挑子上昏着一盏灯,搁着小锅,锅里的石子焦油乌亮。锅前嵌一块滑溜灿黄的铜板。买的时候现从热锅里掏,搁一个铜板上,小铲子一压,栗子就张开小口,手势之熟练,节奏极强的脆响,给期待的心情推波助澜。忽然锅里爆开一个大栗子,大家猛地一惊又哈哈大笑,犹如结了一个灯花那样喜气洋洋。为了让五岁的儿子也体验一下故乡的风情,曾带着他到漳州,雇一辆三轮车,沿街找去。那是下午,栗子摊通常在华灯初上的时候出现。因此我们几乎穿过了整个小城市,才找到人家门里去。那栗子之香糯,真是给儿子大大长了漳州人的志气。虽然车钱不知比炒栗子的价钱贵了多少。

有关炒板栗的小故事顺手可以拣出一大箩来。插队时节,山区的板栗新鲜,个儿大,回家过年前我买了十斤准备带上,晾在竹筛上。那夜同伴为我饯行,灯下聊天至深夜,我提议:清水煮板栗如何?响应者从,积极烧火,烫兮兮地抢吃。风卷残云罢,犹有不足;再烧火,再吹着两手倒着吃,如此有三。天亮我打装上了路,除了满地栗子壳,筛子上空空如也。

今年龙岩地区组织知青还乡团,我忝列其中。一路上又吸鼻子又托眼镜,季节尚早,栗子青青于树上。退而求之,是一种或叫椎子或叫圆子的小榛子,豆仁大小,当年一竹筒卖五分钱,够好几个知青把牙都啃歪了。如今却也可遇而不可求,连个影儿也无。

看过一篇文章,先是盛赞中国人的炒板栗如何国粹,如何合乎"栗子之道",再挖苦法国人的铁板烧栗子何等惨无栗道,大煞风景。半信半疑着。在我看来,只要栗子品种过硬,或蒸或煮或烧或炒,当不失天生丽质。好比我所倾倒的那些会做文章的人,问津国事也好,坊间笑谈也好,乃至捻草捉虫,都能直抵个中三昧。

去年秋天去维也纳。上街果然每隔一个路口就有一亭子,铁板烧栗子是也。初时袋无分文,向陪同的汉学系学生借10元,买六个,各分三个,放在齿缝里细细品尝,果然不凡。洋烤栗不仅个儿大,新鲜,果仁嫩黄糯面,从未发现一个坏的,而且吃完唇上指尖干干净净。不像汉栗,非给它的信徒们留下印记不可。

中国驻奥文化参赞孙书柱夫妇开车,带我游览中央公墓,那里最著名的墓园是贝多芬、施特劳斯的安息处。公园门口卖的烧栗子便宜多了,彼时我的腰包略鼓,因此大出手,替各人买20元十七个栗子,吃得直咳气,次日火眼金睛起来,这是后话。

突然"扑"的一声,什么东西从枝叶间掉下来,砸在我的脑袋中,低头一看,却是一颗肥硕的大板栗。大喜,即刻弯腰去拣,才发现草地上到处都是,转瞬口袋装满了,怀里抱不下,扑簌簌往下掉,大叫:"你们快来帮我。"

孙书柱慢悠悠问我:"你想带回国吗?"

我大急:"哪里的话!我住旅馆,也无法弄熟它。你们带回使馆宿舍,简直可以开个栗子宴请其他同志呢。"

孙书柱叹了口气:"英兰刚来时,也拣了满满一书包回去。我告诉她这种栗子是喂马的,她也是不信,把好端端一个电饭煲给烧穿了,都没煮透。"英兰是他老婆,在旁抿着嘴乐,看我怅然若失,怀中栗子撒了一地。

维也纳有三件宝贝举世闻名:第一是斯蒂芬教堂;第二是施特劳斯牌的巧克力;第三是会随音乐翩翩起舞的白色马。

那白色舞马自然是吃栗子的。幸福的维也纳马!

1995.1

春卷的传家之累

春卷的普及范围是这样狭小,只有闽南人心领神会。厦门和泉州虽同属闽南,春卷体系又有不同,一直都在互相较力,裁判公婆各执一词,于是各自发展得越加精美考究。

即使在厦门工作了好几年的外地人,也未必能吃上正宗春卷。隆冬时节大街上小吃摊春卷都有的卖,仿佛挺大众化的。其实,萝卜与萝卜须吃起来毕竟有很大区别。

有稀客至,北方人往往包饺子待客,而南方人就做春卷吗?也不。

即使上宾有如总统,春卷却也不肯招之即来。首先要看季节,最好是春节前后。过了清明,许多种原料都走味,例如海蛎已破肚,吃起来满嘴腥。第二要有充足的时间备料。由于刀工要求特别细致,所以第三还要有好心情。当然不必像写诗那么虔诚,但至少不要失魂落魄到将手指头切下来。

霜降以后,春卷的主力军纷纷亮相。但是,抹春卷皮的平底锅还未支起来;秋阳和煦,小巷人家屋顶尚未晾出一簸箕海苔来。这时候的包菜尚有"骨",熬不糜;红萝卜皱皱的,还未发育得皮亮心脆;海蛎还未接到春雨,不够肥嫩;总之,锣鼓渐密,帘幕欲卷,嗜春卷的人食指微动,可主角绝不苟且,只待一声嘹亮。

终于翡翠般的豌豆角上市了,芫荽肥头大耳,街上抹春卷皮的小摊排起了长龙。主妇们从市场回家,倾起一边身子走路,哟,菜篮子那个重呀!

五花肉切成丝炒熟;豆干切成丝炒过;包菜、大蒜、豌豆角、红萝卜、香菇、冬笋各切成丝炒熟,拌在一起,加上鲜虾仁、海蛎、扁鱼丝、豆干丝、肉丝一起煸透,装进大锅里再文火慢煨。

这是主题,桌上还有不少文章。

春卷皮是街上买的,要摊得纸一样薄,还要柔韧,不容易破。把春卷皮摊平桌上,抹上辣酱,往一侧铺张脱水过的香菜叶,撒上絮好油酥过的海苔,将上述焖菜挤去汤水堆成长形,再撒上蒜白丝、芫荽、蛋皮、贡糖末,卷起来就是春卷。初涉此道的人往往口不停地问先怎么啦再怎么啦,延误时机,菜汁渗透皮,最后溃不成卷。孩子则由于贪心,什么都多地加,大人只好再帮垫一张皮。因此鲁迅的文章里说厦门人吃的春卷小枕头一般。

曾经到一个外地驻厦门办事处去玩。那儿几个巧媳妇雄心勃勃想偷艺,要做春卷,取出纸笔,要我一一列账备料。我如数写完,她们面面相觑,无人敢接。再去时,她们得意洋洋留我午饭,说是今天吃春卷。我一看,原来是厚厚的烙饼夹豆芽菜,想想也没错,这也叫春饼,福州式的。

春卷在厦门,好比恋爱时期,面皮之嫩,如履薄冰;做工之细,犹似揣摩恋人心理;择料之精,丝毫不敢马虎,甜酸香辣莫辨,惊诧忧喜交织其中。到了泉州,进入婚娶阶段,蔬菜类炖烂是主食,虾、蛋、海蛎、扁鱼等精品却另盘装起,优越条件均陈列桌上,取舍分明,心中有数。流传到福州,已是婚后的惨淡经营,草草收兵,锅盔夹豆芽,粗饱。

我有一个九十岁的老姑丈,去菲律宾六十余年,总是在冬天专程回厦门吃春卷,又心疼我父亲劳累,教我父亲操作精简些,说只要在蔬菜类中加些鸡液、虾汤、鲜贝汁就行。我父亲默默然半天,问:剩下来的鸡肉、虾仁、鲜贝怎么办?

做春卷是闽南许多家庭的传统节目。小时候因为要帮忙择菜,锉萝卜丝,将大好的假期花在侍候此物真是不值,下定决心讨厌它。我大姨妈是此中高手,由她主持春卷大战,我们更是偷懒不得。还忆苦思甜:说当年她嫁进巨富人家,过年时率四个丫鬟在天井切春卷菜,十指都打泡。吃年夜饭时,她站在婆婆身后侍候,婆婆将手中咬剩的半个春卷赏给她吃,已算开恩。听得我们不寒而栗。大姨妈的"春卷情结"影响了我们,除夕晚上,我们几个孩子无一不是因为吃多了春卷,而灌醋而揉肚子而半夜起床干呕不止。

每每发誓,轮到我当家,再不许问津春卷。

不料我公公、丈夫、儿子都是死不悔改的春卷迷。今年刚刚入冬,儿子就计较着:"妈妈,今年我又大了一岁,春卷可以吃四个吧?"

丈夫含蓄,只问我要不要他帮拎菜篮子。公公寡言,但春卷上桌,他的饭量增了一倍。只好重拾旧河山,把老节目传统下来。

幸亏我没有女儿。

可惜我没有女儿。

1991. 11. 11

民食天地

家吃国吃

南方风俗,新媳妇过门第三天,公婆要检验其烹调手段,并推及家教。某书香门第同时娶两房媳妇。大媳妇起早洗手下厨,果然整治一桌佳肴,公婆齐口夸奖。大媳妇谦虚道:有油有葱,煮粪也香。众人面面相觑。小媳妇接着也办一桌美食博览,啧啧声遍起,那媳妇儿福了一福,也谦逊着:并非媳妇巧,乃是多作料。

胜负不辩而明。

以上故事经我老外婆用漳州土音屡教不止后,我得以明白烹调精义中有一要素是作料,它同时强调了中国饮食文化中那个"雅"字。

我外公因此补充:少年时代他只身流浪来厦门,啃两个大光饼,叫一碗菜牌上最便宜的汤,美其名"青龙过江",只花一个铜板,其实不过一碗清汤加两节葱段。

海边人吃鱼有个考究,一鲳二鲳三马鲛,以鲳鱼品位最高。某大户考媳妇,便以此命题作文。那新娘子毫不示弱双手捧出一盖盘清蒸鲳鱼,果然浓香四溢。那婆婆筷子一碰,看见鱼身刮得光溜溜,脸就沉下来。原来据说鲥鱼之名贵在于鳞,只有鱼鳞才能熬出特殊浓香的金黄色鱼油来。可是等鱼吃完了,才发觉鱼鳞一片片被丝线穿起来,团在盘底。这样吃起来既方便又保持了原味。所以那公公长喟一声:"到底是三代世家呀!"这户人家终于讨到了一个豌豆公主。

这故事却是我父亲最得意的家教之一。由此可见我父亲不但重视饮食质量,还讲究形式。即使家常小饭桌,他也要求相应的套盘。几根青菜也要炒得有个名目出来。遇有家宴,更是萝卜染色,西红柿雕花,这种极端的形式主义使几个孩子一致断定,父亲对烹调的乐趣全在手做上,而非口尝。

在我父亲勺子里,除了人肉之外,大概没有什么动物是不能入口的。当他从银行经理的位置上一跤跌成右派,被发配到露天煤矿掘煤,家里流水般寄去的都是他信中指定的食物。困难时期,他抓田鼠,剥皮后穿在树枝上烤;他拣毛栗,煨在灰里;摘地瓜叶、南瓜叶,甚至爆炒蝗虫。若不是臭虫有一股怪味,说不定也成了一道不愁来源的菜肴。一切牙能咬动的东西都被辘辘饥肠吸收成蛋白质,使父亲在严酷的劳动中得以生存下来,却有不少见田鼠蝗虫就干呕的同伴逐一离去。

母亲早逝,父亲一直主宰厨房。兄妹三人乐得饭来张口。虽不灶边偷艺,但饭桌上耳濡目染兼口尝,已有自己的食谱。等各自成家,短期突击,无不烧炒自成体系。轮到老父挨家去验收,仍是摆头:青乃不如蓝。

家吃如此,把舌头娇惯了,外出公差开会,回来一定瘦半圈。中国确实地大物博,小小福建,隔一个县就有不同花样的吃法,厦门的海蛎煎到了泉州就有不同,到了福州则已是两码事。等到出国去,便同仇敌忾起来,一致怀念的是国吃。比起三明治来,甭说北方的饺子,南方的春卷,就连南北通行的阳春面,也叫人痛苦思念得直磨牙。尽管尝过法国蜗牛、日本生鱼、荷兰烤肝,喉咙那儿总是窄的,肚子是虚的,成日不知饥饱。每逢有外国朋友请吃饭,问西餐还是中餐,立刻直指中餐馆。虽然知道到了西方不尝异国风味实在没出息。

推己及人,从伦敦回来,给一位工作极努力经常以三明治果腹的好朋友写信:"好好保重自己,每天至少吃一顿中国饭。"

南吃北吃

也许不是所有南方人,仅仅对我而言,南方与北方的饮食之大相径庭,不啻两个距离远的国度。

北京近年来挖掘出不少御膳曝光,包装日益精美,比当年进贡皇上还要宫廷几分,吃到口中,不过一大堆面粉加糖而已。我承认这是偏见,绝对。请北方同胞息怒。

曾经有一批部队作家来厦门开笔会,住当年最豪华的金宝大酒店,每日活虾醉蟹地供奉,却是愁眉苦脸,日见沮丧,诗文都呈营养不良状地难产。酒店老板获悉,请他们吃饺子,这帮汉子立刻鲜活起来,呼叫吆喝,方显英雄本色。我去看朋友,恰逢饺子会,大喊倒霉。

平生不喜欢饺子。有时去北京开会,老朋友竭诚相待,召来五六帮手,又揉又切又剁,虾仁、精肉、姜丝什么的不惜血本,包上来不过是一道菜,以我哥哥的话说:一双筷子无处走动,夹来夹去老在一个大盘子上。

去年,天琳、杨枚、陈所巨等老诗友到厦门来,请他们尝广东风味的"早茶",送上来的早点是一个个巴掌大的小蒸笼,里头搁着三个指肚大小的虾饺或一对凤爪。客人没敢吭声,账单开来令人咋舌,杨枚忍不住摸摸还是瘦着的将军肚说:"舒婷,你到新疆来吧。我请你吃西瓜,半个瓜你双手都捧不动,有一二十斤哩。"陈所巨在小声嘟囔:"至少茶也能大杯喝个痛快。"大家相视,不禁捧腹。

因此想起多年以前艾末末等几个北京孩子来厦门过暑假,回去就来信劝我:"我发现你那么瘦,全是喝粥来着。"敢情他们在我家天天喝粥喝出恐粥症来了。我父亲最是喜欢这一拨小客人,喝粥能喝三五碗,吃菜顺带把盘子刮得干干净净。若是开罐头,我们全家人向来盯着那层浮油发愁,末末拿起来能喝个精光。这几个北方青年已快被南方清淡的口味逼疯了,我父亲还一直以为是他的烹调手段高超。

新疆至今未至,倒是去了一趟内蒙古。诗友千里相会,说不定平生也只有这一次,大家格外热情。清晨起床,便见饭桌上戳两瓶白酒侍候。猪肉、羊肉、牛肉、狗肉,什么肉都有。高高叠成罗汉盘。口中便实实在在地说:"太铺张了,还是简单一盘青菜好。"殊不知这节令里,连黄瓜也大老远地运来,切成细丝,数出几根摆在盘边当观赏植物。到了齐齐哈尔,又是请吃饭,这次已有极稀罕的鱼。壮胆开口求一碗汤。朋友急急如令,片刻将一只双耳大钢精锅拎到我身边。虽然只是清水加一条黄瓜打一个蛋也觉无限美味。一喝再喝,肚子如鼓,再也喝不完,便推销给主人,主人豪气十足地回答:我们北方人喝酒不喝汤。

即使到了国外,南籍侨民和北籍侨民也绝不混淆。记得有人请张洁回家吃饺子,旁闻者属北方人立刻离座紧追不舍。只有我依然拨弄着炸鸡腿无动于衷。只有在陈若曦家,连续几天吃着她专为我熬的稀粥,就以台湾小酱瓜,我方觉得我还有一个胃,它失落在牛排和薯条中已久。

台湾饮食和厦门饮食之区别,不过是一条街的街头到街尾而已。

要不,一曲烧肉粽怎唱遍海峡两岸。也只有台湾人和闽南人的鼻子才能隔三条街就闻到烧肉粽的香味。

南方名牌风味这么多,常常打击北方朋友,说他们只有饺子这一门功课。去年在英国北岛家里做客,早餐为省事,也吃三明治。北岛递给我一支牙膏型的鱼子酱,连欧洲人也觉是珍贵的美味,不料北岛夫妇还怅然不已:"真想再吃一顿北京的炸酱面呀。"

天啊,什么不好怀念,居然怀念炸酱面!

大吃小吃

到了今天,我们已经不必依靠凭票供应的两斤猪肉,切丝剁泥片炒块烧,只差没有把自己的手指连带割下来,变尽花样做一顿年夜饭。

即使平常周末,兄弟们回老屋聚会,七十老爹学而不倦,手中菜谱时时赶潮流,茴香鸡、铁板鱿鱼串的做出来,总是满满端来又满满撤回去。只有青菜,永远供不应求。现时南方人的口味刁到什么程度连南方人自己都心中有愧。不用说甲鱼、龙虾、海参、鲜贝,连猪的腭膜和鸡脚也起了个冠冕堂皇的艳名登大雅之堂。直至有一天,七岁的儿子夹起一块猪肉,感慨:"妈妈,我们已经穷了吗?"举座皆惊。儿子补充说,上学路上听邻家奶奶说:现时是富人吃泡菜,穷人吃肉丁。

即使如此,有位大学教授留饭,桌上四菜一汤。菜是真正的青菜、白菜、菜瓜、扁豆、豆芽菜,汤是豆腐汤。这位教授并非供职于佛学院,而是名闻全国的中文系名角。他被迫吃素的原因简明易懂,因为他的月薪只能买十公斤猪肉。

厦门作为特区开放之后,餐馆业如此发达,完全控制了市场行情。今年七八月旅游业受挫,不少餐馆纷纷歇业,市民们大为开心地吃上了活虾。从前这些生猛海鲜都集中在餐馆临街的水箱里耀武扬威呢。

我因为沾了点虚名,被请去大吃的机会总是有的。只要可能,一概谢绝。据那位吃素的教授朋友说,当前社会应当是吃而优则仕。在饭桌上升迁、发财者比比皆是。还听说令餐馆业萧条的原因之一,是报纸一再呼吁的禁止用公款暴吃暴喝的新规定。因此,定有许多人的口中要淡出鸟来的。

不得已赴宴归来,累得两个嘴角挂在耳边不能恢复原状。最惨的是边上还坐个半生不熟的吃客,既无旧可叙,也不好低头闷吃,寻找话题之艰难逼我或诡称头疼,或佯装醉酒。这时候最渴望溜到街头去,找家小吃店,热气腾腾挤在人群中,也敢大声吸溜也能敲盘击筷。有次在广州一家豪华酒店吃饭,上一道菜是穿山甲,知道是保护动物,拒绝动筷;再一道是海狗,还是保护动物,心中已胀满。于是悻悻离席,有位青年朋友带我到大排档,倚墙端一盘五毛钱的炒田螺,唧唧喷喷接吻般响声四起地理直气壮,且放肆,且快乐。一路上还买些竹片穿着的牛杂串,汤水淋漓的很不雅观。大街上人来人往谁也不在乎谁,总比坐在花园酒店用蓝花细瓷小匙舀芝麻糊津津有味,反正也没有《红楼梦》里那一副兰花指。

热爱小吃不知是否与喜欢民俗有关。厦门小吃品种极丰富,最平民化的莫过于拿双竹筷,自己在平底锅翻煎豆腐块。文艺界有些男士常常蹲在小马灯下如此这般地满头油汗,伸长脖子呷口高粱酒,两眼放出光来。偶尔路过,就有人举杯相邀。终因脸皮太薄,远远望去馋虫乱爬而已。小吃摊上的文友还要以此为风雅,考证出当年鲁迅也是此途之老马,所以前面衣襟总是油渍一大斑,盖煎豆腐块者一大标志也。

我常外出,每到一地,有饭局总是能推就推。私自穿街走巷打野食,屡受骗屡不改,偶尔也能发掘真迹来,讲给朋友听,朋友嗤之以鼻。

四川星星诗歌节,朋友请吃重庆火锅,被迫害得舌头肿胀,双唇黑紫,因此不要命地吃豌豆尖,然后不要命地闹肚子,以致被人搀扶着瞻仰乐山大佛。那大佛一看就知有个好胃口正一脸钟情地望向对岸,对岸灯火阑珊处,正有一堆人围着麻辣豆腐出汗呢。

从此对重庆火锅绝念。但由于拉肚子,终于没能尝遍四川风味,所住旅馆对面有一家餐馆就叫"美美夫妻肺片店"。天天看见,从此刻骨铭心。若有人问我,世上最美味的小吃是什么,回答:夫妻肺片。

因为至今我尚未尝过。

1989.11.16

五
书斋打食

书斋打食

桌面上、沙发、茶几堆满各种永远看不完的杂志报纸,双目被电视剧、影碟、综艺节目熏得眼珠儿暴突,几欲夺眶而出,就想逃到一本清净的好书里去栖身。

可是,好书也需"众里寻他千百度"啊!

随便睃一眼家中几排满满登登大书柜。且不说那些成龙配套的文集和丛书,仅就这些书名:《意义的瞬间生成》《后精神的梦典》《感觉画廊》等,都是无底深渊哪,需小心翼翼绕过。若是失足栽进去,不知哪年哪月方能生还呀。这类天书是丈夫的"诰命夫人",傲慢至尊地占据书房。如果我要找一本可人的作品,比方《最后一炉香》,就要蹬着高凳橱顶上找,捏着手电筒爬阁楼翻,甚至拍出旧报刊的灰尘,一定找不到。要等丈夫回家,才可能从哪个旮旯里刨出来见光。每每与丈夫据理力争,获得短暂的正当权利。过些天稍不留神,又被暗地排挤,直至流放边远。

终于将想读的书拾在了一起。放上一碟轻音乐,是儿子从北京寄来的《神秘花园》。水仙花善解人意,不敢香得太热闹。因为失眠,没得清茶咖啡伺候,只得一杯热水贫贱相随。

从前的儒生,若得一卷圣贤书,自是欢喜不尽,便得焚香沐浴,明窗净几,正襟危坐。《康熙帝国》里的玄烨是例外,他看书从来西倚东靠,还嗑着小零嘴。就连嗜书如命的姚启胜,读到酣时,也不知不觉将皇帝面前的京果子一一摸得精光。因此老父亲在世时,一张竹躺椅横在阳光长廊,左手翻书,右手剥花生抓薯片,弹指一地果壳瓜核,不见得就有辱斯文了?

我不喜甜食零吃,胃疼熬不过时,顶多割一片面包。唱戏有清唱,我看书也是清看。或许如此,口中寡淡无味,便十分挑剔。

先拿一本,是孙惠芬的《歇马山庄》,这本书获第四届曹雪芹文学奖。该奖的第二第三届均空缺,真正宁缺毋滥。能够摘取此项桂冠,"孙歇马"必定艺高一筹。我在宁夏西海固与她同骑骆驼,沙舟起伏我十分享受,她却将白裤子磨出血来,可见马不能老歇着。这个东北女子的手和心都是热的,笔下一定沸泉氤氲。长篇小说的阅读,需要完整时间,而我明天要上省城参加政协年会,心浮气躁,怕不能得其精髓而辜负孙惠芬的赠书美意。暂且放下。

再取一本,是余怒的诗集《守夜人》。丈夫从事诗歌研究,画了红线提醒我精读:余怒的深度叙述潜藏在地层下观望人生,猝然从难以置信的角度蹿出地面,破衣婆娑跳一场小丑之舞,转眼又消失。余怒的不可理喻正乃嘲讽存有的悲剧性本质。这本诗集放在手边日久,犹如"苍蝇的嗡鸣:一双大耳环/仍在我的耳朵上晃来晃去"。召之不来,挥之又不去,真是恼人。因为,现在读诗,心情太老。读诗有如朝圣,首要虔诚,胸中还要有佛性。否则镜面蒙翳,天光闭塞,看山不过是山,很多石头胡乱堆在一起罢。

读小说牵肠挂肚,读诗需择吉日良辰,散淡随机正好读短文。散文随笔是老朋友的家,顺路推门进去小坐,不必打招呼。意到兴尽,转身就可以离开,下次有空再来。

"作代会"期间,冯秋子送我散文集《寸断柔肠》,且布置作业,瞩我细读后交她一篇读后感。曾在北京与冯秋子同住一宿,苦等去海拉尔的机票而不得。她一边折着杨柳姿态一边和我说现代舞,说她的蒙古包说摄像机说儿子巴顿,说《我跳舞,因为我悲伤》。唉,和她比较起来,红尘滚滚,我真真俗不可耐呀。

北方冯秋子宽厚纯朴,有内蒙古草原野菊的天真和奶茶的醇香;南方筱敏悲壮求真,书卷气重重理想色彩浓浓,两位皆入林贤治的慧眼,凤凰栖在了梧桐树上。当时等不及就在会场翻开《寸断柔肠》,只读到林贤治写的序,节节喝彩。回房间跟来访朋友说起,朋友死皮赖脸求借三天。彼时我的变异性流感初露杀手,头痛欲裂加喷嚏咳嗽,高烧即将来临致使意志不坚定,让朋友掠夺了去。

　　想起失守的城池,立刻起身打电话收复。

　　唧唧复唧唧,话筒里不知日月长。眼前渐渐模糊,丈夫的影子忽长忽短,抬头问他何事晃眼,才发觉餐厅灯火通明,碗筷待命,90岁的婆婆守着饭桌打盹。

　　咳,百无聊赖始读书嘛,今天我聊多了,改日再读书吧。

2001.2.24

春天为何如此寂静

而今朋友相聚,都不谈文学,尤其诗,说是怕牙软。其实心里都知道,诗岂是可以饭后茶余拿来消食的?男人们好侃政治、经济、市井俚曲、民谣笑话、小道消息和荤段子,常常倾倒乐歪一大片。

我自然乐在其中,想假装清高又怎忍得住。

也有严肃的时候,就是触及环境保护。曾有外国汉学家问:你认为中国目前最令人担忧的问题是什么?我立刻回答:污染和资源浪费。去年在承德一次会议,遇到《作家》杂志一位朋友,谈到同样问题,朋友介绍了眼下十分热销的一套书,叫《绿色经典文库》。

回到福建不久,吉林人民出版社的范春萍给我寄了这套精美的好书,共有 11 本。它们大都出自世界最负盛名的科学家之手笔,其知识性和逻辑性自不在话下,作者和译者共同投入到著作中的激情、睿智和文学修养,使得我这样的科盲,读起来爱不释手。从那以后,外出开会,都要随意抽一本带在身边。翻到哪里读到哪里,总是感慨浮翩。

文库中,奥尔多·利奥波德的《沙乡年鉴》,是我最欲罢不能的一本。利奥波德提出土地共同体这一现在已获得共识的概念。他认为,土地不光是土壤,它还包括了气候、动物和植物。人"则是这个共同体的平等一员和公民"。

前年深秋我到贵州的威宁地区,在云贵高原著名的"草海",观赏随季节迁移到这里越冬的黑颈鹤;今年初春,我又奔赴三门峡的黄河库区,用望远镜眺望成千上万白天鹅。这些珍禽都已得到当地政府的严令保护,加上舆论的持续宣传教育,老百姓也逐渐接受了不是所有动物都可以做一盘好肉的道理。但是,还没有人真正像利奥波德所呼吁的那样:"人应当改变他在土地共同体中的征服者的面目,它暗含着对每个成员的尊敬。"

目前我们许多地方政府对于生态环境的保护宣传,更多还是从吸引观光客发展旅游业的经济角度。而一般人也仅是以"好看"而投赞成票。这是一个好的开端,但远远不够。如果我们还不明白"从总体上去尊重土地,不仅把它当成一个可供使用的东西,而且还把它当成一个具有生命的东西"。站在任意取舍的君临位置,出自人类短期自私的利益,我们造成的破坏速度和范围,要数十倍、数百倍地大于我们允诺苟延残喘的濒危生命。

1933年,利奥波德获得一笔去德国考察林业和野生动物管理的研究金。他在德国住了三个月。当时德国的高度人工化的管理体系,以及从生态和审美角度上所付出的费用,特别是对鹿、森林的尊重,给他留下了极为深刻的印象。

读到这里,前年我在柏林生活写作的那361天里,虽然不是作为一个生态学家,但从一个关心热爱自然的作家眼里,所观察的点点滴滴,充分感受到先进国家里,政府和人民的绿色意识是那样自律和严谨。某些时候,人类还必须做出让步和牺牲。

我所住的楼区之间,是十来棵日本枫树所环绕的巴掌大草坪,常常见到老人们义务地在四周种花立树。楼底一溜垃圾箱,分门别类为绿、黄、黑三种颜色,可以回收的报纸、广告属黄箱,自然物资扔绿箱,塑料、化学类则投进黑箱。上超市购物,一般给纸袋,或自己购买土布制的轻便提袋,可以多次使用。气温达到30摄氏度以上,开始禁止部分车辆驶行。我认识的几位艺术家,都把汽车留着长途旅行,平时坐公车,也是为了减少空气污染。

更有甚者,极端的保护主义者非但完全茹素,身上也不穿任何动物的毛皮。放弃威武皮带的男人们是不是系起裤带子了,我不好意思问。

当我旅行在原东德地区,沿途真是满眼荒凉。庞大的化工厂完全熄烟停产,锈铁和废炉听任棘蒿耀武扬威。有人读着旅游图告诉我,该厂当年一天造成的空气污染,相当于欧洲一年的污染,不知有没有夸大其词?因此不免有下岗工人,尽管发放救济金,当局还是要承担民众怨言的。德国政府还发给农民津贴,让大片农田放荒。我到过这些"前农民"家里,几乎都剩了中老年人,在自家小院种鲜花和果蔬,不仅美观怡情,而且摆在门口出售。不加农药化肥的庭园食品大受欢迎哩。去田野上散步,夕阳、清风、野花和兔子在脚下出没。及人高的草丛中,退休的牛们悠闲地晃荡繁殖,成为驯良的次野生动物。

我也曾在英国小镇,在荷兰,在海德堡看到野鹤、黑天鹅和不知名的飞禽。人们只对它们友好地微笑,并不惊扰。曾有一对中国留学生提了袋吃不完的面包干,到门前的小湖喂野鸭子(柏林市区有一二十个天然湖泊哩)。湖对面有个德国人直向他们摆手,他们以为人家是赞赏,也高兴地挥手作答。那德国人便不厌其烦绕过来劝阻,说:第一,动物都有自己的生活方式,包括觅食,不应该干扰它们;第二,湖水会因人们的投食而变质。朋友心服口服,立刻收起如此慈善行为。

柏林动物园里,连孩子们也知道不可以向动物呼啸或乱投食物。那里的猴子因此野性十足,不像我们动物园的猴子那么世故谄媚。

从特里尔到卢森堡的高速公路上,为了让鹿群安全通过,隔几公里就筑有高架桥,桥栏由密密匝匝的树枝编成。鹿们沿着老祖宗的遗传路线奔跑而过时,会惊讶多出这几处灌木林吗?

梁园虽好,毕竟不是自己家园。回国之前想到被激素快速催长的鸡鸭和猪肉,防腐剂浸泡的海鲜,杀虫药喷洒的果蔬,我总感到身上发冷。现在却已习以为常了,中国人没有不能习惯的东西。至于我们身上所积累的化学物品是那么齐全,死后恐怕不再腐烂,大概这就是必须火葬的缘故吧?

《沙乡年鉴》和《瓦尔登湖》这些"绿色圣经",像上天的箴言,时时把我们从麻木的、安逸的、短见的物质享乐中撼醒,举目四顾,扪心问自己:春天为何如此寂静?

1999.12

真正的时间在别处

把一本好书放在手边,它发黄的卷角和纸页上的圈点,使我想起平安夜的大雪如何在柏林上空纷纷扬扬,案头圣诞花的影子压在翻开的书上,要求迷失的我郑重读出:"时间只是我垂钓的溪。"(亨利·大卫·梭罗)而在横贯欧洲的快车上,众多陌生语言陌生人种陌生风景,这本书吸引我心神不定的手指去寻觅:"沉思是生命中唯一敏锐的瞬间。"(莫·梅特林克)后来我不远万里带它回到潮湿的中国南方,家里林林总总的藏书中它探出一角翘首等待,不断教我避过阴霾的日子:"威尼斯附近有一个日晷,它的箴言是:我只计算晴天的时间。"(威·哈兹里特)

同样的温柔而沉静,在墨西哥诗人奥·帕斯(1990年获诺贝尔奖)的文字里这样体现:"学会去激荡的旋风中保持平静的艺术,学会保持静态,变得像发疯摇动的树枝中间保持稳定的光线那样透明,可以成为生活的一种日程表。"(《窗外的景致》)

如果说,人的毕生都在与时间抗衡,那么艺术就是体现征服时间的过程。19世纪末20世纪初,泰戈尔凭着伟大诗人的智慧力量,把时空任意搓圆捏扁。他写道:"如果我们能够随心所欲调整我们的时间焦点,我们将会看到飞瀑静止,而松林却像绿色的尼加拉大瀑布一样急速奔驰。"这种非现实的诗意之美不禁叫人悠然神往,却不好放到现实中去解构。因为,到了20世纪,任何一位三流电脑操作员,都能在屏幕上制作得更肆无忌惮,松林不但奔驰得波澜壮阔,鸟兽鱼虾同嬉其中,恐龙、美人鱼、始祖鸟,还有一个老船长等等。

这不是一本畅销书,没有一个可以背得滚瓜烂熟的故事,也不是一部炙手可热的理论专著,有脉络连贯的思想体系可以探讨它的新锐或深厚。这本书可以断断续续地看,可以随随便便地翻,眼睛在哪一页张着陆,那一章那一段甚至那一句都会像新荷出水,兀自摇曳招人。比如这一段:在巴黎的船形时钟上,装饰着爱神划桨航行,船上有句箴言:爱情能使时间消失——有些聪明人滑稽地篡改成:时间能使爱情消失。也许后者更符合现代爱情观? 其实,大家不都在问,现代还有爱情这种东西吗?

这一本好书的名字叫《唯一的门——时间与人生》,是心叶丛书里的第二本,由耿占春编选。该书选了58篇散文和经典片段,多出自中外著名诗人之笔,无疑因为耿占春本人亦是一名相当优秀的诗人。

耿占春自己在《编者序》里也有颇精彩的文字,他说:"如果时间是循环的或永恒轮回,生命就可能具有轮回的性质。如果时间不是走着一个圆圈而是一条直线,并且是矢量的,那么将意味着生命也只是一次性的。也许在某种意义上,宇宙走着一个圆环,而其中的人独独走着一条直线?"

除却宗教的意义不说,多数人和我一样,不敢轻言虚无缥缈的来生。只有最最无奈才会以"下辈子做牛做马"来承诺回报,自己心中也明白这样的契约虽然壮哉,却是不算数的。那些不胜生命之重或之轻而提前跃下深渊的自我终结者,如果知道死门可能亦是生门,一切仍然要从头来过,岂不白白忙活了一阵?香车美眷大权在握者,如果被告知人生这一场盛宴即使已到席终,仍可期待到下一场去占个位子,说不定敛财索贿会悠着点,不必穷凶极恶竟至只争朝夕。

尔等均是俗人,就算读的是《圣经》,仍然要大为不敬地胡思乱想。而且想来想去,最喜欢的恰恰正是最难懂的:

"真正的时间在别的地方。"(奥·帕斯)

2002.2.12

将语言洗净

不知不觉,村上春树的书似乎已读了不少。

平时读书与做人一样,兴尽意到即罢。以致我的孩子问:"《挪威的森林》是本好书吗?"好书? 可能。幸亏他并不接着穷追:"好在什么地方?"根据以往经验,孩子知道,对付这般临时抽考,当作家的妈妈一定结结巴巴语不详焉,而学者的父亲则洋洋洒洒天马行空,对一个十五岁孩子而言,更加不得要领。

孩子自己找来读过,悠然神往:"多好听的书名啊!"他想表达的,其实要多得多。就像面对一席珍馐佳酿,往往词不达意:"多么精粹的一双筷子啊!"追求语言的唯美极致,孩子比我的年轻时代真是有过之而无不及之哩!(《挪威的森林》源于20世纪60年代甲壳虫一支爵士乐名曲)

今年孩子上了大学,我为第一个寒假给他准备的,正是我自己刚刚读完的小说《寻羊冒险记》。它是村上春树第一部够规模的长篇小说,发表于1982年,比《森林》早了五年。我读的是1997年出版,2000年第5次印刷的中文译本。

村上春树开始动写小说的念头,是在三十而立那年,初出茅庐即以《且听风吟》获"群像新人奖",跟中彩票一样不费吹灰之力。前途无量头脑并不发热,他很清楚:唯一给我激励的是菲茨杰拉德那句话:"如想叙述与人不同的东西,就要使用与人不同的语言。"

之后近二十年名满东瀛列岛的写作生涯中,他对日本当代文学的贡献之一,就是对以往"久经侵蚀的语言"的摒弃和颠覆。

"寻羊"时的村上春树三十三岁,是他决心从事专业创作的第二年,可谓喷薄欲出才气逼人。这部小说最能让我获得阅读的快感正是语言的曲径通幽出奇制胜,以极个人化的语言所营造出来洗练透明的同样个人化文体,完全不同以往我们对日本小说的认识。据说日语属于胶着性、情意性语种,因此日本小说的叙述方式通常让我们感到絮絮叨叨黏黏糊糊。(我怀疑鲁迅的嬉笑怒骂正是青年时代被日本的语境逼出来的呢。无稽之谈罢。)没完没了的不断鞠躬请多关照,就算不同文化背景不能拿中国人的"礼多必诈"去衡量,读起来都烦,做起来不知多累人。

人对语言的特殊能力大多是天籁型的,内涵和外延,它们之间的关系魔方似的变化无穷,甚至质地、气味和釉色,其光源触动灵魂里那一把音叉,发出美妙的颤音。表面看来类似自动选择的结果,其实是内心的气质使然。只不过年轻时尤为敏锐易感,更富于新意,容易不加限制地迷恋,散发的青春酒香中人欲醉。

在《寻羊冒险记》里,村上春树的语言像是前些天报道的狮子座流星雨那样璀璨夺目挥霍自然。他形容女友的耳朵美得"摧枯拉朽";来客"细长的手一道褶也没有,苗条的十指使人联想起尽管经过长期训练长期受制于人然而仍未放弃原始记忆的群生动物";在另一章里,关于这个人的手他继续发挥:"手指在膝头不住地动,我产生一种强烈的错觉,以为那手指马上要脱离他的手朝我而来。"对被两座全然驴唇不对马嘴的侧楼夹峙的显赫建筑,他写道:"就好像一头驴因左右两边放着同样多的草料而不知先吃哪边好以致饿得奄奄一息。"对另一座古旧的乡村建筑,他也赋予生命的悲哀:"俨然一个在无法顺利表达情感过程中年老体衰的巨大活物。"

小说语言的异彩纷呈妙趣横生,能够深入持有戒心的中国读者,翻译家林少华功不可没。掩卷之后,我忽然想起了通用标准的首要,即社会现实性或时代意义等等,比如:究竟羊象征什么？可惜村上春树本人也不知道。

他总是在忙着"将语言洗净后加以组合"。

2002. 1. 14

神秘的眺望

我可以说是一个没有宗教信仰的人,不大相信轮回之说。然而在柏林一个艺术家的聚会上,我开玩笑地说:"如果你使劲想,还是能够想起你前生是何方人氏的。"立刻有人追问:"那么,你想起来了没有,你的前生?"

虽然我一直生活在中国炎热的南方海岛,这里的林木四季不落叶,从未下过冰雪。但是我总觉得,我的上辈子当出生在北欧一个偏僻的风雪小村:一览无遗的安静,雪团从屋檐坠落的声音,对炉子里火光的长时间凝视……我为这一恍惚的记忆疼痛不已。

我很想也对莫尼卡·格赖芬·封·鲍里斯夫人说:"也许你使劲想,会想起酥油茶的芳香,想起六字真经的诵读声之悠远绵长,想起羌笛以及成千上万驰骋于高原的藏羚羊、野驴和牦牛。"遗憾的是,我的英语单词不够用。

那几天里,我们在她家鲜花环绕的小凉亭里用早餐。夜间的露水凝在低垂的藤萝上,蜿蜒穿过的小溪涨了水,浸湿草地的边缘,雏菊们纷纷踮起舞鞋。我搅着带葡萄干的牛奶麦片粥,往黑面包片涂黄油。扎着上浆的白围裙的女管家周末休假,鲍里斯夫人便亲自运送热咖啡和刚摘下的樱桃。我望着她柔软的金发浅色的眼睛,做工优良的棉布连衣裙和露趾低跟凉鞋,这一切跟文成公主究竟有什么关系?是什么样一种渊源,一种梦想,一种宿命?使莱茵河畔这一位现代女子,摆脱她的古老贵族庄园,追踪另一位东方贵族女子将被历史湮灭的足迹?

她的那么一长串难记的名字,我咬着舌头也学不来发音,不知道是否可以简称她莫尼卡或格赖芬(对一位姓氏中间加了个"封"字的贵族,也许是很不妥当的)?当她还是少女莫尼卡时,她就迷恋东方的神秘,也许命运的轴已悄悄旋向她还从未涉足的遥远地域。有幸的是年轻的鲍里斯先生同样向往东方,他俩开始计划并立刻实现前往印度、尼泊尔的旅行。有多少次他们在离边界很近的地方,眺望被喜马拉雅山隔绝的西藏高原,仿佛看到凝然不动的天幕下是帐篷,帐篷前是哔啵冒烟的牛粪篝火,篝火架着滚沸的酥油茶;披着毛毡的男人手执青稞酒,孩子在母亲的袍服里,牛群在狗的守护中;狼眼的荧光飘移过一座座沙丘。

亘古的召唤鼓动血管里热情的鼓声,1985年他们终于如愿以偿到了西藏,腮上染着两块高原红。黧黑的导游信口提到文成公主,啊,文成公主!一个陌生女子的影姿从此挥之不去。

后来成了鲍里斯夫人的格赖芬,并不是职业作家。她有一个很成功的律师女儿,一个读大学的儿子。孩子在小的时候,需要母亲付出全部心血的那些忙碌的日日夜夜。她溺爱一条不太年轻的良种大狼狗和一条叫"太太"的看不出岁数(正符合西方对女性的礼貌?)的小沙皮狗。狗也挺叫人操心。除了这些,她还曾在美茵兹州的妇女儿童保护委员会无偿工作了十五年。

是文成公主引起鲍里斯夫人对中国的持续而浓厚兴趣,还是中国悠久丰富的文化历史,令她对文成公主生出深切的同情和无限的想象?

现在鲍里斯夫人是该州德中友协的主席。

1999年美茵兹洲和福建省建立姐妹省十周年举行纪念活动,福建省派去了一个艺术团。鲍里斯夫人是这项活动的主持者之一,她把整个艺术代表团请到她的庄园里表演,让她周围的德国人多了解一点中国的艺术。比如民族器乐、乡间木偶戏、花灯和武术。

代表团离开后半年,我因为是福建作家而被邀请到该州大学去朗诵和演讲,算是这个活动中的一个项目。这是我第五次到德国。此时,鲍里斯夫人的小说《文成公主》已经在灵格风出版社美茵兹州分社出版。当然,文成公主不是福建人。

即使在中国本土,我要找到有关文成公主的资料也是少而又少。像《中华通史》,仅在松赞干布的条文下,略提文成公主和蕃之事。毫不气馁的鲍里斯夫人除了千方百计通过她的许多中国朋友,帮她收罗文献记载,甚至歌舞节目,自己还不断往西藏跑。小说中的破镜山等生动的细节,是她实地采风,从当地传说中撷取的。商务印书馆准备出版《文成公主》的中文版后,鲍里斯夫人又组织了一个小小的中德混合旅行团,重踏当年文成公主西行之路,对她的小说做进一步的考察和修正。

可怜的大唐贵族女子,在这条荒芜的风沙之途走了整整两年。鲍里斯夫人幸运些,牛仔裤和旅游鞋代替了凤冠霞帔和绣花弓鞋;一部豪华空调大巴取代了牦牛和马鞍;沿途若找不到涉外的星级酒店,至少通融住进招待所,不必露宿帐篷里。西藏盛产梦幻般的月圆之夜,即兴的歌谣,俯拾皆是的民间故事和脍炙人口的淳朴风情。但西藏绝不隐瞒暴躁、粗犷、冷峻的蛮荒野性,其道路的一波三折,气候的反复无常,使鲍里斯夫人的同行者过后犹心有余悸。

屡次西行中,鲍里斯夫人对中国的了解越多,感情就越深。她不但竭力支持陕西贫困地区的失学儿童,还说服并介绍她的好些朋友参与捐助希望工程。去年她把她的那些"干儿女"们带到北京,拍了一张"母鸡带小鸡"的照片寄给我。我为读她那一封兴奋的英文信,把字典翻烂了,以致给她再回一封英文信的勇气消失殆尽。

那天,鲍里斯先生带我参观他的葡萄园、地下酒窖和旧矿山。

酒厂的大工房里,挂着鲍里斯先生的画。绘画是他的业余爱好,取材多是门前林荫道的雨景、雪意和光斑,我十分喜欢。我没想到接下来的 Party 是在山上举行,因此穿着窄裙和高跟凉鞋,左歪右扭,步行约 5 公里才抵达。衣着不合时宜,心里不免十分沮丧。来宾有德国人也有中国人,我朗诵《致橡树》,鲍里斯夫人朗诵德语翻译。她指着我的头顶说:"看看,周围都是你的橡树。"我们果然是在一片橡树林里,只不过这里的橡树只比胳膊略粗些。因此我回答:"不,是橡树的儿子们。"

由于语言障碍,我和鲍里斯夫人不可能有更深入的交流。因而我特别期待阅读她的汉译小说。

我们读鲍里斯夫人的《文成公主》,也许从兰花指和莲步轻移之际,忽然闪出一溜女权主义的小跑;或是中国式的繁文缛节掺进西方风格,比如文成公主热情伸出手去,对松赞干布搭讪:"你好,见到你真高兴!"当然,聪明的鲍里斯夫人不至于犯这种明显的错误。不过,相信她给我们准备的这一樽美酒,不会是白兰地,也不会是状元红,应当是醇香的鸡尾酒,不失品位与创意。就像我们读荷兰人写的《狄公案》(不久前被改编成电视剧,在中央电视台第八套节目播出。)另有一种好看。

鲍里斯夫人花了好几年的心血,才抵达中国一位古典女子内心的好望角。合上《文成公主》这本书,我们依然感到神秘,便要像老人们那样叹息一声:"也许鲍里斯夫人与文成公主前生有缘。"

2000.9

审己度人
——读张爱玲

A

读过张爱玲许多小说。

其实她的小说并没有许多,以她的才气,八十多岁的高龄,长期独身生活所盈余的大把时间,似乎早该著作等身了。可是她没有。

由此怀疑年产百万字以上的名家,究竟是大手笔呢,是出版社催产有术呢,还是电脑普及的科技新成果?绝不敢诬陷人家粗制滥造。不能因为自己不会种葡萄,就说隔壁院子里的葡萄酸。

现在读的是张爱玲的散文,全编不过七十篇,其中包括新近发掘出来的中学习作。从印刷质量和厚度看,都不如时下风头正健的女才子热闹,幸亏张本不是爱热闹的人。

在家中已读过这本散文全编,然而家务多电话多应酬多报纸杂志多,爱也得释手,不像只身在国外,有这许多清静的晚上,羽绒大枕拍得又高又软,将烂熟老书拿来翻。每读张爱玲,必杂感滋生,看上去蓬蓬勃勃一丛肥绿,炮制评传或者读后感力所不逮,材料也不够齐整。

随笔随笔，随它丫丫权权支棱着罢。

跟她去看《秋海棠》，看《乌盆记》，听她一旁点评"京戏的规矩重，难得这么放纵一下，便招得举国若狂"。自己不禁"咭"地笑出声来。同时想到有那么多传统剧目前闻所未闻，更不用说看了，忽然就着急起来，向来眼馋别人盘子里的菜香，其实果真捞到一出老戏看，要能看懂，需好几代人的积累呢。我反正不行。小时候，陪外婆看京剧，我是从锣鼓响开始打瞌睡，直至曲终人散的，很没有文化。

坦承外行的张爱玲，从京戏到评剧却能自由发挥且妙趣横生，批判国民性，挖掘传统文化都有独到之见，甚至显得老气横秋，但她往往忽然逸开去，寥寥几笔勾描一个追不上电车的人，只好恶狠狠叫着："不准停!"那电车当然没停下，那人便笑了。或者跑题更远，说起久违的磕头来，说她侥幸不受人拦阻，竟一路顺风磕了好几个头而快活不已。这个时候她的近似淘气的恶作剧，她的女人气的可爱小计较和写作人的锋芒，让我们非但不觉得枝蔓杂芜，反而忍俊不禁开胃得很。

多年儒教的结果使得中国知识分子把标准风范定为敦厚、克制、儒雅、清高，其思路的活泼、表达的直中要害、遣词造句的快感实惠，远不如引壶卖浆之流。扣除油嘴滑舌之辈，有幽默感的男人已无几，女人要能有张爱玲的诙谐敏捷，比要求一个胖女模拟掌上飞燕更为不易。增一分略嫌刻薄，减一分类似撒娇，把讥讽冲淡为风趣，一视同仁地调侃别人也不饶过自己。她公然宣称自己是拜金主义者，因为她向来知道有钱是好的，可以买许多东西，人读了只觉得好玩之中似乎有些道理，想不起声讨她。而我们周围出了一本《我爱美元》，评论就起哄，也许爱人民币可以得到宽恕？

张爱玲还说自己不知哪来的一身俗骨，好像父母并不俗，怨不得遗传。我们却读出她的优雅她的教养她的一身书卷气。若说她矫情,她批判自己向来兜根兜底,有案有例并不隐恶扬善,很符合"坦白从宽"政策,越是俗气的女人越是藏藏掖掖一个俗字,正像有钱人不怕说物价贵一样。有一个香港朋友,他在浅水湾买的房子配有两个停车位,四五年前的香港,每个停车位值六十万哩。他为了不浪费两个停车位,一个单身王老五,竟买两部轿车轮流开,无论染指什么东西,他都唉声叹气:"太贵了!"我辈文人,怀着接近慷慨就义的悲壮心情,坚请远来老友下馆子,三五百块的票子数出去,心里发虚,脸是白的,嘴还硬着:没有好菜不成敬意等等,岂敢说个"贵"字!

平凡琐碎的日居家常,被张爱玲捉住破绽,弃芜存菁一番,变成一幕接一幕可爱的恶作剧。寓所的热水上不来,空水管时而轰隆如雷时而嗡嗡有如空袭投弹,已成战时香港惊弓之鸟的张爱玲,惊魂甫定地写道:然而也说不得了,失业的人向来肝气旺。

似乎具有传染性,近旁的人如女友炎樱和亲姑姑,张爱玲都能从她们身上挖掘出令人欣赏不已的幽默感。好像一盏灯,被轻轻一挑一拨,即刻光芒四射。就连最具竞争性的同代女作家苏青,张爱玲既非缺乏真诚地一味示好,也绝不绵里藏针地明褒暗贬,至少从她的文章《我看苏青》是这样的。因此,由于立场公正,她调侃的语气只让我们看到一个立体的有意思的苏青,很容易哭,多心,也常常不讲理;写真心实意的书,豪爽大方,是"乱世里盛世的人"。

看我们周围,似乎充满了一对一对的女作家拳击台,赛手总是鼓足"既生瑜何生亮"的斗鸡眼认准对方,评论近似幸灾乐祸地推波助澜,唯观众不知内情,盯着比分不断接近大呼小叫过瘾。

张爱玲逼我们把身上的优点和弱点都嘲笑一番,笔过之后,忽然地"哀矜而勿喜",如她所说。

读到《公寓生活趣记》,说:"六楼苍蝇几乎绝迹,蚊子少许有两个,如果它们富于想象力的话,飞到窗口往下一看,便会晕倒了吧?"我乐过一阵,赶快掩卷,必须省着点,羁旅德国还有半年,书虽带了上百本,能养眼(美字美文),养心(引古据今),养神(情趣盎然)三者兼容的疗饥之长效食品唯有一二耳。

B

手是掩上了张爱玲的书,脑子一路胡思乱想开去。

因为张爱玲接连三个月坐黄包车去医院打针,却不认得那条路;在一个房间住了两年,茫然不知电铃在哪里;看了电影出来,她只能立在街沿,等家中的汽车夫把她认回去,她自己是永远记不住家里汽车号码等等。所以我理直气壮地不会换灯泡、老迷路;只会开电视,不知怎样调音量;三位数以上就焦急地这手数完数那手,数了几遍结果都不同,只好死心。

按理说,小事糊涂的人,必大处着眼啰?其实不然,比方史诗,就没有几个女诗人敢动念啃这块硬骨头。女作家写长篇小说有的是,像钻井那样从几十几百米地壳深处汲出喷井而令人目瞪口呆的,近期就有《所罗门之歌》和《马语者》。敢于问津宏伟历史背景、战争场面、政治舞台的女作家寥寥无几。当然,绝非长诗就是大,短诗就小了,什么是重大题材?对于个人灵魂造成核爆却与大众不甚相干的心理切面算不算?可能如此纠缠下去,又回到"小我"和"大我"的可笑之争。

还要补充的是,女人不善理论,亦是不争的事实,我自己尤为缺乏逻辑。1993年在纽约一个图书馆讲女性诗歌,磕磕巴巴讲到一半,顾城排众而出,说:"舒婷,你下去吧,我来帮你讲完。"我感激不尽,急忙丢下麦克风。在我看来,他讲得更糊涂,然而因为要多玄有多玄,把美国人蒙得大气不敢出,可怜翻译舌头都打结了。那回他开恩只补充我两个钟头,他自己的演讲则足足六个钟头,谢烨急得差点往他脑袋浇一盆冷水。

这就回到张爱玲的文章来。

实有些小事张爱玲挺精细的,在《道路以目》里,人情风俗的点点滴滴逃不过她东张西望的锐眼,唯其如此她才迷路吧,我想。她有时侃点理论,也是那种老老实实说来,不掉花枪不套用时髦,眼目观心法,就像《自己的文章》。

她也有做大题目的时候,或者说比较抽象的题目。

我虽然对宗教有兴趣,却也难能如此上下左右纵横中国宗教。道教的天堂,佛教的地狱,历史记载,民间传说,即兴信手拈来,忽而另生枝节忽而又贴骨切肉地捉住一颗"不可捉摸的中国心"。

都承认诗和音乐连着脐带,我们之间有多少诗人热爱音乐懂得音乐,即使不懂也肯花力气和时间去感觉它,接近它,把手指浸在它的涌泉体会它的温度?张爱玲宣称她不大喜欢音乐,其实她只是有所选择,她说起乐器中的悲旦小提琴,将人生紧紧把握眷恋的一切东西都流了去;说弹钢琴好像上几十层大厦的阴暗杂乱的后楼梯,只是单调地一个劲儿往上;普通爵士乐,则是昏昏沉沉地起来太晚,太阳黄黄的,没力气,没头没脑,但那节拍像给人捶腿似的很是舒服。她从南美歌曲引开,历数国产大鼓、弹词、申曲直至流行歌曲,有凭有据,说明她也许真的不甚热衷,耳朵始终竖着。

我们中的几个通过死记硬背,像水蛭牢牢吸住了塞尚、马蒂斯、毕加索的名字,没翻几页美术史,先学会搬起《向日葵》的石头来砸《蒙娜丽莎》的脚,显出不但有文化,而且先锋。就算宗教、舞蹈和音乐仅是张爱玲的部分知识,她应用得不显捉襟见肘。她对绘画真是具备了感知尖锐悟性很高的鉴赏力,正像她自己所说的,对色彩的迷恋使她获得特殊语言。几乎从不写诗的张爱玲从塞尚的风景画《破屋》里读出裂开一条大缝,像在那里一震一震笑得要倒的房子和(注意!)哽噎的日色,这比当前本本刊物流行拉郎配的诗配画高明得多。

中国传统历来讲究"琴棋书画",曾经一度作为士大夫阶层的封建官僚色彩被唾弃,当时有位领导人出国,发表演说:"我是个大老粗……"被翻译成"我是个没教养的人",不知提没提抗议。近几年下到基层,发现年轻的县长们都受过大学教育,不再有人骄傲地以大老粗自居。正是科技强国的时代,理工倾重一头,使得艺术情操的基本积累一误再误,从上到下都缺乏这方面的危机感。

知青这一拨作家明显的先天不足,家学渊博的自然近水楼台,毕竟少而又少。后天恶补,往往急用先学,事倍功半。即使受过高等教育的学院作家,也因为艺术视野的褊狭让人感到内涵的供血不足。成名作家之中,不乏犯常识性错误,被读者踩到痛脚的例子。

上周,我去维也纳,普通大学生马丁,陪我看画展。远远地叫起来,那一定是我喜欢的美国艺术家某某了。走近一看,果然不错。会背几个画家的名字不难,但要一眼从作品的风格认出作者,却是冰冻三尺,非一日之寒也。一个德国汉学家,带我们去音乐博物馆,往自动收音机投币点播18世纪的古典音乐,每一曲都能说出道道来。美国诗人金斯堡除了诗歌成就众目所睹之外,他的唱片,他的摄影作品集,均有建树。

我们曾报名参加一个中国人的旅行团游览欧洲,交钱时问是否已包括了博物馆的门票费?导游笑了起来:中国人是不进博物馆的。同行理工科留学生很实在地坦白:我们对博物馆不感兴趣,在罗浮宫门口拍张照片,到此一游就行了。

音乐、绘画、戏剧确实过于专业化,有点强按牛头喝水之难。那么人生百态的观察与穿刺,衣食住行所贯穿的生活学问,极像在江河里泅泳,四周都是取之不尽的水,欲掬一捧,却从指缝漏光了。难得张爱玲在《更衣记》里,写尽中国女子服装之面料、配色、款式上百年来的沧桑,当今的名模和时装设计师未必如此耳闻目详吧?大凡读过张的小说,都知道首饰、家具、园林花卉这些如数家珍的细节,是她的小说最重要的构架之一,让人望洋兴叹。叹也是白叹,几十年来无人望其项背。

过分推崇语言的我,窃以为张爱玲能够四两拨千斤地把这许多庞杂的材料统筹安排,各司其职,归功于她语言的驾轻就熟。不是所有博物馆专家或者语言学家,都写得了小说散文的嘛。

C

掌握语言是一种能力,受语言掌握则是神的宠幸,有时间性的。就好像大学生时代的张爱玲,被战争困于香港,给女同学画像。她一面画,一面知道不久就会失去那个能力。焉知她后来绝笔,与语言的光环鲜步君临是否有关?

顺便说说,我所认识的几位诗人都会画两笔。首届"青春诗会"上,每当听报告,闲不住的年轻人们在底下传阅报告者的漫画。到了最后互相丑化时,将近一半人踊跃投入。王小妮徐敬亚可算个中高手。1992年顾城很得意地给我看他的钢笔画,要我帮他找出版社。他舍不得地塞给我几张最小尺寸的鱼,在我看来有点像民间剪纸,可惜没有保存下来。吕德安参加过画展,曾经靠画谋生,我常常不知他应当算画家还是诗人。福建女诗人阳子,在该"新死亡"诗派中已属佼佼者,她随心所欲的黑白插图笔调坚实接近版画,虽然有时女性本质上的丰腴会突出画框,少了几分瘦削。

懂得画几笔的作家或诗人,形象感一定好。

聪明、敏感、机智甚至博闻广记,凡有天分的女作家都不难做到。若用天生丽质、行云流水、才情横溢、得心应手这些陈词滥调来形容张爱玲的语言,未免过分夸大了她的能耐。生活中一件件小插曲,不经意惊动她那片树林子,顿时众鸟翩跹,作者顺理成章只是匪夷所思地仰起脸罢了。语言不耐张爱玲久孵,而是附身于她的笔端,自说自话的东西,类似扶乩。

桌上散着几本很先锋的诗集，即使在最优秀的青年诗人笔下，也可以看出对日常生活漠不关心，缺乏常识，导致语言环境的狭厌。我不反对抽象，但抽象是与具体相对而言。不同风格不同流派古典或先锋画家，几乎都从速写、写生和素描开始。诗人含含糊糊写"花"、写"草"、写"大鸟"，这些花鸟草树都失去了个性，真真辜负了花费几万年来进化得物种纷纭的大自然。

家里曾来了几位写诗的青年朋友，我试着问他们桌上的插花，只有一人犹犹豫豫回答：这朵是玫瑰吧？他们茫无所知的还有：一穗唐昌蒲、几朵康乃馨、两枝勿忘我，以白色满天星为背景的花界通俗读物。

由于环境污染，肉眼所及尽是不屑入诗的麻雀和家鸽，难得见到几只燕子恓惶盘旋，处处水泥地，无计衔油泥哩。都市诗人勉强给自己找理由，他们会说动物园铁丝网里的鸟不是鸟，是活动标本，直到他们终于想起了乌鸦。莫非我们的乡村田野同样落到"大地一片白茫茫真干净"，那我们还要自然保护区干什么。千鸟一面的诗歌，尽可抽象到"面"目模糊，请别让我们损失了"千"的蓬勃与宽广。

很多作家都提到对个别词汇的欲罢不能，譬如张爱玲，色彩浓厚音调铿锵的字眼仿佛与她有血缘似的。女性作家对语言的选择性尤其强烈，如同她们的洁癖与自恋倾向一般普遍。

特殊字、词所具有的气味、颜色、音高，甚至质感，一无例外地网罗我，令我产生吃痛的感觉。它们锲而不舍，通常都能自动归位，成为一首诗的启动器或者它的核。

有段时间，我经常定时到附近的植物园，复习草木名字，永远的不可思议，永远的颠扑不破。学名叫梧桐的悬铃木，把风都摇成金铜色的飒飒干爽的小圆颗粒；硬骨凌霄是那帮心气挺高的女权主义者，腰倒是笔直，花却比较潦草；悬钩子，唉，悬钩子是蓝色的一挤就酸酸甜甜的林中空气。

家中百来株花木,凡品居多,喜它随遇则安的生存能力,更爱慕它那些俚俗的野里野气的土名,"鸟不踏""死不了""忍冬",参差拢成一组小散文,末篇"茑萝"发音之文雅缠绵,北方大汉亦须撮唇做小女儿状呢,不信试试。

前天到洪堡大学图书馆借书,架上皆烫金赫赫庞然大物,只可立正敬礼,不敢亲近亵渎的经典神龛。边上扔了一本彩印园林花卉,我立刻溜坐地上从头翻起,内有一例"蛇目菊",让我讶异且暗自神伤不自醒。这种花国内其实常见,不知其芳名者,大可统称小菊花,但若以颜色如黄菊白菊分之,则无法可依。花小而密,麻麻的,皮肤起觫的那种。花瓣剪碎的边缘刷了睫油似的扑拉拉地往外张着,一圈娇滴滴嫩黄,一圈诡森森的蓝紫,直抵蕊心,盘旋不尽似的犹有余威。许多天,这花名一直用它妖艳的美目蛊惑我,挥它不走。仿佛旷世凄绝的故事呼之欲出,却不著一字沉沉凝视着。

能把它写出来就好了,破了它的魔障,你会得到解脱后的松弛,直到另一个字或词的磁场捕住你。

叫我十分悲伤的是,无论哪一个词汇,再钟情也成不了如花美眷长相厮守,作为一个写作人,我只好硬起心肠不停地见异思迁了。

1996.12.23　写于柏林

六
语言为舵

亲密电脑

书房里最惹人疼,最招人恨的,就是这台电脑了。

在键盘上打下这行文字,先就有些心虚气怯。屏幕上忽然跳出几句针锋相对的顶嘴反讥,愤怒抗议,甚至乱码死机,并非没有可能。它肚子里的词汇多,而且学贯古今哪。

和电脑相处久了,不免把它当活物看待。本来想什么写什么,是自个儿肚里的事,一旦被它知悉,立刻加以无情评判。比如"心虚气怯"一词就被画了绿线,表示不规范。"熨"衣服不行,被画了红线诛杀,瞧,"诛"字下面又是红线。我偏不喜欢太规范的语法,所谓别出心裁,正是出彩的地方,只要读起来通顺就行。可电脑既不容争论又不肯打马虎眼,一篇文章下来,被它红红绿绿说三道四,原来满腔得意劲儿,起码打了七折。

曾经以为写作是天马行空是快意江湖,一支笔一张纸,便可单骑轻装纵横天下。尤其写诗写短文,抄起稿来也不是那么费时劳力,当电脑形成燎原之势,我以为我可以隔岸观火。又曾经声明跨出中学校门之后,绝不参加任何考试,也绝不再背公式写命题作文。因此,不能想象我会死背硬记什么五笔,肢解了宝贝汉字来写作。

同行们纷纷落马,编辑们的不耐烦中暗含讥讽,以及朋友的"阴谋设算",把我推向背水一战。1995年冬天,我发现自己坐在一台主动出借的486面前,屁股被粘住了。

下决心买的是当时新宠的原装586,不到三个月,据说应该更新换代。丈夫恋旧,总是老瓶新酒地升级。由于不配套,电脑永远处在紊乱的更年期。常常正写得热火朝天,鼠标忽然指挥不灵,屏幕摆出一副无动于衷的冷面孔。更要命的是噼里啪啦一上午的激情击键,完全丢失了。好像当年在罗浮宫,这样那样摆出各种姿势拍照,等到回国后,才发现根本没放进胶卷。

于是巴结了不少行内高手来做朋友,其实是给电脑找家庭保健医生。他们通常都是网虫一族,青年才俊,玩起来疯,工作起来不要命,花钱只凭心血来潮,可花时间却是寸金必较。每次万般无奈电话呼救,这些"及时雨们"立刻坐车乘船兼步行,十里迢迢,来小岛给我的电脑号脉。对于喜新厌旧的他们来说,侍弄一台新生代电脑是一种挑战,而我家电脑各部件虚弱,像咯咯咳嗽的老人,大病暂时没有,小病不断,烦死了外科快刀医生。有些时候这位去了国外旅行,那位正在考博士,一连几天电脑冰冷沉默,我就一连几天心烦意乱。三餐正常,冷暖有人呵护时,不觉得老婆情绪好有多重要;等老婆赌气回娘家或生病住院,才知道六神无主,知道中馈正虚是什么意思。

起死回生后的电脑,带来日常生活光明,同时引起隐隐恐惧,因为你发现被拿住了。

渐渐滋生的是类似争风吃醋的占有心理。我竟不喜欢别人坐在我的电脑前,即使我不写作的时候,我内心里仍然希望它24小时全天候,招之即来挥之即去。当我和电脑密谈时,我不能容忍第三者插足,比如在我肩后探头或评论。与家人分享一台电脑令我畏缩掣肘,让我彷徨无依,这是我无法说明白的另一种洁癖。

买一台笔记本电脑势在必行。因为在我看来,所有的电脑都欺生。谁家养的小狗听谁家主人的呼哨呗。远行在外,必须缴交买路钱时,手写已经不惯(笔迹涂鸦自不待说,还忘了很多字)。在他人的机上操作,犹如在陌生的卧室小寐,床的方向不对,光线太暗或太亮,气味欠佳等等,都影响酣然入梦的生理快感。反正我在电脑方面,至今未有过外遇。

现在我死赖着不肯学习上网,因为想在电脑全面垄断之前,给自己保留一条防火梯。便很阿Q地自我安慰:现代邮政很发达便利,鼓浪屿的邮递员十分敬业,而且,我还有用不完的免费信封呢。

2002.4.20

神　启

在我以彻底的无神论者引为自豪的时候,我其实并不知道什么是无神论。

我像我诗中曾经写过的:"敢于在夜间走遍林子了。"却没有人知道,这种普通的行为如何向一个胆怯、敏感、内向的少年证明,人可以战胜他自己的同时,还证明了黑夜并非衍生着魍魉魑魅,犹如池塘必繁殖着蜉蝣蚊蚋。

他把易于破碎的壳留在那片黑暗的林中了。

可是,从哪一天、哪一件事情开始,我也走出了心理历程的那片黑色的林子呢?是什么时候起对于我极端热爱、尊敬的人和事物,我审慎地、坚决地不用"崇拜"两字呢?

三岁半在黄果树下听妈妈讲《聊斋》;五岁听外婆回忆半历史半神话的乡村传奇;一直到插队山区,在"鬼屋"那些油灯相伴的日子里,我好像肩挑老祖宗的货担郎,行走在外婆口中的古老的漳州平原。风声、树声、脚步声和非人类的喘息、哗笑、呜咽,都使我心向往之。

你可以和心中的偶像决裂,但你不能不与自然和解。一旦最初的考验通过,你双足生根,腋下长翅,你顿时成了林妖和狐仙。

昨天是立秋,我和爱人站在阳台上,突然一阵很大的喧哗使众草低伏。我惊奇地问:"是秋天来赶赴它的生日吗?"回答我的是一大群因奖励而喜不自胜的小精灵,它们拍手大笑,恶作剧地闹得数十株柠檬桉发疯似的舞个不停。

美妙的时刻终将消逝,我们得回去,回到"尘世的痛苦"之中。

我到过南方和北方的名寺古庙,见过欧洲和美洲天主教、基督教、摩门教堂,甚至在美国西部的禅宗隐居地住过三个无尘无梦的晚上。我多么羡慕老外婆,每天临睡前,跪在窗前和"上帝说话",脸上浮起安详与崇高的光辉:和主同在,心尽所愿;我多么羡慕奶奶,手拈一炷香,慈眉善眼的佛令人安心地微笑着:大慈与一切众生乐,大悲报一切众生苦。

我曾经渴望全心皈依,渴望这一生听人指引,得以明心见性。呵,至少让我疲倦的头和流浪的双脚安歇片刻吧!但我不能够。我的痛苦来自我的理想、我的追求,来自周围对它的不理解和我自己的软弱又执著。

这就是我的十字架。

自从我拿起笔,我就追踪着"命运"。我相信人生道路如此弯曲确实存在着非人意志力量,但我决不服从"天上已写好了的"这种现成的答案;我总是挖掘灵魂,想象灵魂独立于躯壳。我读着母亲的遗书时常有不承认死亡的感觉,但我不无悲哀地认识到:无论我们彼此如何依恋,永远不再相见,何止今生今世!

我常常觉得我见到了一个从未见过却分外眼熟的景物;有时我心中掠过一种无名的寒战,仿佛"有只鹅从我的坟上走过";我听到谁叫喊我,旁顾无人,怔怔地听那余音在肉眼看不到的深谷偃息下去。只要是弦上的震颤,我都听到了乐音,很难说是手指、是风、是谐振,还是无法解释的感应。

假使我有尊保护神,

假使我要合眼祈祷,

假使有谁的手指在我的墙上写了一行字,那只能是

——我的诗。

1986. 8. 13

不要玩熟我们手中的鸟
——上海国际笔会的发言稿

法国女作家玛格丽特·杜拉斯关于文学创作只说过一句话:"写作,什么也不是。"同样的,我可以说:"诗,什么也不是。"

关于诗的实质性问题的讨论,不是两千字的论文所能阐述清楚的,甚至也不是一个会议能解决的。我只能针对中国当代诗歌状况提交各位一条最新的信息:新时期诗歌正悄悄进行一场新的革命,旗帜已打出来,南北奔来的青春的脚步声明晰可闻。目前他们还是地火,我指给你们看的是它上空的云烟。

我也曾经想过中国诗歌如何走向世界这个问题,"越是民族的越是世界的"这样一种提法不仅曾经影响我,更刺激了一大批处在冲刺状态的青年诗人。经过思虑,我突然想明白了在文学艺术中并不存在着世界锦标赛。假如真有什么世界纪录的话,也不是具体数字,能让你紧握双拳,两眼盯着它一寸寸接近。

传统的闭关自守,审美标准巨大的差异,语言的障碍,使中国文学和世界文学隔洋相望。我不敢说我写得多好,但我深信我的同行们的探索和成就与我们共同人生息息相关,只不过是在中国的跑道上而已。

人类的前途向未知发展,艺术创造不择道路,更不听从裁判的哨子指挥。仿佛突然间,诗歌界的后起之秀,已形成第三浪潮,淹没过一切规则和边界。他们称自己为第三代人,或新生代。并且自成体系地从文化、心理、语言旁若无人地提出了一整套理论,向我们廓出极有意思的前景。

这些果子还是青的,还很苦涩。但是他们已经勇敢地提出了:"地域性和民族性渐渐淡漠,只有真正个体的才是真正世界的。"

一段时间来,评论界对新生代保持沉默、观望的态度。我想这是由于新的困惑,把握不住这股潮流的困惑。我但愿我们常处于困惑与惊愕之中。

不要玩熟了我们手里的鸟。

这两年,朦胧诗刚刚绣球在手,不防一阵骚乱,又是两手空空,第三代人的出现是对朦胧诗鼎盛时期的反动。所有新生事物都要面对选择,或者与已有的权威妥协,或者与其决裂。去年提出的:"北岛、舒婷的时代已经 Pass!"还算比较温和,今年开始就不客气地亮出了手术刀。

注视这一切使我们忘掉了其他。比较起来,中国诗歌如何走向世界是一个美好的愿望,却不能解决目前最急迫的问题。要等到我们的双脚都被弄湿,才注意到潮水已经上岸。

我们这一代诗人和新生代的重要区别在于,我们经历了那段特定的历史时期,因而表现为更多历史感、使命感、责任感,我们是沉重的,带有更多社会批判意识、群体意识和人道主义色彩。新生代宣称从个体生存出发,对生命表现出更多困惑、不安和玄秘。他们更富现代意识、更富超越意识,从感觉、思维、想象、意念、情感、建构能力都试图达到一种"超文化"的境界。他们在表现手法上一反意象化途径,追求淡化,崇尚自然口语,注重语感。在宽泛的意义上说,第三代包括目前尚处于潜流的诸多派别:以四川为重心出现的非非主义、整体主义和莽汉主义等,还有南京韩东、傅立的感觉诗派、上海宋琳等人的现代都市派、黑龙江朱凌波、浙江詹子林等人的体验派,等等。

他们之中有些人声称:"已完成了自己的坐标系,完成了对纵的继承和横的移植。"但我认为他们刚刚开始。他们之中出现了自己非常年轻的理论家,比朦胧诗走得更远,确实提供了一个辽阔的可能性。如果成功,还将冲击小说和戏剧等其他领域。然而,他们还没有相应的作品来验证他们的理论。我们确实读到了不少有意思的作品,但能够传世之作,也许用他们的话,还得拭目以待。

我们不知道第三浪潮为期有多长,会不会不待它达到历史最高水准就已分化消失?

我们不知道第三代人中将有哪些星辰升起,照耀中国诗歌史,这片次生林会不会由于生长过于迅速,把自己的优良树种淹没其中?

我们不知道中国读者如何接受这一眼花缭乱的现象,会不会从此掉头而去,让诗人寂寞成"冷风景"?正因为我们不知道,所以吸引我们。现代艺术的变更期是如此瞬息万状,将使诗人与作品昙花一现。谁都无法一统天下,哪一种流派都无法占据主流,我不知道我们之中谁将被抛弃。但我深深知道:在艺术领域中任何新的探索都是有意义的,犹如长江漂流遇险者那样,我们不会忘记他们。

对于年轻的挑战者,我要说,你已经告诉我们,你将要做什么。那么,让我们看看,你做了什么?

因为,对于一个诗人,再没有比他的作品更雄辩的了。

1986. 9. 23

散文之小器

记得最早是在1980年"青春诗会"上,要求每人在所发表的组诗之前,均要写几句诗观。初试牛刀,大家昼夜霍霍。尤其男人,要将平日里滔滔不绝出尔反尔自相矛盾洋为中用古为今用诸般高见归纳成格言状,发布天下。好比砍蔗榨汁熬浆经多次火烤苦炼取那上等细白之物弃那乌黑之糟粕。霎时人人口吐禅机,两边太阳穴高高坟起。

再后来,坊间各种诗辑诗选依样画葫芦,索取诗观当先,诗萃反落其后。聘礼若出众,新娘子的头盖都不必掀了。一观再观,观了好些个年头,老瓶新酒,新瓶老酒,倾来兑去不免走味发酸。更多人学会了取巧,或撷一段名家警句或自撰两句似是非是衔联让人去榨汁熬糖,自家做一壶咖啡等着。

诗写到后来感觉掣肘太多,试着改走偏锋写散文。不料刚脱虎口,又落狼窝,现今散文的庄家仍要买路钱,也索散文观。

常想,诗因为耗字太少,不忍超载,那"观"削足就履,藏头露尾,因不能窥全貌,所以求完龙,"诗观"应运而生。诗观写得精辟时,即是佳文。如今散文求观,不知是裁军退回诗原体,还是发展为洋洋小说大观。

不解。

于是胡思乱想。

小说家写散文,好比时下流行的一种叫碎皮的女式挂包。将做昂贵皮衣裁下的边角料拼缀起来,可谓物美价廉。不过手工马虎时,绽线裂边常有发生。小说家叙事娓娓动听,状物不厌其细,勾画人物外貌、行止、对话,无不一一正中靶心。但不知怎的,让人猜度那一件完整的皮衣,怀疑这块碎皮原是缀在袋口或是镶在领沿。

小说家写风景,形容之慷慨,令风景自身汗颜。

诗人写散文,清丽空灵。水至清则无鱼,空到极限,诗人还是觉得地球好,不愿舍却红尘和它一起飞升。诗人不耐交代过程,一支笔只会芭蕾舞般急旋轻捷,却不肯一步一镐辛苦劳作。天堑飞渡,旁人看去惊心动魄,于他只需偏偏腿。若是高手,我们倾倒于他的轻功无痕,二流三流便懒得理会,邻家几只狡猫,蹿过来跳过去,不过这边那边两道矮墙罢。

诗人语法多标新立异。蜈蚣腿凉拌萝卜丝,蜗牛片炒西瓜皮之类。有时意外地齿颊存香,有时也令人干呕不已。这里包括了我的拙劣烹调,罪过罪过。

散文家写散文,心法嫡传招数正宗,从一到万,如假包换的全真教。他人损一须折一齿,原是成不了正果的。如果说,小说入世从儒,诗脱俗为禅,那么散文近似道,虽无社戏、墟集骚扰,兀自信徒源源,梵钟高扬。

突然散文开始走俏,专辑、特刊、新刊不断,扩版后的报纸对散文胃口大增,四处张榜,招降纳叛,重赏之下勇夫辈出。客串的角儿愈演愈烈,且自带重锣鼓队。原来的主儿反而不及风光,多年来难得管弦帮腔,仍是清唱。

也曾技痒,在散文观一栏填写,散文还是不修篱笆的好。又画蛇足:要看去无心,读来有意。即刻就醒悟,岂不也是编竹篾呢!

写到这里,刚好在《作家》杂志里读到一篇《1991—1992年散文综述》,其中列举一个个声誉日隆的明星一批批脍炙人口的佳作,心里暗呼一声惭愧。幸亏我胡乱敲打的只是散文作坊里的瓶儿罐儿,乃散文之小器也。

大器呼之欲出,据说。

1993　元旦

棉布时代的散文书写
——在华语传媒大奖上的答谢词

三月的南方是春雷多发季节。那天,忽然晴空一声响亮,吓了我一跳,原来是一个好大的馅饼,一不留神砸到我脑袋上了。

在我看来,"华语文学传媒大奖"光芒四射,简直遥不可及。当然,我可以对自己的散文写作心存疑虑,可我不能不相信评委们的真知灼见;我可以对"获奖"的喧嚣与光亮,采取规避和闪躲的态度,但我不能不尊重这个颇具公众权威的准民间性大奖。

于是我硬着头皮站在这里,为了向你们,向我的读者们,说一声谢谢!

出自对优美汉语的沉迷和膜拜,我失足的第一口陷阱是诗。

曾经以为读诗好比焚香净手,于是心通灵犀;曾经以为写诗有如福音降临,义无旋踵;曾经以为诗友之间可以相忘于江湖,但必须相濡以沫于危难之际。曾经以为的东西如今都不再叫做"现状"。而我至今仍然认为写诗是一生的约定,纯属个人梦想。无须向谁解释,求谁关怀,与谁共舞,甚至时光的飞逝、岁月的消耗,都不能使它增减一分。

写诗的同时,其实我也写散文,算起来已有将近四十年历史。可是,走来走去,至今人们还是把我叫做诗人。这是那个风云年代给予我的恩宠和厚待,我深感惭愧!因此,今天我所获得的这个年度散文家奖,比起其他诗歌奖项,应该说,对我个人更具特殊意义。

我写散文,仍然出自我对优美汉语的无怨无悔的热爱,纯属呼应内心的感召,对岁月的服从,以及对生命状态的认可。因为,除了以上这些,我们没有其他理由,把自己困在文学这一迷魂阵里。

一直是布衣衩裙的散文,在诗的皇辇后隐约闪动,忽然明眸皓齿向我频频招手。我原先只想经过她的柴扉时求一勺水,不料竟就近结庐而栖。这些年来,我已经积攒了十来本散文集,在我的文集里,它的比重大大超过了诗歌。这次获奖的这本散文集《真水无香》,是写"我的生命之源——鼓浪屿"的,那些贴身的人和事,历史和现实,在我的生命中,有着难以磨灭的记忆和温度。我渴望写下它,用散文这种自由的文体。

有一位写散文的女朋友说得好:"诗歌是丝绸,散文是棉布。有时候我们热爱丝绸的抚摩。现在似乎是棉布更适合人类的身体。"

诗歌像绸缎般高贵、优雅,充满理想主义的光辉,曾经把年轻的我,引向追求"字字珠玑""语不惊人死不休"的困境里。当我把重心倾向散文时,我深知不能在散文中如此"承传"下去,我不愿意在新开垦的散文里移植一个诗歌的旧我。两种不同文体的转换中,我有意识把散文视为手工棉纺,亲切的、坦率的、调侃的和细节的。看上去仿佛信手拈来,实际上经过深思熟虑。如果不能把文化视角的尖端平民化,至少使日常生活情趣盎然,尽其可能挖掘更深层的寓意。

与诗歌相比较,我写散文最大的享受是语言得到了松绑。它们立刻自行其是,大有离经叛道、另立门户的意思。有一阵子,能够撇开旧的方程式,语言的酣畅流转令我心旷神怡,感觉简直好极了。即使是散文写作,语词的空灵和流动仍然至关重要,脱离"滥词惯语"的泥沼,突破思维和题材的平庸,这就是才气;让庸常生活状态在字里行间春风扑面,读起来满纸芬芳,这也是才气啊。

20世纪90年代兴起的"文化散文""历史散文""学者散文",带来厚重之气,"新散文",则高扬犀利之音。"新散文"求新求变求丰富的"众体兼擅",尝试借助想象和虚构,追求更高的艺术真实,释放更自由的心灵世界的潜能。而新近冒出来的"原散文",坚决反对书写中的诗意,拼缀破碎镜像,主张对卑微的人与物做刻骨描述。此外还有智性散文、身体散文等等,都为散文的繁荣提供了各种可行性探索路径。

我对上述散文界(如果有的话)的旗帜飘扬与运动曲线,始终怀着敬意。新散文也好,原散文也好,老散文也好,我们都要接受这个消费时代和社会语境的挑战。什么形式并不重要,只要对母语的纯洁与更新做出贡献,只要让周围的人和事,折射出文学的魅力之光,都会在各自的读者群里找到落脚点。

我当过几年的纺纱工人,知道40支纱怎样偏向疏简,120支纱如何侧重绵密,或者纯棉加莱卡,或者羊绒掺腈纶,不管强调的是哪一套原料比例哪一种混纺技术,最重要的,是自由心灵的充分显现,是更接近体温的呼吸和伸缩。

因为不懂也不关心文学理论,我只好以不变应万变,更加本能地,真挚地,素朴地,更加日常化地参与其中。

固守在鼓浪屿这一方远离中心的天涯海角,从旧宅昏黄的窗口看藤萝褴褛的半截老树,听着亘古不变的涛声,手边是断续的回忆与破碎的怀念。我和我的文字一起漂流,总是忘记了该停靠在哪一节有锣鼓声的码头上。这或许使我永远不能"与时俱进"?

当我再次感觉到题材和语言的板结,像一群不善甘休的蜜蜂,围困一棵花期已过的老山楂树。我会打住。等待。反省。追索下一处蜜源。

为了不辜负这一个春天。

2008.4.6

"洋食"

为吕同六先生写这篇文章,我已受苦受难九个多月,有如一个难产的孕妇。不说为《外国文学评论》撰文,是因为若非1987年9月与吕先生同行意大利,我怎能高攀得上这么一份艰深的刊物?又若非吕先生以中文写信频频鼓励,我又怎敢沾一沾如此时髦看上去喷香摸起来烫手的题目?

之所以强调吕先生用中文写信,并非影射他是个洋鬼子。而是因为当他流利的意大利语镇得意大利人如听音乐时,我殷切期望他的汉语满口土音且错误百出。不料他的汉语非但讲话的时候字正腔圆,中文书写也一样清秀遒劲,气死我这福建官话的专利者也!

同时我不禁想到目前我们有些翻译作品尤其诗的译作很不理想,读起来不是满口沙子便是空心萝卜一根,是否跟翻译家本身对母语的修养有关?这已滑到他人与外国文学的题外话,抱歉!

我既无李陀的深刻又无绿原的才气更无冯至老人的深厚本钱,因此为这项稿债整日拿支笔在纸上做花样溜冰。若是写我如何跟着陌生人的自行车后晕晕乎乎走了几条街,因为那自行车的后架夹了一部破破烂烂的《静静的顿河》;若是写我如何躲在织布车间的纱锭后读叶夫图申科的《大理石默默无声》时,脸色苍白四下张望的夹尾巴状,有如刚参加了一场阴谋政变,因为那是1977

年;那么这个刊物这辑专栏的许多权威撰稿人便要挺身而出大声呵斥:"你已不小了,何以仍是一副娃娃腔?"

是的,谈论外国文学我总觉得自己是个乳口小儿。我所受的有限几年的正规教育使我读起书来乌七八糟。1975年本岛有位民间藏书家,用他烟熏火燎的焦黄指头给我拟了一套书目,且极为精细注明译者、出版社及日期。他说只要将他列举的书目读完就算大学本科毕业。我当场逐条勾去他订的书目表示只有三两漏网,且又提笔洋洋洒洒补充许多我读过的书籍。不料他哈哈一笑,夺过我的笔,将《基督山恩仇记》《妇女乐园》等一一砍杀,教训我说这算不得文学!再后来我已写诗也发表了几首。1981年有位大学生诗人恭维我说:"我原认为我的外国文学底子够厚,没想到你比我更拉杂。"其时我们刚经过一场背诵作家名字和作品的马拉松赛。我当时和所有的文学搬运夫一样,热衷摘抄和背诵,以便像上海姑娘口袋里的零食,随掏随有。

现在读书已不认作家名字甚至常常忘了书名。有人问起,我张口结舌近乎恬不知耻。我看书是为自己看的,前些年还在脚手架下、车间停电的空闲里给徒工们给女工们讲故事,现在只有我儿子。儿子津津有味地一遍又一遍听了《快乐王子》却从不问王尔德是谁,他是干嘛的。

我读书既不抱"求师取经"的好学精神,也不为了解他人他国的社会生活文化传统、心理生态什么的。我读书纯粹是吸毒,眼睛一离开文字就像迷失了方向的鸟,一抓住文字就熟门熟路,像水沿着河道只管流去不问灌溉或洗涤。常常为了哄骗我的眼睛,我一天看五六本书直到深更半夜,直到这些书都混在一起,可是这有什么关系?乱读书危害多多,害得我双眼已半瞎,害得我的记忆如风化的火崖一碰就尘沙滚滚全无脉络可寻。比如我到书店买《霍乱时期的爱情》这本书,朋友提醒我该书作者和《百年孤独》的作者是同一个人。我虽然读过《百年孤独》好几遍,始终没有记住加西亚·马尔克斯这个人,又感觉哥伦比亚这个国家大约跟阿根廷、黎巴嫩同一方向吧?只是《霍乱时期的爱情》这个书名不会忘记,因为它又恐怖又甜蜜。更不会忘记《百年孤独》,它比那著名的三字小说还多了一个字,所以根本就是一部长诗。这四个字就是一梭子致命的子弹,它所击中的地方无论何时手一触到就有一阵剧痛掠过全身。

　　乱读书还有这个好处,你的皮已厚,不大容易上当受骗。现在文学的易容术越来越高明,多读书能使你从厚厚的油彩下辨认出熟悉的轮廓来。其次,记忆固然像个大筛子七漏八洒,但偶尔还能留住几块金子。写作时,常常一道侧光投来,你会急急逮住这被照亮的瞬间,而不及考虑它是来自哪一处暗角哪一片苍穹,不是吗?我有时悲哀,为了自己的书瘾已不可救药。丈夫对我读书之滥不求甚解先是困惑后是愤怒再后来连轻蔑也没有了,可怜我因渴水而奄奄将毙,就帮忙筹书,像给金鱼扔食。有时我也自我安慰,谁说这不是最佳的读书方式?

　　我不知道我是否又跑题了?我大约忘了说明我虽饥不择食,但看的书大多是外国小说外国传记乃至《世界之窗》。诚然,我也努力学习大家一致推荐的《古船》《红高粱》《血色黄昏》等。我读它们是因为我认识它们的作者,这一点妨碍我向作品深入。比如我心里先有了"瞧你这次又瞎编了什么"的心理,我怕会打着杂志大叫"×××你撒谎!"因为她描写如火如荼的情爱而本人却极为含蓄克制端庄。读外国文学时自己就是一个急切的普通读者,不怕浅薄地流泪,为主人公的结局可笑地担惊受怕,感染上崇高的气氛而心中浮起伟大的沉默。

　　我以为外国文学对我的影响并不是以它的结构、手法甚至语言(虽然我有点崇拜语言),而是以它提供的人性从各个方面打动我们。我读一篇外国散文,写到一只小狗被汽车碾死,而那汽车却若无其事地开走了,那作家为一条小生命的殒亡不平,奇怪的是我读了这文章也悲伤起来。其实我明知在我国的名作家内,不少人嗜好狗肉呢!作为一个最普通的人,我被书中涌出的普通人的感情之潮浮托着,等拿起笔,清醒地意识到我是个作家时,外国文学给予我的影响就是:不要那样写。

因此我绝对认为自己非但不崇洋,还有些排外。1980年的诗歌讨论里多数人批评我欧化曾使我惊奇。我固然在学生时代熟读过普希金、海涅、济慈,但我的作品和他们简直就风马牛不相及。1976年之后我曾努力从香港的亲友那里,搜罗不少美国现代诗,由于它们那样陌生我才花大气力读它们。有很长时间,它们积在我的胃里硌得我难受万分,根本还未融到血液里。

有人问汪曾祺最近读什么书,答曰:读闲书。闻后不禁拊掌。到了这个境界,外国文学也好、中国文学也好,读也好,不读也好,染眼一草一木,入耳一籁一静,皆是。今年漓江出版社创刊《青年外国文学》,我曾写了几句话助兴,拉来作结:

"但愿《青年外国文学》不是天空一道美丽的虹影,而是我们脚下一座结结实实的桥梁。我更希望它不至于成为一面镜子,照见我们后来个个都成了外国文学青年。"

1988.5.11

笔下囚投诉

上　篇

　　常假借一句"民间谚语"和诗歌界的朋友自嘲,说是:如果你什么也干不成了,那么你还可以写写诗。

　　自沦为诗人之后,俯首甘为笔下囚。回想和笔初恋时那份战栗,那份期待,那份默契,仍然是一种甜蜜的深愁。那时无论日常生活多么单调,工作多么劳累,环境多么孤独,都有一位忠实伴侣可以依靠。尤其是偶有所得,犹如街头万面之中突遇其容,那又惊又喜、欲泪还笑的心绪,胜过天下无数情种。与笔成亲后,从此为其劳也受其荫,日日相守无须芳心设约。有时也怨其跋扈,怨其唠叨,嫌其年岁渐长,不复当年明眸皓齿,却自知再无一个法庭能判决这宗离婚案,甚至死亡。

　　更深一点自嘲,除了写诗,你还能干点什么?

　　于是,便写点散文,仍是和笔有关,算不上外遇。

　　最初卧于掌心的是一支六毛三分的儿童钢笔。用它抄了一部又一部的《普希金诗选》《海涅诗选》;抄整章的《奥勃洛莫夫》,整本的《飞鸟集》;还写了第一首成形的小诗《致杭城》。虽然也收集了当时流行的各种塑料小钢笔:热水瓶式、伞式、红灯式,仅为观赏而已。兵器十八般,得心应手的不过是一把无名小匕首。直至这儿童钢笔鞠躬尽瘁,笔尖分叉,还请了同队知青代磨,写出来的文字到底音容全改,只好忍痛弃之,因此数月尽在徘徊之中。

在这期间有了一首《致大海》,用圆珠笔誊出来,字迹肥头胖脑,市侩气十足,真是恶心!从此恨极圆珠笔。非用它复写不可,便央人代劳。求不到人时,只好酽茶佐之。酽茶退浊气也。

老姨妈见我成日魂不守舍,将她一支老式派克笔赠我,叮嘱我不要遗失,说是笔尖含有黄金,价格昂贵。那时的我全无价值观念,只知道那金笔尖一试,果然倾城倾国。再说它永不会分叉,我们便可白头偕老了。

于是用它写《致橡树》,写《思念》,写《也许》,写了许多当时洋洋得意、过后惨不忍睹的文字。1981年去南昌参加庐山笔会,在火车上,有个独具慧眼的小偷将我的大提包拎走。我身无分文,颗粒未进,在异乡流浪两天,只有一个念头:但愿小偷不知那笔尖是金的,说不定随手抛在水沟、路边,正好让我捡着。

父亲先接电报,见是洋装和钱粮全军覆没,笑骂一声糊涂,仍去泡他的工夫茶。数日后,见我满脸丧气进家门,心中明白大半,追问:"夹子也丢了?"半晌相对戛然无语。

我的夹子向来有三:稿纸、地址本、笔。

1979年,我的生日恰逢《致橡树》在《诗刊》发表。老父特物色一支好笔镌几个字送我。时值有老派克在手,目不斜视,顺手贬入冷宫,久不问津。父亲提醒,找出来也不灌水,随便一蘸就写几个字"曾经沧海"。不料这笔能通人性,一触手便摇头摆尾,写出的字迹该瘦的地方纤纤,该肥的地方盈盈。这时猛然听到蝉声逼人,天气炎热,又觉饥肠辘辘,还闻到花香淡淡拂面,原来父亲在我书桌上插了一朵红玫瑰。

这又写了《神女峰》,写了《会唱歌的鸢尾花》。红颜薄命,美笔难再。有次出访,外国同行和我交换礼品,我翻遍小提包,名片也都分赠干净,人家是须眉男子,否则我真愿意将个珠绣提包赠他。无奈只好拔出钢笔,强装笑容,眼睁睁任它闷在他人的衣袋里远去,呼救之声依稀可闻。呜呼!

这以后,舅舅从美国带给我一对精装笔盒,华贵则华贵矣,只作壁上观,不能操持日常家务。我家夫君因为种种微绩所奖之笔成打,团团围坐笔筒里,试一支便叹一口气,缘分未到呀。

这时写东西,不是突然甩下一大滴墨水来,便是屡屡划破稿纸。粗的笔画浑浊粗鄙,细的笔触小里小气。不得不回信时,便像喝醉了一般,写到末了,不耐烦到极点,竟恶言以对,活该朋友们倒霉。

还是我小妹,不过读五年半书便插队去,回来工作后又考设计院的函授,成绩门门前列,单位奖一支金笔,拿来"进贡",真是柳暗花明。

不过,再不携它出门,怕被窃,怕失落,怕被我自己当礼品送掉。

有时读某些好心捧场的文章,真想告诉搞评论的朋友:倘若我的文字园地里长出什么奇花异草,全是我的笔玩的把戏。如果你在哪个道坎摔了一个大跟头,摸摸头上肿起的大包,别骂我。也许那时我的手中只有徒具笔形的塑料或钢铁片而已。

笔魂何在!

下 篇

一支好笔在手,香茗袅袅在侧,美诗美文并不即时瓜熟蒂落,还有不少旁枝末节呢。

尽管鼓浪屿向来以无飞尘和无噪音闻名,可在过独身生活时,每日从高温操作的流水线下班,进家门先用抹布将桌椅床柜擦拭一遍,再双膝跪在地上,将方砖搓洗得赤红。接着便是冲凉,洗衣服,一件一件抖平晾在院子里,然后惬意地缩在我的宽背大藤椅里,面对我的书桌、台灯,甚至我的夜来香,开始读书写作。别人院里的夜来香是否也这么安详馥郁呢?

　　成家之后不仅要闻厨房油烟,尚有幼儿不时以枪口顶住后腰突袭,自然不能像从前那么挑剔。一张书桌仍是要干干净净,容不得半点纸头。丈夫的书桌上却是纸山书海,偶尔还要繁衍到我的桌界,每次都毫不客气地打扫过境。

　　结婚时买了一张当时式样挺流行、价钱也不便宜的书桌,不知怎的总看不顺眼,用不顺手,照例归丈夫收容。只好拉出婆婆20世纪30年代结婚时用的一张老式桌子,四条腿用塑料胶纸包扎固定,锁子全坏了,抽屉也关不紧,一用至今六年多。读陈若曦家常文章,说其"达令"段先生亲手做了一张大书桌,处处以金色铆钉加固,希望大文豪的太太能享用终生,一如他们的婚姻那般天长地久。回头便数落丈夫,大书呆子一个罢。丈夫因此发奋,自己动手设计三座一套的大书橱,又自己找木匠。那几个月,整天看他手执钢尺煞有介事在房间来回测量,我和小儿子颠前跑后出谋划策。计划常常改动,材料又总是接不上,然后又是装玻璃,配锁子,请朋友借车拉回家,沿墙一溜摆开,果然辉煌无比。丈夫先要我拿相机取各种角度,摆各种姿势,拍他和书橱的合影。又一连几个钟头坐在小凳子上,心醉神迷地望着新情人。幸福够了,要将书放进去,才发现由于设计错误,所有的橱门都打不开!

　　丈夫固然不尽善尽美,一开始认定他便不打算另谋出路。书桌却常常在梦想之中。

　　梦想有张古老的大书桌,墨黑,光可鉴人,四足撑地如巨兽般纹丝不动,且有秘屉可私藏情书、遗嘱、古玩珍奇。今年有幸住进长影厂的作家写作楼,房间里有张豪华的大书桌。夜间无应酬,极静,坐在桌前想写点什么,谁知连写日记都不能。只好悻悻然熄灯上床,听那蝈蝈叫得气促心跳,血涌如潮。

是啊,谁能对一张太陌生、太严肃的面孔娓娓抒情呢?

还收集和笔有关的东西,例如稿纸。每到一处,便贪婪地向编辑部索求稿纸。每式一本存档,渐贮存上花色品种二十余。每有作品,抄短诗择格子疏朗,抄组诗选行距细密,常常屡试数样方得称心,身后抛下纸团无数。草稿则喜大白纸,写诗要将纸裁成长条,越长越好,一气呵成,读时双手轮卷,犹如戏台上长长的状纸;写散文则要16开大张白纸,小字如豆,大字如瓜,信缰跑马,不计字数,任它天涯海角。丈夫写大块文章,所费稿纸之巨令我望尘莫及。不管行距,只要质地挺括,横线明媚,一律落入虎口。且应用极广,包装、防震、便条,信手撕去,不管普通稿纸或是珍品。结婚不过半年,有日检视宝藏,竟损失多半。心痛至极,将所余藏品尽数搬出,或草稿,或写信,挥霍殆尽。自此不当守纸奴。但是看到别人有好稿纸,眼睛终是不舍。

由于常和邮局打交道,用他们的话是每天都要上绿色邮窗去报到,混熟了,有纪念邮票总要给我留着。其实对于集邮我完全外行,我只是非常喜欢新颖的图案。给朋友选贴邮票也是乐趣之一:给自强不息者啸啸骏马;给缠绵多情的女友黛玉葬花;给目不斜视的老夫子却是全运会一位玲珑女将——开开玩笑!

丈夫图省事,手头一没有现成邮票,便到我私家小铁盒自然保护区偷猎,一抓一大把。与其斗争多次,终是本性难移。为了不让那些美丽的邮票伴随他的枯燥无味的文章旅行,我的朋友们只好接受大众邮票了。

对于笔的侍奉是这样挑剔,这样仔细,其他方面却糊涂得出奇。有些文艺界同行大会小会见过,握过手,通过信,再见面时心里还要嘀咕:这是张三?是李四?钱包、钥匙圈更是常常遗失,幸而也常常有好人完璧归赵。

外出参观某奶品厂,厂长极热情,泡奶茶招待,先问香不香?香!香得精神紧张,因为他接着就十分诚恳地请求:"为我们的奶粉写一首诗吧!"又到某养殖场,设鱼宴,举座称羡不已,代主人凑趣:"为我们的鱼宴写首诗吧。"筷子尚未搁下,一块炸得焦脆的凤尾鱼却鲠在喉中,滋味顿失。

也不认为诗是那么高雅,必须焚香净手方能触摸。有人就写得洒脱。上意大利餐馆赴宴,临水览月,游鱼历历可数,你还没醒过神来,那最后一道菜,对于他可能已是整整齐齐的一首诗了。又如傅天琳,出访西德时她使劲睡,睡得她自己都啧啧称奇,让我们大把大把吞食安眠药的人,恨得半夜频频挂电话吵她。但是回国来,她却整整写了一本《红草莓》。

这么一比,自己不免觉得十分沮丧。已是不断向周围打揖,承认才气不足,笔头笨拙,人们仍然以怀疑的目光围困。其实有一个很世俗很难出口的原因就是:纵然我冒险将我的笔带上,不畏行李沉重,还带了各式稿纸,但谁又能把家中这张油漆斑驳的破书桌一起搬来呢?

但愿诗会笔会的未来主持者不要读到这篇文章。因为偌大中国,还有许多地方我没有去过呀。

1988.3

寸草心

拿着盖有《诗刊》公章的"青春诗会"通知去厂部请假。师傅们开始传说我被叫去办一个学习班,当时流行这种名词。

平时毫无方位感,以致常在家门外迷路的我,怀着侥幸心理,发了一封电报给《诗刊》。不料到了北京站,果然有人来接,是未来的班主任王燕生老师。还有一个戴深色眼镜的男孩子,始终沉默。王燕生说这是梁小斌。

当时的主编严辰老师和夫人逯斐都住在编辑部的办公室里。我们这一帮无法无天的闯入者,总是经夜喧哗。有谁想起时"嘘"了一声,大家一齐长长地咋舌,不上几分钟,说不定又冒出一阵更放肆的笑声。

我不知道那些天严辰老师何以能够每天照常上班,照常看稿,照常负责我们这几位女同胞的辅导谈话。要是我家外婆,早就双鬓贴起止痛膏叹气摇头了。

我们都住编辑部,每人好歹有一张小床。燕生老师也不回家了,睡资料室的桌上。他每天黄昏手提一架喷药器,走来走去到各个房间驱赶蚊子。我们一听到"嗡嗡"声,故意大呼小叫,他便眯细眼睛寻找,往往只是一只飞蛾。他原本就瘦,那一个月,他仿佛每天无止境地瘦下去,以致我们忍不住想向他大喝一声:"停!"如果说严辰老师慈眉善眼,像圣诞老人;荻帆老师苦口婆心,像家中操持百事的老妈妈;那么邵燕祥老师人虽长得白净,说话细声细气,内蕴的锋芒却蜇人得很,我就被蜇了一次。

我们去了北戴河,玩得好开心好疯狂好不过瘾。猛然听说明天该回了,我第一个嚷嚷起来。邵燕祥老师宣布这是决定,次日上午离开。我竟赖皮起来:"你们明天上午走好了,我明天下午走。"声音在一片寂静中显得过分响亮。邵燕祥老师立起身来走出去,门"砰"地关上。几乎同时我也立起身,环视伙伴们发傻的面孔,我也"砰"地拉上门走了。

当天晚上我和邵燕祥老师谈作品。他镇静如常,我也若无其事。

末了,毕竟心虚,我忍不住问:"下午你生气了吗?"我永远记住他那样重重地看我:"我怕我会忍不住生气。"燕祥老师,从那以后,我惹你生气的事不断有,你却不再用力甩门了。

就是在北戴河,我和号称畅游过长江、喝湘江水长大的男子汉们去游泳。不到两百米,海浪就把他们刮得无影无踪,只有陈所巨不怕牺牲,奋勇相伴,顾城在浅水里直揉眼睛,江河则攥着防鲨网心惊肉跳地一步步往回挪。

就是在北戴河,从窗口探进苹果树的枝丫,我们有些人止不住手痒,采了一大堆苹果藏在床下,终于被发现,那种尴尴尬尬的笑容和我们的年纪我们的心情同时受到了宽恕。

就是在北戴河,我们几个去当时接待外宾的海员俱乐部豪华一番,喝每杯五毛钱的冷咖啡。后来我极想在半夜里,穿过黑森林(那几排高树只不过在夜间看起来又黑又森罢),再去喝一杯,有叶延滨答应陪我去,始终没有践言。后来每次和他见面,我都要索这笔欠账,但北戴河的夜再不会回来了。

又回到编辑部,海棠果都落光了,好不沮丧。刚到诗刊社,只见满树小苹果,玲珑可爱。人告诉我是海棠,南方应当有。我虽慕名已久,无缘亲近。晓鹤骑在树上往下扔,我和才树莲满地拣。尤其在夜间,打开会议室的窗子,一把一把往里投。便宜了小妮,她一面写诗,写太阳像个金耳环,在小癸子的左耳悬挂,一面把小月亮一个接一个塞进嘴里,不,塞到徐敬亚嘴里。上天作证,我虽然和晓鹤同谋,但实际上赃物都归了这小两口,还有孙武军。采得太凶了,王燕生来"捉贼",我们好不委屈。只有在南方长大的人,才会明白偷采龙眼、番石榴等壮举如何需要机智和勇敢,见果子不摘非君子也,何况晓鹤来自"听橘园"。真是报应,我突然肚子绞痛,发高烧。开会一半躲到宿舍蒙头大哭。家瑾老师来掀我的被头,吓得慌了。于是用车送我去医院,诗刊社的张新芝和小妮,还有徐国静,左右扶我走遍各科去检查(真佩服北京医生的责任心)。司机坐在门口一根接一根抽烟,不吃晚饭直等了四个多小时。家瑾老师曾经提醒,说我们这群人每次用车都不与司机同志打招呼。后来我无论到了什么地方,都记得她的话。这是吴家瑾老师的绵密之处,其中还包括从医院回来时,放在我床头凳子上一小锅热气腾腾的稀粥。只打了一针我就不再上医院了。

  我想我之所以很快恢复过来,全因为每天能喝上米粥的缘故,对于福建人,这是仙丹灵药。病好了,每逢我想念米粥,便到家瑾老师屋里装病。那是一间小屋,塞得满满的,却温暖如春。

  现在我每年都上北京一两次,每次都不敢贸然外出,怕会议主持者到失物招领处去寻找。常常打电话向《诗刊》求援,每次都能得到友爱的回答。说起来难为情,想起来却是很深情的是,我和好友天琳常常结伴以幺女的身份回娘家撒点小娇,有时甚至哭鼻子。其实老姑娘出嫁已久,该是老大姐,老姑婆了。想想诗刊社的新生儿又不知又有了多少批,心里便有了一种"老了"的叹息。

  再往深一想,《诗刊》创刊三十周年了,这些年来在我们之前又有多少诗人看着我们长大呢,这么说我们还年轻,还应努力。

  海棠树砍了,平房盖起了大楼,许多老师也离开了,但《诗刊》仍然是我的第一个站台。当《致橡树》发表时,我那望女不成龙的老父亲送给我一支钢笔,刻有"纪念瑜儿生日暨题名诗刊"。这些年笔磨损得厉害,"题名"两字模糊了,"诗刊"两字却清晰如初。

1986.10.26　鼓浪屿

青春诗会

十五六岁的时候,得到一本精装旧书,繁体字,竖排,类似世界经典短篇选(我有不记书名的坏毛病)。书里收录巴尔扎克的小说《再会》,故事极其抒情浪漫。其中女主人公受重大刺激,忘了前缘,整天像鸟儿歌吟般重复:再会,再会!这是她与情人互道珍重的告别语。她的日记本里夹的那一枝蓝色鸢尾花,一直在我记忆中摇曳生姿。十年以后才在庐山植物园识其真面目,可惜不到开花季节,因此我见的应该是情窦未开的鸢尾花。我写《会唱歌的鸢尾花》,像是还了一桩多年情债。美国诗人卡洛琳凯瑟翻译这首诗,找遍词典,不能获得它的正式芳名,只好译成了《会唱歌的花朵》。

有一种"再会",不仅是礼貌,它的伤感隐藏在现代人的自我防卫之下,像蜗牛,只有雨天,才爬出玫瑰花丛,露了痕迹。

窗外是南方持续三天的暴雨,拖着一条欲罢不能的尾声。

二十年前一场夏雨初晴,我到北京参加首届"青春诗会",班主任王燕生和安徽诗人梁小斌来接站。初次见面,并未像现在流行的那样举着姓名牌,却一眼互相认了出来。对我来说,先看到的可能是诗刊社那一部黑亮的红旗牌轿车,我十分虚荣地问自己:它真是来接我的吗?

十几个业余作者(很多年后才敢自称诗人)圈在《诗刊》社的旧

院里,二十多天,除了吃喝拉撒以及最后两三天在北戴河略招风花雪月以外,每天做些什么委实记不得。大概听过很多名家的课(我既不像他人那样唰唰做笔记,又不四处诚征签名留言,还左耳进右耳出地坐不住)。只写过一首《风暴过去之后》,不过付出半天时间。大把的空闲里妒忌地盯梢王小妮,因为拼到酣时,趴在会客室的长沙发(桌子有限,各据领地),她一个晚上能写六首好诗。盖因正与徐敬亚拍拖,动力十足矣。有情人终成眷属,我与这对"眷属"联系最多,当初没少泼他们冷水。他们的儿子怀沙比我们的儿子早出生九个月,因此我在产前产后深得全方位指点,两人联袂写来密密厚厚的现身说法,可以装订成上下两部巨著。可惜字迹多半意到形未至,以徐敬亚的左手草书尤为难懂。

不久便英雄排座次。

老大是张学梦,至于他有多大年纪,好像不必穷究。听说他已退休。从前他顶着个把钟头风雪骑自行车去上班,背上沉睡的孩子(每天他的后背总是湿一大块,孩子尿的)当已安家立业。好比他的另一些激情的孩子,独立生存在各种诗歌选本里。如果说宽厚的善良的张学梦像晁盖,那么二师兄杨牧有点像宋江,起码他在《星星》诗刊的山头上有一把交椅。我们常在一些笔会上见面,他依然行使师兄职权,对我等施以及时雨般的关照。眼见他的两鬓霜尘得寸进尺,篡改那张"我是青年"的宣言,我有个错觉,当初他从奇异风情的辽阔新疆来,要比现在踮着脚尖使劲探出四川盆地快活得多。

占据另一个更大山头《诗刊》的是叶延滨。他在虎坊桥试坐过副主编的交椅,终于正式搬到农展馆一间据说相当豪华的办公室。我的意思不是呼吁廉政公署查一下财政,而是联想到其他倒闭的更换旗号的惨淡经营的诗家分号,甚至有些为"叶副统帅"庆幸呢。

除了王小妮,这帮人里就数陈所巨还坚守诗歌要塞。也许如此操持,心肌过分贲张,张家港会议,领导竟派一男一女俩员沿途照料他的心脏。想来已成安徽桐城一文化象征矣。

　　踩着北戴河海浪,悄悄给我看一个双辫子女孩照片的大眼睛男孩,曾经是一首纯情短诗,不料竟随激流而逝,这是顾城;另一个唯诗且迷恋一切译文的人,干脆掐断电话线,隐匿到一本封面叫纽约的译本里,自称老余,别人只记得他叫江河。

　　最小的师妹是十九岁的才树莲,散会后她走得无影无踪,甚至在东北朋友中撒网,都难打捞吉光片羽。大多数学员分手后再没有机会见面,断断续续书信联系的如梁小斌,偶尔在报纸杂志见到的有梅绍静、徐国静、孙武军等。有一个夏天,我正蓬头垢脸忙着给儿子洗澡,来了一位戴宽檐白帽穿白色衣裙的高跟女郎,原来是常荣。大概失望于我的俗气,她一去不回头。

　　忽然收到徐晓鹤信,说他要去美国了。当时他改写小说,在湖南诸枭雄之中名头颇为响亮。多年不见,能想起的不过芝麻碎事。比如,好几回他不开心,故意落在大家后面噘着嘴,低头踢小石子,总是我去哄得他回心转意的。给他回信,婆婆妈妈之情油然而生。如此来回不过三两,忽然遭其汹汹声讨,说已年近四十,胡子连腮,伤过多少姑娘的心了,居然还被我视同当年那个任性的浑小子。

　　是的是的,就算白胡子齐腰,小鹤,你的浑劲儿仍然让我喜欢。

　　远洋的还有高伐林。1989年的"青创会"(只有中国文人明白这些杂拌儿名词)最后见过一面,西装革履,好有华尔街风度。

　　没有专门去查花名册,大概不至于忘了谁?

　　《好朋友再见》曾经是流传甚广的一首电影插曲。好多次在长途车旅之中,蓦然与之相遇,一股热流通过心头直涌向眼眶鼻尖。歌是好歌,因为人人都有好朋友,而好朋友总是天各一方。

　　天各一方的朋友们,珍重千万噢!

2000　元旦

退役诗人说三道四

福建地方话的驳杂顽固已众所周知,福建人写小说好辛苦,得花两道工序,先用母语印模,再翻译成普通话,还往往词不达意。试想想,我们不总是自我安慰,若有完美的翻译,中国不早抱回好几个诺贝尔文学奖了吗?

福建小说界对自己的不景气很是着急,官家屡屡悬赏,民间勇夫摩拳擦掌。好不容易蹦出个石猴子北村,墙外香出几千公里,墙里犹堵着鼻子,这是题外话。

据说诗人成活率极高。据说福建诗歌一直颇具实力。据说全国作协省作协主持者几乎全是小说家,因此对诗歌持无心插柳、任其生灭的态度。幸亏福建方言本身具有诗的质地和渊源,福建人总强调自己的土话才是真正的中原古语。我曾据此与广东人比赛用方言背诵曹操的"对酒当歌,人生几何"一诗,广东声调虽拖沓有趣,但语音轰隆轰隆,有如空铁桶,不比闽南语之切韵入平仄,委婉抑扬。对不起,只好敝帚自珍了。

或许福建诗人真有先天优势?真是这样的,也不能抹煞几代人的心血结晶。当代开拓者首推蔡其矫先生,在"文革"下放山区期间,他写下了一生中最优秀动人的诗篇,并以其真诚执著不屈的诗歌精神,哺育了周围一群又一群青年。近三十年来,蔡老先生几乎走遍了福建的每一地县,发掘、扶植、支持了诸如汤养宗、叶玉琳、游刃、黄江滨(笔名安琪)等福建各语系的才子才女们。诚然,他所力荐的还有许多名字最终没有进入记录,但是正因为他多年不懈的鼓吹、呼吁、评介,才形成福建诗歌的浓厚氛围。

这里所辑录福建几位青年诗人的作品,首先因为我手头上正好有。我从未当过编辑,有点儿自私,还很懒,再加上近视,偏爱肯定是有的,又何必貌以公正?正如汤养宗自称"在役诗人",我这个"离休诗人",趁《中国诗歌》的早市,卖一回他人之瓜罢。

我跟吕德安最熟,但切不可以为我对他有什么影响,从一开始他就以作品泾渭分明地和我划清界限。今年他的长诗《曼凯托》在云南杂志《大家》发表后,他的印堂开始发亮哩。吕德安过分倚重文字以致对口头表达不耐,往往拍案而起,正喷薄欲出之际,忽然紧紧闭上厚嘴唇,令人悬念。只有喝醉了才热衷演说,歪打正着的怪论举不胜举,从别人那里获知这点后,他再不肯喝醉了。吕德安还画画,在纽约就靠这个谋生,还能攒下一点钱回家专心写作,真正"以画养诗"。他有一幅水粉画悬挂在我的小客厅里,雨季老是长白斑。有人揭发说那是德安在尿桶里涮笔所致。

德安因性情内向而专心,诗对他比任何人都更是生命。因而他的诗呈现一种审慎的克制。说他"田园牧歌式"把他说白了;说他"很前卫很先锋"又把他描黑了。吕德安是一个不太旁顾的人。

德安在美国三年就待腻了,他归国年余,读完硕士学位的金海曙也从日本回到福州,一一泡遍高档与低级咖啡馆。认识海曙与认识德安同时,他们总是结伴而来,德安嗫嚅,海曙聒噪。第一次他们喝醉后又撞到我家,这次德安红着眼喋喋不休,海曙只有嘿嘿打干嗝的份。二两地瓜烧七分钱,一碗干拌面一角三分。他们两人共花两毛钱给自己举行了成人礼。海曙写诗很早,轮流在几个小诗社充中锋。但逸念太多,又被古龙定住好几年穴位,所以并不突出。东洋八年,心中压下几座活火山,回国后挑选工作有如皇太子遴妃,高低不就,遂回家关门狠命打击电脑,竟一日百行,诗因此有所长进,真是塞翁失马呀。

其矫老师把游刃的诗给我看时,我激动了个把小时。把它们推荐给本省刊物,拒收,力争无效。幸亏紧接着他就得了面向全国却是民间自设的"柔刚诗歌奖",算是振作了一下士气。游刃的诗徐缓从容,强拍和弱拍处理独到,造成回旋、呼应的效果。他的作品与大自然有一种息息相通的默契,也许与他天生淡泊有关?他在偏远的山区中学教书,平时离家住在田野中一座孤零零的农家小屋里。想象他窗扉四面洞开,触目皆是黄灿灿的油菜花地。夜间一支烛,蛾羽扑火;晨起半屋雾,鸡鸣两三声。原以为只有心如止水的人才能如此返照内心。不料近来游刃的信息是充满孤寂、焦躁和失望,又听说他已娶妻生子。心想这就是了,红尘中人自要吃遍红尘苦。就看他什么时候见山是山,见水是水了。

与萧春雷只见过几面。当年曾是福建师大《南十字星》诗社的中坚,在青年学生中尤其女大学生有相当影响,因此生活中不免有些传奇插曲,为人却是憨厚平实。为了离开那个生于斯长于斯的闽北县城,他到特区下海来了,天生不谙水性,呛了两口,又急急上岸去。对于诗,我很少听他理论,倒是曾听他无情扫荡眼下炒得挺红火的随笔散文,自认不讳中国当代最好的随笔大家。曾邀春雷到麦当劳碰头,他只早到一分半钟,也不等我,自买一个汉堡大嚼起来。等我赶到,既不能尽到做东的初衷,也不能享受被绅士殷勤照顾的女性特权,只好也买一个汉堡大嚼起来。那天是他的生日。

我对中国摇滚诗所知甚少,幸亏有了江熙。江熙在南京大学作家班学习,途经厦门时,都有美丽太太许攀从龙岩赶来接送,另带一大包待洗的脏衣服。我对许攀的印象比江熙深,在一个晚会上,当许攀乌发半遮,用磁感十足的女中音唱一首情真意切的情歌时,我忽然理解了江熙为什么等不及规定的年龄就开后门打了结婚证。把两个厚瓶底挂在鼻子上的江熙雄心勃勃,希望给诗坛和社会投下一枚重型炸弹。这里我们先试试他的两枚小饵雷吧。

上面几位雄性诗人写诗,都有天降大任于斯人的壮士断腕之豪情,且下意识里还有两雄不能并立之犄角相抵,唯漳州小女子黄江滨(搞什么安琪做笔名嘛),像野地里一棵小草,随风一阵异香我们回眸找到了她。黄江滨写诗之轻松,有如杂技上的空中飞人,我们还为她捏一把冷汗,她已荡悠到另一个匪夷所思的方位了。有段时间她每天一首,写满了一本厚厚大册,忽然不好意思起来,好像把别人的先都抢写掉了,遂改为三天两首。

黄江滨遣词造句总是随心所欲,极不常规。我们原不知道"灯人""任性的点",她既写得如此理直气壮,我们也只好认了。做诗歌理论的陈仲义对于她的"红苹果,长到高处就淡了"爱不释手。我却以为一个二十来岁的女诗人初试啼声就不矫情、不煽情,只睁大一双好奇的眼睛,把一个被现代文明压榨得了无生趣的世界颠倒过来,翻转成万花筒,这才是黄江滨的那只慧眼。

综观以上几个名字,我不无惊讶地发现他们恰好均匀分布在闽东闽北闽西闽南和闽中。这样,他们各自不仅露出一条个性的尾巴,身上必还有地域的甚至气候上的瘢痕了。

汤养宗的诗作目前介绍已很多,这里就不留泊位给他锦上添花了。这里所提到的几位师弟师妹(原谅我托大自称老师姐)排名不分先后,不以姓氏笔画,更不以成败,我想到哪儿就扯到哪儿。1985年我曾在巴黎问一位法国青年诗人:"谁是你们法国最好的当代诗人?"他沉吟了片刻,严肃答道:"我。"

若是我用同样的问题问你们,难道可以期望别的什么回答吗?

1995.10.5

露珠里的"诗想"

曾经在诗歌的炼狱穿行,多次浸浴冰水,又反复焚烤于烈焰。当语言的象群密集在感觉的地平线,我最先的反应是火速逃难。我高烧辗转,战栗直透指尖,巨蹄的飓风摧毁我,蹂躏我,我不复存在。劫后幸存的或支离褴褛,或精致光滑,或经典八卦,我再无力关怀。

只有大天才,方能在诗歌的自我爆破中举重若轻,据说顾城到后来是出口成章的。我不知道同是诗人的筱敏投身诗歌的火山口时,是否感同身受那锐利锥心的疼痛,就像她在《火焰与碎银》里写的:"我历来就是撞得粉碎,我所有的诗篇,都是心灵的碎银。"

十多年前,女诗人就那么有数的几个,不像现在诗歌高地上,几乎清一色女性军团。我和筱敏见过几次面,在人很多的时候,她是个极其安静的小人儿。奔儿头,微洼的眼睛十分专注,乌黑而执著,让人很想举手把自个儿滴溜溜乱转的眼球捺住。和筱敏没能成为密友,是我的损失,我太相信缘分,相信水到渠成。筱敏优雅地转身步入散文已清澈如水,那么渠呢?"我只相信那条秘密的小径,崎岖必有流水相绕,它通往上帝,再经由上帝,到达相似的心灵。"

应该说我不了解筱敏。所谓了解难道就是追溯她的出生地,探究她迷不迷逛街购物,甚至喝咖啡放不放糖?通过她的朋友,我知道她失眠,唉,睡眠于我,大多时候是吊在干树枝的蝉蜕;知道她对丈夫儿子操心备至,一般婆婆妈妈至极;还知道她不爱交际应酬,推想她必常常沉湎于冥思,就是不知道她家的沙发柔软不柔软。

睁着眼睛做白日梦是女性作家的疗伤方式,是她们摆脱厨房和拖把,灵魂自由出走的秘径;是她们亲近神祇,谛听天籁在前生和来世的回音。

我们中有些人移情别恋于散文,开头仅是伫足稍作休息,后来竟流连忘返。因为这一泡温泉令我们剑拔弩张的自虐得到缓解,也不必置之死地而后生那般字字珠玑。如果诗歌是向高山雪冠的攀登,散文就是草原上的驰骋和漫步,看上去宽阔平坦,个中的陷阱与颠簸,唯有马蹄和骑手明白。

或许散文确实更宽广、更自由、更接近凡世,从目光所及的烽火台,抬脚触地的警戒线,到家家户户窗扉上的夜灯。它是我们社会生活的排洪口,更是人类品质的一面旗帜。不要因为散文宽容了我们,我们就真把它当成鹅毛褥子了!

女作家毕淑敏告诉我京城广泛流传的一则趣谈:"散文流的是血,小说流的是汗,电视剧流的是口水。"大笑之后,既然流的是血,所以她感慨地说:"哪来的那么多散文可写呀。"机灵的她很大度地努力要把诗歌提高到精髓一说,被我双手乱摇作罢。我深知,在许多自命为巨匠的小说家眼里,诗歌本是幼稚的儿童读物。

冥思的筱敏或许就是凭着她的无家的宿命感,掘出了一口汲之不尽的活泉。从《俄罗斯诗篇》(《散文与人》第一期)、《无家的宿命》(《散文与人》第三期)到《阅读纪历》(《作家》1994年第十一期),我们几乎可以清晰勾勒出她孜孜不倦读书的背影。读落满尘埃的历史,重新破译悲剧的女性心灵,以家园的失落和内心宿命的昭示,来唤醒沉睡在我们内心的神。于是,她就是俄罗斯雪原那株白桦,"点燃自己,从枝丫开始,渐次向心脏逼近";她是十二月革命党人的妻子们,"一夜之间成为峰峦,让病弱者与受难者靠在她的肩头,在她的臂弯里,有浴雪的乔木在生长";她是离开羊群去拯救法兰西的贞德;是被抛在"黑森森祭坛"的秋瑾;是绝笔的卢森堡;是柔弱无家可归的水,终于汇入深不可测的大海。

人类发展史原本就是心灵苦难史,筱敏通过书籍的阅读深入腹地,强迫我们回首我们正千方百计设法忘却的过去:愚昧、屈辱和残酷,献身使命的崇高与无奈。在角色的变换中,始终不变的是走出泥沼的呼吁和脱困的方向。一茎纤细的芦苇,义无反顾地支起一座拱桥,将我们从"沉沦的现实和彻底的绝望",渡向"彼岸那飞升的理想和触摸未来的强烈热情"。

《百名作家推荐的百篇散文》一书的编者邀我参与其中,我最先想到泰戈尔的散文诗,令人悠然神往的东方浪漫主义!接着是巴匹斯托夫斯基的《金蔷薇》,有谁比他更优美更令人信服地阐述过艺术的神圣与社会功能?然后是简媜的《四月裂帛》,她让我们备尝中国古典语言与现代口语的盛宴。我最后选择了筱敏《无家的宿命》,是因为当前散文的驿道上人喧马鸣,唯有筱敏以女性的音色,忠实地传递给我们亘古的"孤独的哭泣"。我们眼巴巴看她孑孑而来,踏荒而去,觉悟了现代艺术的媚俗与扶摇,痛恨自己情感的平庸与琐碎。

正如筱敏所写"这是一个干旱的时代",她摒弃祈雨,着眼于拯救。

因此,当这位系着蓝布围裙,在干旱的时代彻夜采集露珠的女孩子,举着她的小木勺或者她的诗篇向我们走来——请伸出你们的双手。

1995.3.3

诗的成人礼

诗歌是青春期的流感,来势迅不及防,热度一下蹿得很高,然后很可能就消退得无影无踪。能把这场感染转化成激素永久保存体内的还不一定就是真正的诗人。有些人因为环境,他们的工作与诗有关;有些人因为功利,他们的社会地位与诗有关;还有些人出自对自身气质、禀赋、倾向的误解,为伊消得人憔悴,不过是一场单相思症罢。不比球迷只在场边欲仙欲死,终生却捞不上一脚,诗迷完全有能力凭一支笔一张纸就给自己设置射门机会。

我所认识的一些当代著名作家,年轻时代都与诗有染,他们告诉我的态度各异,有屈尊俯就的,有洋洋自得的,有惆怅低回的,有嗤之以鼻的。无论如何,我们总可以看到诗歌热病在他们的文学棉衣上灼出的焦洞。

十多年前,我去北京开会,听到有人贬低诗,说是初级读物,否则为什么那么多青年诗人成熟之后就改投其他体裁呢?我当时怒不可遏,在旅馆与其相持至夜半。想我的口才本极其有限,何以不计利害与人大动干戈,无非凭借一腔青春热血,以及对诗的无限崇拜。

当我还是"青年诗人"时,就告诉自己,什么时候我的献祭不是最优秀的,就闪在一旁,让别人接着上。我最不惯有些所谓成名艺术家,明知自己的表演或作品已是强弩之末,力不从心,犹霸一方山寨。因此,若写不出好诗来,就会做保险推销员,做总经理或个体户,甚至给人家带孩子,这原该理直气壮的。你可以说其没有大诗人的特质,经不起时间的淘汰,但某些人或许正因为视诗如圣火,为了不亵渎这一至高无上的神明,才把自己打下滚滚浊世呢。诗人可以蒙羞,不忍诗歌有半分玷污。

诗的成人礼对每一位青年诗人都至关生死存亡。噬肉兽总是挑最娇嫩的部位下口。早慧的女诗人往往早夭。小荷才露尖尖角,就已凌波出世,其语言之青葱欲滴,其触角之超凡脱俗,其感觉之微妙精确,有如一架多弦琴,每一阵微风都能颤动出和声。这样的女孩子往往敏感多思,脆弱易折,且一般有唯美倾向。她们无一例外要成熟起来,要立身处世,为人妻人母,要抵御且反击四面八方的侵扰。叫她们怎能不世故、不粗糙、不冷硬起来?

晚熟的女诗人已具备免疫力,她们已构筑好安全掩体,且睁大眼睛清清楚楚盯紧目标,经过深思熟虑的作品一旦大放光芒,必能持久照耀。晚熟的女诗人在文学的马拉松上有足够的耐力与后劲占据跑道。

真正的中国现代诗,历史还不算长,不服气的女诗人们可能在这一幕退场,有些人分化瓦解最终销声匿迹,有些人将在下一场重返。女大十八变,举行过成人礼的女诗人将以何种面目出现,谁也难以预计。中国诗歌的成人礼当已举行过了。

其实不仅女诗人如是。

1995.11.5

语言为舵

东北诗人曲有源拟编一套诗歌《名家品荐经典》,要我写一份有关诗歌创作的自供。其实他本不必说服我丈夫来做督察,我怎敢拒绝这样一位老而又老的朋友呢?

悬笔难下,我的心中空落落的。

有关诗的什么?诗曾经和我有关吗?有没有"下一个球"?我千百次问自己,直到脑壳剧烈地痉挛起来。犹如强迫一个失忆症病人,回溯隐藏极深、被本能所紧紧保护的痛苦之源。

二十多年前我开始写诗完全是无意识的,它们得以发表并争取读者,好像离巢的雏鸟,飞向远方寻找新的林子一样,仅是自然规律,并非因为驱赶或诱捕。我一直拒绝报纸的采访,抵制在电视的露面,是因为我深信诗人不是明星。他用他的作品去赢得注意,而不是敏捷的口才、迷人的风度。在请求签名题词的本子上,我总是写着:爱诗,不必爱诗人。诗人可能夭折,可能堕落,可能比夭折和堕落更悲惨地滑向平庸,还自以为得计地在那里抢占茅坑。

真正的诗歌一旦产生就脱离母体,自动运转,发光,在人类的精神领域里获得轨道。区别在于,恒星亘古不变,行星离我们最近,流星虽然一曳而过,对于许过愿的那人或许终生都将记住夏夜那一道美丽的银弧。

叫嚣不能增加或减少它的光亮。转眼就沉寂下去的,是叫嚣本身。

　　写诗初只是拯救自己的一种手段,它令我在失学失业以及超负荷的体力劳动轧压得心力交瘁的岁月里,坚持了最低限度的自尊。无论在贫乏的从前或是奢侈的现在,自尊仍是必不可少的品质之一。这种精神的自助后来变成了他人的火把与拐杖,是因为他们的困境和我的相似。现代人的困境变了,他们面临的内心失重导致了危机,物欲横流窒息了社会生活中的诗意,正如环境污染引发全球的呼吸困难。现代文明一只脚是冷漠,另一只脚是孤独,把人体面地裱糊在冰冷的物质金框里。谁能帮他们脱逃,谁就是他们的丹柯。

　　啊,不对!丹柯曾经是两代人的象征,第三代人把他易名为《阿甘正传》里的阿甘了。

　　当语言成了生存唯一的舵,诗是瑰丽的北极光,变幻莫测,朝圣的航线必须破冰前进。日常的琐碎卑微、庸俗虚假,都是致命的冰碴。外壳已支离破碎,内心那一道斜坡正迅速推向厌倦绝望的断崖。已有人把终点定位在那里了,又有多少人把炫目的一跃叫做永恒。

　　那天我一手抱着孩子,一手拎着保温瓶,给生病住院的婆婆送饭。忽然想到家中待洗的衣服和狼藉饭桌,炽日之下,竟冷不丁打了个寒战。这种往两边拉扯的日子首先被牺牲的是我无辜的儿子。能在天国和尘世来回穿梭的是上帝的信使。我明白我是一个普通的女人,我还没有修炼到六根清净、一心向诗的境界,既然肉身的沉重超过了翅膀,我清醒地选择了尘世。

　　有很长时间,善心的朋友不能理解我的放弃。他们找出许多名人传记、经典著作,来证明创作主题的转换,可以像火车换轨,使劲扳道就圆满完成。即使不能从历史、从哲学那里按图索骥,至少可以枯坐书桌守株待兔。他们要怎样才能明白,对事物一触即发的敏感,纯粹语言防不胜防的突袭,是我与诗最重要的亲缘,切断这些通道,要我从情感彩排或计划生产中写诗,无异缘木求鱼。

天性的不足造成我诗歌创作的狭隘。最大的不幸首先是我没有雄心壮志,以一个人人瞩目的世界奖当目标,随时保持冲刺的状态;其次我又不够新潮到把诗看作一只痰盂、什么时候喉咙痒了就往里啐一口。

于是我重新写起散文,重新一说,是因为散文的写作发表几乎和诗歌同时,只是别人和我自己都不曾看重过。

1980年在北京,诗人刘祖慈曾对我说:"舒婷,你不要字字珠玑,会累死你自己和你的读者的。"每逢碰到"交通堵塞"的时候,刘祖慈的这句话就警钟长鸣。然而我还是死不悔改地被语言的洁癖,一次一次逼到死角。

曾经在诗里写道:

"谁能永远在天空飞翔/谁能像驯狮/穿跃过一连串岁月/每个日子都是火环。"

从前是这样,现在还是这样:写什么?怎样写?都听从内心不可抗拒的召唤,永不背叛的唯有语言,星星点点分布在经验的土壤里,等待集结,等待惊蛰。

也许仅仅是蠕动着,为了"片刻的羽化,飞行状死去"。

1995.8.13　暴雨

安安静静孵我的蛋

"舒婷诗歌作品朗诵会"终于结束了,多日来压在我心头这一块垒石似乎可以落地。看完首场我即飞回家乡,决心把此事永久了结。除了坚持不接受新闻媒体采访外,也不看有关报道,今后将不再做类似的尝试。

我想要继续安安静静孵我的蛋。

离京之前,我留一短笺给德高望重的孙道临先生,请他代我向诸位朗诵艺术家和音乐家转致我的谢意。因为我不愿在公共场合露面,所以演出结束后不能上台答谢他们,包括厚爱诗歌的听众。

以什么标准来衡量朗诵会的成功与否呢?票房?同行的议论?批评家的品评?主办单位的宣传?朗诵者和作者的自我感觉?

当我去音乐厅看排练,与丁建华、乔榛默默同车。丁建华一路都面向窗外,嘴唇翕动,念念有词,我为他们的全心投入深受感动;当童自荣在饭桌上仔细印证《给二舅舅的家书》是否真有其事,我肯定地回答了他,心里知道这二舅舅已成了童自荣的;当我向一位演员解释某一段落的节奏错位,他坦然回答"我有自己的理解"时,我不得不承认他是对的而放弃坚持。

是的,当我接受了举办朗诵会这一建议,我就必须同时接受集体行为中各行其是的再创造再合成,以及,一个诗人尤为不容的舞台效果。谁敢自比莎士比亚,即便伟大有如莎剧,在无数次上演中能有几次完全符合莎翁的原创性呢？

借口"闽南官话"，我在国内从未自己公开朗诵作品。而国外那些朗诵会上，既然我完全不懂与我同台朗诵的英、德、法、荷兰、意大利等这种语那种语的译文，又想象不出一个维也纳听众或者印度听众如何进入中国诗人的语境，我反而能够从容盯着纸张，旁若无人读给自己听。因此柏林一次朗诵会后，有位中国歌唱家对我说：我才知道有这种朗诵法，跟读课文似的。她的德国丈夫在旁替我解释得很好，他说："你愿意我认认真真以正常的声音说我爱你，还是抑扬顿挫两眼朝天歌唱着'我爱你啊爱你'啊？"

在中国人的观念里，朗诵已概念成一种表演艺术。你能想象这样的朗诵会：台上只放一张桌一把椅，诗人翻动诗集，一首接一首以难懂的四川口音或福建口音朗诵不如说朗读他的作品，个把钟头后如果还有观众戳在台下没有逃之夭夭，那一定是因为睡着了。

一首诗如果有一百个朗诵者，可能因一百种截然不同处理方式，好比添加各种作料的菜肴，休想辨出原汁原味；有一千个听众就有一千种理解，张三含泪陶醉的某一朗诵，却被李四如此这般刻薄半天哩。

尽管已有心理准备，朗诵会一天天逼近仍然令我觳觫有如砧上之肉。多少次我想把脑袋插进沙堆，不去听这场朗诵会。我的老师、朋友、家人一再鼓励和开解，其实我也不容自己采取鸵鸟式的逃避行为。

于是2月9日那一天，我带着哈尔滨的感冒、长春的咳嗽以及被东北挚友们的豪饮考验得一塌糊涂的南方肠胃，小棉袄套着大棉袄，与家人招部出租车，悄悄去了音乐厅。虽然一再叮嘱朋友不要送鲜花什么的，临开场还是被认了出来，以致被拉住签名而错过时间，关在门外直到序幕结束，才经门卫准许，猫腰进入我的座位。

自始至终，我以旁观苛求的态度坐在观众席上，听二十岁的舒婷如何幼稚和盲目；三十岁时她以殉难的姿态把自己铆在理想主义的光圈下又是多么矫情；四十岁，唉，四十岁后她本该金盆洗手，如去年有些报纸炒卖的流言那般急流勇退，瞧中年的舒婷在诗歌这一青春行当里不免步履龙钟哩。

在确定朗诵会的篇目时，我曾经起意把重心放在新作，删去《致橡树》《祖国啊我亲爱的祖国》等旧作。但这样做，对曾经喜欢过它们的读者不公平，对我自己的创作生涯也不够客观。诗歌一经公开发表，即不再属于我自己，哪怕有不能容忍的败笔，我也从不改动。丑媳妇既见了婆婆，丑惯了就好，涂脂抹粉反而令人生厌。

因为不接受采访，我花了不少时间说服年轻的记者们，如中央电视台的孙永鲁、《北京青年周刊》的伦兵、《北京青年报》的王丽文等。我说，要是你们真的读过并喜欢我的诗歌，一定对我的为人有所信任，也一定会谅解我的这一处世原则。过两星期，王丽文又锲而不舍地挂来电话，说不写专访，主编那里交代不了：对她自己不公平，因为她花了时间；对我不公平，因为不少关于我的传言云云。我说你今后还要当记者，你将有九十九个机会跟主编交代，但你多了舒婷一个朋友；你跟一个朋友聊天，大概不觉得浪费时间吧？当我缄口无言时，就从零生出"舒婷不相信是自己的作品"这一四处转载的"舒婷在接受采访时所言"，那么我给一个说法，不知要演变成多少说法呢。

我们国家终于有了这些口袋揣着录音机，一手攥着半个汉堡，另一只手飞快地抢写新闻的青年人，我非常喜欢他们的朝气、敬业和坚韧不拔，令他们失望我深表歉意。我在新闻界一直有不少朋友，我很高兴这次又多了好几个。他们会支持我，理解我，并许诺我可以遵照我的意愿：

安安静静坐在观众席上。

1998.2.27

书籍与诗

外祖父竖起一根指头,引诱我学一首美丽的"儿歌":清明时节雨纷纷。他念了两遍就进里屋去取香烟,出来时见我一只脚在门槛上跳出跳进,口中念念有词:借问酒家何处有,牧童遥指杏花村。他惊异之至,立即决定让我随外祖母到街道扫盲班去启蒙。每逢婶婶婆婆们考试,我总要搬张凳子,站在大圆桌边提示,同时响亮地嚷着:"别慌,姥姥,我来救救你!"老师置之一笑,她大概不相信,外祖母的场场考满分和一个四岁顽童有什么关系。

小学三年级起我开始阅读课外书。我的座位也渐渐由后往前移,因为我的眼睛很快变坏了。我的不要命的书癖开始在家里造成恐慌,一发现我不在眼前,妈妈便到通道、门后、衣架下去搜索我,每次总能把我连同罪证一道捕获。舅舅、姨姨们都喜欢看书,书的来源五花八门,无论他们对我如何戒严,我对各个房间的偷袭总能成功。上初中时,我的借书卡上已全是长长的外国名字。班上有人问我:为什么净看外国书?答:中国书已看完了。于是专门开了班会"整风",批判我的轻视民族文化。那时指的"中国书"是《敌后武工队》之类的。不过,《西游记》《三国演义》《聊斋志异》我也是滚瓜烂熟,那是外祖母每夜哄我上床时讲过无数遍的。

我的作文成绩一向很好。五年级时第一篇作文《故乡的一天》被当作范文评讲,黑板上抄满了"异想天开""树影斑驳"等我搜罗来的十几个形容词。老师很起劲,我也很开心。可怜后来我却要花相当大的气力去纠正滥用辞藻的坏习气。初一作文比赛我得了一等奖,初二学期考试我十分认真地完了卷,成绩却是四十七分,并且作为小资产阶级情调的典型。看来对我的作品的声讨,是十五年前就开始的。

  十三岁以前我常常参加朗诵会,但除了课文和老师指定的节目之外,我不读诗。我至今尚不明白,当时怎么会想到写一首半文半白的五言短诗,发在校刊《万山红》上,还因此着实得意了几天。

  我的学历只有初中两年,这点可怜的文化程度却是我的重要基础,使我对语言的兴趣和训练自觉化。包括后来在农村时每天学五个生字,帮助我在表述时有更大的灵活性。我认为:倾心于语言艺术的人对语言本身缺乏通灵(敏感)和把握是致命的。"使诗人找到关于那几个唯一正确的字的唯一正确的安排方式。"(托尔斯泰)

  学生时代像万花筒一样旋转:夏令营、生物角、歌咏比赛;未来和理想五光十色地闪烁在遥远的地平线上,仿佛只要不断地朝前走去,就能把天边的彩霞搂在怀里。我最初的朋友就是我的教师。跟着生物老师跳下潮湿的墓穴去采撷蕨类植物,从此我克服了怕黑的胆怯心理;每天午饭后在小山上的音乐室,我屏息望着音乐老师敏捷的手指,一条长满水藻的小溪似乎在他的指间流响;我怀念凤凰花盛开的校园路,地理老师常送我走到拐弯的地方,站在那七颗星子的照耀下,我至今还觉得那手的分量,沉甸甸地压在我的肩上;有次我大哭了一场,因为原来的班主任被调离到僻远的山区去,据说惩罚他的"母爱教育"。

  但是,老师,假如爱是你的罪名:是你朗诵的课文,黑板上抄写的词句,你课外辅导时的眼光和声音;假如爱是你教育的灵魂,那么,它仍是我今天斗争和诗歌的主题。

  "当!"什么东西掉下来,打在我的肩上,我顺手一摸,是颗热乎乎的弹头。外面,我的戴着红袖章的"战友"正强攻物理楼,而我正在读雨果的《九三年》,这里也有攻击和守卫,苦难和挣扎,欺凌和愤慨,也还有真、善、美。我完全沉浸在文学作品所展开的另一个世界里,巴尔扎克的,托尔斯泰的,马克·吐温的。尽管还有噩梦,梦见十几公斤重的木牌,铁丝上渗出的血珠,屈辱在我尊敬的人的眼里变成阴暗的河流。我总是满头大汗从梦中惊醒,收拾些衣物和食品,送去给被监禁的家人,走进另一个充满呵斥、白眼的噩梦。

生活表面的金粉渐渐剥落,露出凹凸不平的真相来。只有书籍安抚我。

1969年我与我的同代人一起,将英语课本(我的上大学的梦)和普希金诗抄打进我的背包,在撕裂人心的汽笛声中,走向异乡。月台上,车厢内一片哭声。我凝视着远山的轮廓,心想,十二月革命党人走向流放地时一定不哭的。我要在那里上完高尔基的"大学"。生活不断教训了我的天真。然而这个人间大学给予我的知识远远胜过任何挂匾的学院。

挤在破旧的祠庙中,我听过吉他郁悒的乡思;坐在月色朦胧的沙渚上,我和伙伴们唱着:我的家在松花江上;躺在芬芳的稻草堆里,听着远处冷冷的犬吠,泪水无声地流着……再艰难的日子都有它无限留恋的地方。我曾像我的伙伴那样,从一个山村走到另一个山村,受到各知青点的接待。我所看到和听到的故事,那些熟悉而又遥远的面影,星星一样密布在我记忆的天空。我曾经发誓要写一部艾芜的《南行记》那样的东西,为被牺牲的整整一代人作证。

于是,我拿起了笔。

那三年内,我每天写日记。回城之前我把三厚本的日记烧了。侥幸留下来的几张散页,后来发表在郭风先生编选的《榕树丛刊》散文第一辑上。

我拼命抄诗,这也是一种训练。那段时间我迷上了泰戈尔的散文诗和何其芳的《预言》,在我的笔记里,除了拜伦、密茨凯维支、济慈的作品,也有殷夫、朱自清、应修人的。

另外是信。写信和读信是知识青年生活的重要内容,是我最大的享受。我还记得我是怎样焦灼地在村道上守候那绿色的邮包,又怎样迫不及待地坐在小桥上读信。我给一位女朋友写了一首诗:"启程吧,亲爱的姑娘,生命的航道自由宽广。"这首诗流传出去,为我赢得几位文学朋友。他们时常根据自己的兴趣给我送书来。我曾经花一个月时间关起门读完弗·梅林的《马克思传》,又通读了《毛选》四卷的注解部分,虽然我从来不敬神;我还很困难地读了《美学简育》《柏拉图对话录》那样的理论,又很轻松地忘得一干二净。由于朋友们的强调,我还有意识地读了一些古典作品,最喜欢的是李清照和秦观的词,还有骈文。

1971年5月,我和一位学政治经济的大学生朋友在上杭大桥散步,他连续三天和我讨论诗与政治的问题,他的思想言谈在当时每一条都够上反革命名册。他肯定了我有写诗的可能,同时告诫我没有思想倾向的东西算不得伟大的作品。

"那草尖上留存的露珠儿,是否已在空气中消散;江边默默的小亭子哟,是否还记得我们的心愿和向往?"回到小山村之后,我写了这首诗给他。(《寄杭城》发表在《福建文艺》1980年第1期)

朋友,也许渔火已经漂流远去,古榕下我们坐过的石头已铺满深秋的白霜,但你的话我一直没敢忘记:没有倾向的作品算不得伟大的作品。

《寄杭城》是我已发表作品中年份最早的一首,但并不是我的第一首诗。不少青年朋友问我是怎样走上创作道路的,我却说了这么一堆废话。因为:假如没有友情(我的心至今仍像葵花朝向温暖一样觅寻着朋友);假如没有酸甜掺半的山区生活;没有老师在作文本上清晰的批语;没有历史、绘画各科给我的基础知识;没有莫泊桑和梅里美的诱导;甚至要是没有外祖父的"儿歌",很可能,我不写诗。

"撒出去,失败者的心头血;蠢起来,胜利者的纪念牌。"任何最微小的成功都包含着最大的努力和积累。

1972年我以"独生子女"的身份受照顾回城,没有安排工作,产生一种搁浅的感觉。(多少年之后,我才明白,搁浅也是一种生活。)我常常在冷寂的海岸边彷徨:"从海岸到巉岩,多么寂寞我的影;从黄昏到夜阑,多么骄傲我的心!"不被社会接受,不被人们理解,处于冷窖之中,感到"沉沦的痛苦",但"觉醒的欢欣"正如春天的绿液一样,不引人注目地悄悄流向枝头叶脉。

这种觉醒是什么呀?是对传统观念产生怀疑和挑战心理。要求生活恢复本来面目。不要告诉我这样做,而让我想想为什么和我要怎样做。让我们能选择,能感觉到自己也在为历史、为民族负责任。

1973年我到建筑公司去做临时工,当过宣传、统计、炉前工、讲解员、泥水匠。我心甘情愿地一点一滴磨掉我的学生腔。听老师傅叙说生计艰难,和粗鲁的青工开玩笑,在汗水溅下滋滋响的水泥预制场上,操过铁锹,掌过震动器。夜班时我常常伙同几个淘气包摸到邻近的盐碱田刨地瓜,就放在铁壶里烧。咸滋滋的煮白薯并不真的那么好吃,我高兴的是再没有人因为我的眼镜和挎包里的书而轻视我。使我能安静地利用午休那一个小时,躺在臭烘烘的工棚里,背垫几张潮湿的水泥袋,枕在砖头上看完《安诺德美学评论》。

我从来认为我是普通劳动人民中间的一员,我的忧伤和欢乐都是来自这块汗水和眼泪浸透的土地。也许你有更值得骄傲的银桦和杜鹃花,纵然我是一枝芦苇,我也是属于你,祖国啊!

我只是偶尔写诗,或附在信笺后,或写在随便一张纸头上,给我的有共同兴趣和欣赏习惯的朋友看,它们很多都已散失。也许有人要责备我没有写熔炼炉和脚手架的诗(我试写过,只是写得很糟),是的,当我的老师傅因为儿子的工作问题在佛寺的短墙边跌卦,我只是和满山的相思树,默默含着同情,在黄昏的烟雨里听了又想,想了又听。我不会朝他读破除迷信的诗;我宁可在休息时间里讲故事,用我自己的语言,选择适当的情节,讲《带阁楼的房子》《悲惨世界》,并不天真到认为,我的诗能抵达任何心的港湾。

通往心灵的道路是多种多样的,不仅仅是诗;一个具有正义感又富于同情心的人,总能找到他走向世界的出发点,不仅仅是诗;一切希望和绝望,一切辛酸和微笑,一切,都可能是诗,又不仅仅是诗。

1975年,由于几首流传辗转的诗,我认识了本省一位老诗人,我和他的友谊一直保持到今天。首先是他对艺术真诚而不倦的追求,其次是他对生活执著而不变的童心,使我尊敬和信任,哪怕遭到多少人的冷眼。他不厌其烦地抄诗给我,几乎是强迫我读了聂鲁达、波德莱尔的诗,同时又介绍了当代有代表性的译诗。从我保留下来的信件中,到处都可以找到他写的或抄的大段大段的诗评和议论。他的诗尤其令我感动,我承认我在很多地方深受他的影响。

在那些日子,"$1/2+1/3=1/5$"的教师比比皆是,而我却连一名民办教师也争取不到。我又一次感觉到现实和理想那不可超越的一步之遥。"无垠的大海,纵然有辽远的疆域,咫尺之内,却丧失了最后的力量。"我写了《船》,老诗人立即写诗回答:"痛苦,上升为同情别人的泪!"这两句诗至今还压在我的玻璃板下。

痛苦,上升为同情别人的泪。早年那种渴望有所贡献,对真理隐隐约约的追求,对人生模模糊糊的关切,突然有了清晰的出路。我本能地意识到为人流泪是不够的,还得伸出手去。"如果你是火,我愿是炭。"当你发光时,我正在燃烧。鼓舞、扶持旁人,同时自己也获得支点和重心。

1975年前后的作品基本上是这种思想。这一年我在织布厂当过染纱工和挡车工,1977年调到灯泡厂当焊锡工,一直到现在。

我的体质从小纤弱,所做过的工作都相当累人,以致我痛苦地感觉到有时我竟憎恨起美丽温柔的鹭江水,因为它隔绝我,使我比别人要多花半个小时去赶渡船。上大夜班时,我记得星星苍白无力,仿佛失眠的眼睛,街灯刺球似的转动在晨雾里。不少人以为我养尊处优,所以当有位朋友在1976年写信给我:"正是鼓浪屿的花朝月夕,才熏陶出一颗玲珑剔透的心。"我回答他:"不知有花朝月夕,只因年来风雨见多。"我写《祖国啊,我亲爱的祖国》时正上夜班,我很想走到星空下,让凉风冷却一下滚烫的双颊,但不成,我不能离开流水线生产。由于常常分心,锡汁淌到指间,燎起大大小小的水泡。这首诗被某诗歌编辑批驳为:低沉、晦涩,不符合青年女工的感受。看样子,只有"银梭飞舞"的东西才是青年女工的感受啰。

至今,我总还纳闷着:青年女工的感受谁最有权利判断呀?

我闭上眼睛,想起我作为一个青年女工度过的那些时辰。每逢周末晚上,我赶忙换下工作服,拧着湿漉漉的头发,和我的朋友们到海边去,拣一块退潮后的礁石坐下来。狂欢的风、迷乱的灯光,我们以为自己也能飞翔。然而幻想不能代替生活,既然我们不能完全忘却它,我们只有把握它或者拥有它。沉重的思索代替了早年那种"美丽的忧伤",我写了《流水线》。

《流水线》已经挨过还将遭到不断的批判,就连肯定它的人也要留一个"局限性"的尾巴,因为"它没有焕发出改变现状的激情"。这不由得令人想起在一些名著的前言后记中常见到的我国理论家的发明。某作家无论多伟大,都有他的局限性。这些局限性千篇一律为:看不到无产阶级的力量,没有找到革命道路等等。然而,天才不是法官,不是巫师,艺术不是仙丹灵药。托尔斯泰说:"艺术家的目的不在于无可争辩地解决问题,而在于通过无数的永不穷竭的一切生活现象使人热爱生活。"我从未想到我是个诗人,我只是为自己为别人写诗而已;尽管我明确作品要有思想倾向,但我知道我成不了思想家,起码在写诗的时候,我宁愿听从感情的引领而不大信任思想的加减乘除法。

1977年我初读北岛的诗时,不啻受到一次八级地震。北岛的诗的出现比他的诗本身更激动我。就好像在天井里挣扎生长的桂树,从一棵飞来的风信子,领悟到世界的广阔,联想到草坪和绿洲。我非常喜欢他的诗,尤其是《一切》。正是这首诗令我欢欣鼓舞地发现:"并非一切种子都找不到生根的土壤。"在我们这块敏感的土地上,真诚的嗓音无论多么微弱,都有持久而悠远的回声。

我不想在这儿评论北岛的诗歌,正如我将不在这里品评江河、芒克、顾城、杨炼们的作品一样,因为我没有这个能力。但是,他们给我的影响是巨大的,以致我在1978年和1979年简直不敢动笔,我现在远不认为他们就是我们通常认为的"现代派",他们各有区别,又有共同点,就是探索精神。而且据我所知,他们像我们这个时代许多有志气的青年一样,比较自觉地把自己和民族的命运联系在一起。

他们的勤奋和富于牺牲精神使我感动。

现在常说的"看不懂"、"朦胧"或"晦涩"都是暂时的。人类向精神文明的进军绝不是辉煌的阅兵式。当口令发出"向左转走"时,排头把步子放小,排尾把步子加大,呈整齐的扇面形前进。先行者是孤独的,他们往往没有留下姓名,"只留下歪歪斜斜的脚印,为后来者签署通行证"。

一只金色的甲虫在窗玻璃上嗡嗡地呼救,我打开窗门,目送它冉冉飞往沸沸腾腾的桂花树。愿所有对自由的向往,都有人关注。

1980.12.7

以忧伤的明亮透彻沉默

1981年11月初,饱满、丰盛的秋天即将逝去。几枝残雪一般的夜来香,仿佛最后谢幕似的,香雾犹眷眷不散。我把一束《会唱歌的鸢尾花》装进信封,仔细旋好笔套。我想我将要辍笔一段时间,但没想到这一停,竟停了三年。

黄昏不知不觉以它温存的手臂环绕我,我的心情变亢奋为平和。

每当这时候,我总想起妈妈,小时候一天之中只有这段时间属于我和她共同所有。我总是早早摆好小竹椅,守在她足旁。妈妈的手指白蝴蝶一样立在琴弦上颤抖着,《骊歌》愁肠百结地流淌在如梦的暮色里。

我目不转睛,似乎要将她沐浴之后愈加光鲜的美丽一点一滴吸收到心里去。几年后插队在山区,一个月夜偶尔从桥上走过,突然不知何处传来一段熟悉的吉他练习曲,断断续续的音符莹莹漂浮其间,似乎待我躬身俯拾,刹那间热泪夺眶而出。对于百感交集的我,这琴声无异来自天上。

丰富的感情和纤弱的性格害苦了妈妈,她不能适应现实生活中的残酷斗争,溘然长逝了。母亲的一部分血液在我身上循环(她十岁左右就因失眠坐在门上哭,而我也是十一二岁就半夜爬起来偷吃她的安眠药),甚至影响了我两周岁的儿子。无论吓唬着要揍谁,哪怕对画上的小汽车小花猫扬起手,儿子立即尖声抗议而且泪流满面。

敏感,依恋温情,不能忍受暴力,是人类的善良天性之一。善良造成痛苦,人间的痛苦形形色色,每一种痛苦都可能是一剂毒药,如果没有理想的太阳高高照耀,如果不是"为了不可抗拒的召唤",人怎能有力量翻越这无穷尽的障碍奔向目标呢?

少年时代我为矫正自己爱哭、怕黑、孤傲的性格做过多少愚蠢可笑的事情呵。插队那年,听邻村一位下放干部说,他能三天不吃饭照样工作,也能一顿吃一斤二两饭;无论站着、蹲着,甚至躺在一条扁担上,他也能做个甜梦。我在无限崇拜之余,穿着单衣悄悄走到小溪边,掬起带冰凌的河水连灌几大口。不料当夜即发起高烧,人事不省,吓得伙伴们一夜摇破了好几家大门为我索汤求药。可叹的是,如此这般狠狠整治了几回,我那不争气的体质至今依然不争气。我非常喜欢杰克·伦敦的《海狼》《雪虎》,喜欢海明威的作品,在笔记上抄遍无数关于强者的名言警句,实际中我始终并不坚强。是母亲的不幸教育了我,使我对生活采取不驯服的态度。帮助我涉过最泥泞的日子的,还有倔强的老外婆一句家乡土话:"把裤管挽高些!"我为我的儿子担忧,但除了把他交给生活别无他法。我能在他的摇篮上,献出我一片深邃的爱的晴空,但这晴空不是一把伞,不能陪他走向广阔的人世间。我的儿子,你仍将痛苦,记住我的话:"理想使痛苦光辉!"

1981年秋天这个黄昏,面临生活的重大转折,我希望天空从此是蓝的,我以为我真可以和我的同代人"大笑着在街上跑过",而不必像几年前提心吊胆沿贴满大字报的墙边踅走;我以为幻想的翅膀可以任意飞翔,从异国的圣诞树、斜塔到六和塔上的风铃,从古老的神笛到近代的溜冰鞋,我的奇异的心愿即使不受到鼓励,至少不必担心"封资修"的排炮跟踪。是的,我怎么忘了我刚写过的:

> 流荡的阴影啊
> 你又把吸盘伸出来了吗?

阴影伺机吸附我(仅仅我吗?),并不是《会唱歌的鸢尾花》首次招来蜂螯。1980年本省刊物借我的作品展开新诗讨论,我的名字像踢烂的足球在双方队员的脚边盘来盘去,从观众中间抛出的不仅是掌声、嘘声,也有烂果皮和臭鸡蛋。这年春节,恶性毁谤击中猝不及防的我,大年初一我整整哭了一天,有位老朋友陪我在渡口坐到深夜。海微语着,柔波起伏。我说:在它的覆盖下是多么宁静、多么轻松呀。感谢我这位朋友,他虽然是个普通工人,却回答得极中肯而又富于说服力:"是的,但又是多么寂寞,多么冰冷呀。"

现在要让我为谣言而哭泣是没有那么容易了。我已经意识到,被迫意识到,只有我的理想才是我的"上帝",他仲裁一切。因此就像《圣经》上所说:

> 你要每天背起十字架
> 跟我来

1982年,我的沉默是因为有一个不安分的生命跟我捣蛋。我因怀孕反应强烈住院很长时间,每天仍读到鸢尾花的"旅行报告"。它在可爱的读者那里继续歌唱,有如善解人意的八音鸟,在真诚的呵护下唱得分外动情。一旦被恶狠狠捏在手里,它便凋谢了。我以惊讶大于愤怒的心情眼看它招来许多非议,甚至人身攻击。但是,无论当时、现在和将来,我都不再辩解。仍然用《圣经》上的话:"将来我们都要站到上帝面前的。"

顺便说一句,我虽然生长在基督教家庭,却是不信任何神的。

好心的读者频频叩门,春草青青地繁生到我窗前;热情的编辑约稿不断,预许宁静的湖面放航三桅、四桅船(假如我有的话);刊授大学、函授中心邀请当编委、顾问,簇拥来无数新叶般的眼睛;有些封面、封二、封三、封底邀我微笑,微笑成诗苑风景;晚报、日报记者愿为我辟谣、更正,采集我的眼泪为中国女性作家击鼓鸣冤;省电台、中央电视台要把我排进节目,以真实的声音、真实的眼睛为关注我的朋友们解忧。

但是,我都拒绝了。

我宁愿沉默。

北岛在诗里说:"历史是公正的,但历史需要时间。"原谅我吧,真挚的朋友热忱的心。当你们拆读我薄薄的回信,你们可以将我的沉默理解为才气不足;当你们风尘仆仆的来访和邀请受到婉言拒绝(拒绝无论如何婉言,一样令人扫兴),你们可以将我的沉默理解为孤僻傲慢;尤其当你们看到我手上绕着婆婆和孩子的毛衣,你们可以将沉默理解为意志消沉;但你们绝不要将沉默理解为怯懦,以为我倘不是在某个暗堡的瞄准镜里噤然失声,就是畏惧三年来文坛几次潮涨潮落而隔岸观火。要知道,在我们这个息息相关的时代,有哪一把火不烧过岸?

> 为一句话而沉默
> 是值得的

是的,为一句话而沉默,为"不背叛而沉默",都需要"汲取一生全部的勇气"。有时候需要的是冒着生命危险追求真理、追求艺术、追求正常生活权利的(也包括爱情)勇气;有时则是需要纯洁自己、蔑视权威,荣辱毁誉之下为忠诚而"自甘寂寞"的勇气。

我还想起我的饱经沧桑的老父亲,自母亲逝世之后,他包揽一切家务,做饭洗衣纴被,为的是让三班倒的瘦女儿有点时间读"圣贤书"。

父亲求我:"把你那些诗稿烧了吧。"他瞧瞧我的脸色,惴惴地补充道:"我是过来人。"

"不是还有哥哥和妹妹吗?你就当我这个女儿已经死了吧。"

父亲伛下背走开,抛下一声沉重的叹息:"你要出了事,你当我和你哥哥妹妹能过上太平日子吗?你不懂呀……"我怎么不懂呢,爸爸。那天下午,站在你一块砖一抔土辟出的小园圃里,美人蕉开得无限爱娇,仿佛不理睬篱墙外的紧云密雨。是的,爸爸,你拉煤车,你扛大包,你省下五分豆浆钱买花籽,你原是双手拨动算盘如演奏钢琴的老银行,你不是仍需要一小块地方,让你隐藏的深情,你消逝已久的青春之梦,你的悲怆,你的寂寞,你的安慰都披上绿叶,开成缤纷的花卉吗?

不久前有位读者来信,信中既无称谓也无署名,只抄回我的一首旧诗《人心的法则》。我懂得你,亲爱的朋友,你要求我实践自己的誓言:

最强烈的抗议
最英勇的诚实
莫过于——活着
并且开口

我原想将我和父亲那段对话写给他,告诉他:当乌云之剑悬在头顶,每一个疏忽都可能踩发一枚致命的地雷,尚有一批一批人,像一排排不甘倒伏的小树林,顽强伸展生命之根。"使深土澎湃",寻找真实的泉源,蓄存阳光,终于为姗姗来迟的季节奉上变成果实的心。更何况在20世纪80年代初的今天,改革的巨浪不仅崭新经济领域,也将疏通精神领域无数淤塞的道路与河流。即使仍有三两飞镖伤人,那"为一朵花而抗议","为一句话而牺牲"的年代,是绝不可能掉过鬼脸来吓唬我们的。

人人都知道的是,历史走到今天这个开阔地,并非唱着进行曲沿着大道笔直地走来的。那挥舞着花束挤在两旁如痴如醉的人群，和披着花雨走在中间的人，都有自己痛苦的经验和久经锻炼的目光，他们能理解，沉默有时是一种有效的发言。

对于我自己来说，一个人的生活有了重大变化与转折，他的感情和经验也进入新的领域，用以表现感情和经验的艺术作品面临岔口，沉默既是积蓄力量、沉淀思想，在抛物线之后还有个选择新方位的问题。

此外，还有个极渺小的原因。我生长在一个破碎的家庭，虽然父母对我们的爱比他人有增无减，而且，外婆粗糙的手是多么温暖呵。

妈妈从不当我们的面哭泣，这就是为什么，我童年的枕边，常有一条呜咽的小溪；直到小学五年级，我才知道在胡同口捧着一手帕鸡蛋等我的人是我亲生爸爸。"文化大革命"初，妈妈看到，要从爸爸的"右倾分子"阴影下挽救孩子的政治命运已属幻想，才同意让我们回到父亲身边。父亲如获至宝，即使在我们到异乡插队那些日子，他也没有让我们在经济上受到委屈。但妈妈却因此忧郁成疾……我，我是绝不愿意让我的儿子小心灵上有这么沉重的记忆。

如果可能，我确实想做个贤妻良母。

人们规劝我，提醒我：你不仅属于儿子，你更属于时代。是的，我的儿子并不属于我，他属于祖国的未来，属于人民。不要以为这是陈词滥调（我们敏感的耳朵在拒绝一切陈词滥调时，不要拒绝被陈词滥调利用了的真理）。那些献身事业有所建树的女杰们，被孩子的哭声和陌生的神情折磨得柔肠寸断的时候，我深为同情，无限敬仰却不敢仿效。无论在感情上、生活中我都是一个普通女人，我从未想到要当什么作家、诗人，任何最轻量级的桂冠对我简单而又简单的思想都过于沉重。我不愿做盆花，做标本，做珍禽异兽，不愿在"悬崖上展览千年"。这就是为什么我总也深刻不起来的缘故。

但是,必须和儿子分手的时候,我仍然有勇气说:

我在防洪堤上,
留下一个空出来的岗位,
让所有轰击过我的波涛,
也冲击你的躯体吧。
我不后悔,
你不要回避!

罗曼·罗兰在《约翰·克利斯朵夫》里写着:"一个人年轻的时候需要有个幻想,觉得自己参与着人间的伟大活动。在那里革新世界,他的感官会跟着宇宙所有的气息而震动。"所以人们常说,人在年轻时个个都是诗人。古代诗人在"酒酣耳热说文章"时,尚有"惊倒邻墙,推倒胡床"的忘形之举,现在我们对有些青年人的雄心勃勃是不是也应该有"疏又何妨,狂又何妨"的宽容之怀呢?每一代人的青春都因不同的社会背景呈现不同的表现形式。我自己最大的"狂"不过是躺在发潮的铺板上,望着漏雨的屋顶,给同室的女知青背诵我自己写的短诗,还要冠以外国诗人的作品为辩护。以致我有时会有如此偏激的感慨:没能"狂"过也是青春期的一大遗憾。

常有人问我:你最喜欢自己的哪一首诗?我从别人那里偷来球王贝利一句现成的答话:我最好的球是下一个。

三年来我虽未射门,但从传给我球的(寄给我的油印稿、手抄稿、地县刊物是这么多)年轻新手那儿,我清清楚楚而且心甘情愿看到,最好的球在他们那里!无论是最佳角度,最精湛的进球和最后得分。

让我们为他们鼓掌,扔起我们的帽子吧。几年前有位老前辈曾以多么明智而豁达的胸怀对待过年轻的竞技者:"他们应当比我们强,否则,我们还有什么指望!"

还是回到1984年11月这个美好的秋天吧。三年来,人们并不因为我的沉默将我忘却,我除了常常接待熟悉而陌生的客人,还要处理五六千封读者来信,不少编辑部不管"风吹雨打"仍定期寄赠刊物,寄赠一片深情与温暖。有感《当代文艺探索》编辑部的盛情,我原只想借一小块版面写满两字"谢谢",但不料眼睛有些湿了,是什么时候我自己写过"我已习惯了不再流泪"呢?

那么,让我从三年前那段尾声开始吧:

> 和鸽子一起来找我吧
> 在早晨来找我
> 你会从人们的爱情里
> 找到我
> 找到你的
> 会唱歌的鸢尾花

1984.11.24

谁家玉笛暗飞声
——为编选《影响我一生的200首古典诗词》序

每个人都有他的致命弱点。身为一个作家,我所接受的正规教育十分有限,这就是我的命门。"文化大革命"爆发,我正上初二。停课闹革命时,我都在"趁火打劫",即与朋友迅速、秘密地交换那些从国家图书馆流落到民间的书籍。疯狂地彻夜地阅读,现在回想起来都很恐怖。仿佛读了今天没有明天,读了这本没有下一本似的。

接着,就和所有同代人一起去插队,三年后回城,当了八年多工人。时间之漫长,按照现在的学制看,如果我够聪明够努力,刚好读完博士学位。

"文革"后恢复高考,朋友们都跃跃欲试,周围一片读书声。我也借了复习材料,在上大夜班的途中,在工间休息的焊灯下,我颠三倒四背诵着:《共产党宣言》写于18? 年,辛亥革命发生在19? 年,背了又忘,忘了又背。因为书桌上摊不开复习材料,回家以后就趴在床沿边做数学题,兴奋、紧张、期待,结果是无限的沮丧。如果一个人的数学程度勉强只会解出一元一次方程(这还是强化复习的结果,平时一超过三位数我就记不得了),他又怎么有希望有资格跨进神圣的高等学府呢? 无奈之下,只好忍痛放弃。

更沮丧的是,白白交了5角钱的报名费。

过了好些年,右手怀抱稚儿左手接北京电话,说要保送我到武汉大学中文系,插班三年级。并许诺不影响出国访问,不影响写作时间,等等。中国作协的一番好意很明白,就是帮我混个学历罢。那时我年轻气盛,不假思索,就以孩子太小为理由谢绝了。

放弃这一最后机会,从此我若是混迹到这个那个大学校园里,多半是找人,而且自觉地夹着尾巴。虽有一些不明就里的大学,诚邀我去讲座或兼职教授,我从不敢滥竽充数贸然答应。

儿子上了高中就宣称:我们家就我妈的文化程度最低。

这么浅薄的一点文化,怎么就敢来编选数千年古国文化的精髓与结晶呢?而且还胡乱评说!承担这一项巨大工程,耗费整整一生的心血也许都不够,我的时间却十分局促。应承下来对我是多大的冒险,心中完全明白,便一直战战兢兢如履薄冰。常常在半夜里,忽然悟起什么地方出了纰漏,赶紧披衣起床打开电脑改正或补充,拍拍胸脯又喜又怕。庆幸的是现在发现还来得及;后怕的是,那些不及发现和校正的定时炸弹是肯定要爆炸的,而我已经没有机会排雷了。

于是,找来好几条理由,怕是不能说服别人,却能给自己壮壮胆。

1986年,由王蒙牵头,在上海金山举办一场国际汉学会议。当时,所谓"朦胧诗"(一顶约定俗成的帽子),正全面进驻诗坛,国外翻译者如云。我侥幸得很,先有一本德译诗集在慕尼黑出版。参观图片展览之际,英国著名汉学家詹纳森主动和我谈起诗歌翻译。他说:"我可以翻译其他男诗人的作品,却不能翻译你的。因为你的语言受中国古典文化的影响很深,那种气氛和内涵外国人是无法传递的。"

他的话让我大吃一惊,难以置信。接着他随口举一些句子做比较,来证明他是经过深思熟虑的,不由得我不信。

在这之前,我在国内受到最大的抨击,便是"全盘欧化""崇洋媚外"这些个"数典忘祖"的罪名。所谓晦涩难懂、阴暗低沉,种种指摘,均栽赃为西方文化思想的毒害与模仿。弄得我都有点"屈打成招"了。让一个老牌资本主义国家的学者,来告诉"离经叛道"的我:你太"中国化"太传统了!这对我不啻当头棒喝啊。

我开始给自己验血,做文化脉络的 DNA 鉴定。

古典诗词或者民歌,往往是我们汲取传统文化的第一口母乳。本书开篇所选杜牧的《清明》,是我的第一首启蒙儿歌;李白的《静夜思》则成了我的幼年识字课本;写第一首五言诗时我只是个初中新生,除了会押韵,其实还搞不清平仄,此"假冒伪劣"产品居然发表在校刊《万山红》上。并非借此吹捧自己根基纯正,恰恰相反,虽有客观上的优势,后来我却毫无长进,正说明了资质之平庸。

按照国家教育制度,初中以前都算义务教育。也就是说,一个初中毕业生,就意味着他的普及教育已基本完成。我所就读的厦门一中,其教育质量即使在福建也是赫赫有名的。我在学校的成绩还不错。"日照香炉生紫烟"这是小学五年级;"卖炭翁卖炭翁,伐薪烧炭南山中",这是初一;杜甫的《三吏》《三别》,这是初二。因此是不是可以说,仰仗那些苛刻严厉而又经验丰富的教师(天哪,当年我是多么恨他们),我的语文基本功被迫训练得比较实在?却不记得有何外国文学混入初中语文课本里。

小学三年级起,我开始搜罗世界名著,几乎全是小说。"文革"期间大量手抄普希金、雪莱、海涅、波德莱尔等诗集。优美传神的翻译,是这些书籍吸引我的唯一原因。我高声朗诵《贝劳扬尼斯的故事》,是因为飞白的翻译那样铿锵悦耳,起伏澎湃;我热爱泰戈尔的《飞鸟集》,因为冰心把它翻译得韵味无穷;我读过三本同一作家不同翻译的小说,分别是《德伯家的苔丝》《苔丝姑娘》《苔丝》,我只能喜欢第一本,因为它的语境忧郁温藉,非常符合原作传递的质地。

课外阅读纯粹是兴趣使然,这样的阅读究竟影响了我什么?

它们改变了我的血型吗？不，它们只是让我旁观（非参与）和设想（非体验）不同的时代观念、不同的生活方式、不同的心理过程，它们的载体仍然是我所依赖的母语。我不会因为废寝忘食于这些译文而变成一个美国人或印度人。

插队当知青那几年，经一位年长朋友的提示和引导，我自觉补习古典文学。李白、杜牧、李清照、苏轼、柳永，纷沓而来。他们宽袖长袍仙风道骨长吟短诵，招之即来却挥之不去。清晨，踩着农妇的脚跟去拔秧，看到的是"人迹板桥霜"；收工后到河边搓锄板洗箩筐，不觉出声"春江水暖鸭先知"；夜里啊，夜里有多少"剪不断，理还乱"的思绪，就有多少款"不谙离恨苦"的明月姿态，多少回"相思相望不相亲，天为谁春"的叹息？

阅读和思索只能让我更加热爱，更加执著，无以复加地迷恋文学。时常因为一个字一个词的雷击，而颤抖而狂喜而渴望奔走相告于同好。魅力汉语对我们的征服，有时是五脏俱焚的痛，有时是透心彻骨的寒，更多的是酣畅淋漓的洗涤和"我欲乘风归去"的快感。

现当代文学和古典文学，对于我一生，或者我们一生的影响，孰重孰轻？因人而异，很难梳理明白。若是要在我们的身上检测"优雅汉语"的成分，多多少少都会把古典诗词的脐带给拉扯出来。"谁家玉笛暗飞声"，古典诗词的潜移默化，涓涓潺潺，积少成多，是我们平时想不起，终生扔不下的无形财富；是纯净的源头；是汉语的核心；是薪火相传的民族精神；是中国文明社会的基本构架。

要编选出200首古典名篇，说易也易：数千年文化积淀，你说有多少就有多少，到图书馆看一眼，简直浩如烟海哪；网上点击，立刻"刷"地冒出无数条目；即使渺小有如家中那几个书橱，这种版本那种版本，少说也有几十部。说难也难：一旦投身投心进去，就像陷入阿里巴巴山洞里，满眼珠宝，璀璨夺魂。取舍苦，脱身难，想不做一个贪心的人难上难。

面对汗牛充栋的选本,如何尽量避开熟门熟路,另辟一条通幽曲径?

定位在两个支点。

首先,是"影响我一生"的200首古典诗词。举凡是与我个人有关系的(大至人生历练,小至一句话或两三词汇)悉数收录。自然就带有某种主观偏颇,某种"私密"性质,接近于旁门斜道。偏颇与私密,可能会在"幕后"染上个人的经历与体验,哪怕再细微再谨慎。本意却是希望能与其他资深选家区分开来。常规做法向来是,把自己关在资料室,守着一把严格刻度的标尺和一架精微天平。

其二,历代诗话词话、赏析解读、眉批斜注,应有尽有,几乎再无插足之地。即使写得再规范再揉搓,剔骨去皮,终是难免拾人牙慧。正面强攻必吃力不讨好,只好到人家收成后的田里去拾麦穗。择取某一亮点,某一偶得,某一断想,做三言两语的"狗尾续貂"。撇开那些宏大博深的评议,敲几下零星鼓点,吆喝几句"多余的话",扮一个不会唱大戏的角儿。算是偷懒,也可以说是有自知之明啊。

既是要赖定那"影响我一生"的说法,便舍去按照年代时间来编排的老规矩,以人生时段大致分为六辑:1. 启蒙;2. 青少年;3. 壮老;4. 人生修养;5. 艺术互通;6. 与现代诗的转换。或许有些牵强,不过,换一个角度也未尝不可。

末了,本来要套用一句江湖切口:以此浅薄的选本,求教于方家,云云。

想想,不对啊,此书恐怕难以进入内行高手之慧眼。还是与那些读过一点古典诗词,且和我一样不求甚解的年轻朋友们交换感受,切磋切磋。

2004. 10